中国散文小史

ZHONGGUO SANWEN XIAOSHI

陈平原 著

图书在版编目（CIP）数据

中国散文小史 / 陈平原著. —北京：北京大学出版社，2019.5
ISBN 978-7-301-29771-1

Ⅰ.①中… Ⅱ.①陈… Ⅲ.①散文–文学史–中国 Ⅳ.①I207.6

中国版本图书馆 CIP 数据核字（2018）第 176256 号

书　　名	中国散文小史 ZHONGGUO SANWEN XIAOSHI
著作责任者	陈平原　著
责任编辑	徐丹丽　延城城
标准书号	ISBN 978-7-301-29771-1
出版发行	北京大学出版社
地　　址	北京市海淀区成府路 205 号　100871
网　　址	http://www.pup.cn　新浪微博:@北京大学出版社
电子信箱	pkuwsz@126.com
电　　话	邮购部 010-62752015　发行部 010-62750672 编辑部 010-62752022
印刷者	北京中科印刷有限公司
经销者	新华书店
	880 毫米 × 1230 毫米　A5　10 印张　232 千字 2019 年 5 月第 1 版　2019 年 5 月第 1 次印刷
定　　价	58.00 元（精装）

未经许可，不得以任何方式复制或抄袭本书之部分或全部内容。
版权所有，侵权必究
举报电话：010-62752024　电子信箱：fd@pup.pku.edu.cn
图书如有印装质量问题，请与出版部联系，电话：010-62756370

目　录

序 / 001

绪　论　中国散文与中国小说 / 001
　　一　关于"散文" / 004
　　二　关于"小说" / 008
　　三　文类边界的建立与超越 / 012
　　四　本书的叙述策略 / 021

第一章　史传之文与诸子之文 / 023
　　一　从言辞到文章 / 025
　　二　从直书到叙事 / 036
　　三　百家争鸣 / 047
　　四　诸子遗风 / 057

第二章　辞赋、玄言与骈俪 / 067
　　一　两汉辞赋 / 071
　　二　魏晋玄言 / 082
　　三　六朝骈俪 / 093
　　四　山水与纪游 / 103

第三章　古文运动与唐宋文章 / 114
　　一　唐代古文运动 / 118
　　二　宋代古文运动 / 133
　　三　赠序、墓志与游记 / 149

第四章　八股时代与晚明小品 / 171
　　一　八股文体 / 172
　　二　文必秦汉 / 180
　　三　独抒性灵 / 188
　　四　晚明小品 / 194
　　五　从山人到遗民 / 203

第五章　桐城义法与学者之文 / 213
　　一　选本的魅力 / 215
　　二　古文与时文 / 223
　　三　桐城文章 / 232
　　四　学者之文 / 239

第六章　从白话到美文 / 250
　　一　报章与白话 / 252
　　二　译文与美文 / 260
　　三　杂感与小品 / 267
　　四　孤独与生机 / 277

主要参考书目／283

书名及人名索引条目／289

《中国散文小说史》新版序／307

生命中必须承受的"重"
　　——《中国散文小说史》新版后记／309

序

本书乃1998年上海人民出版社《中华文化通志·散文小说志》、2004年上海人民出版社及2010年北京大学出版社《中国散文小说史》的上编"中国散文"。当初受制于整套丛书的体例，散文与小说合刊，虽有"绪论"加以阐释与修补，还是有些别扭。作为个人著述没问题，但读者不一定认可。此书的繁体字版（二鱼文化，2005）在台湾是作为大学教材推广的。可中文系的课程，不是总揽全局的文学史，就是分体的散文史或小说史。若散文、小说合刊，教学时总有一半用不上。考虑到读者趣味及教学需要，这回分道扬镳，以"散文小史"及"小说小史"的名义刊行。只是为了体例完整，二书共用原作的"绪论"。

在上海版《中国散文小说史》的后记中，我提及"写大书难，写高度浓缩的小书也不容易"。所谓"提要钩玄"，需要阅读量，更需要眼光与见识。当然，这都是事后诸葛亮。之所以写成这个样子，很大程度还是取决于丛书体例——用三四十万字的篇幅，描述这两大文类的古今演变，篇幅决定笔墨，你只能这么写。也就是说，本书之所以"粗枝大叶"，一半是自家学识限制，一半是丛书体例使然。在学术高度专业化的今天，书中的任何一小节，都足以展开成为一本大书。如此要言不烦，体现的只是作者的基本立场以及大思路；若放开来讲，则是另一番景象。

书出版后,我曾在北大中文系为研究生开设散文史及小说史的专题课,效果都不错。散文部分有《从文人之文到学者之文——明清散文研究》(生活·读书·新知三联书店,2000,2017),大致显示课堂风貌。小说史的课堂上,某日本教授旁听,非常赞赏,立志将《中国散文小说史》译成日文。可在谋求正式出版时,评审专家认为"精炼有余而深度不足"。这很容易理解,课堂讲授与书斋阅读,原本就不一样,后者追求博学与深思,前者则讲究简洁与准确。

毕竟是二十年前的著作了,不敢吹嘘有多大的学术业绩,唯一聊以自慰的是,如何在文白雅俗之间寻找合适的述学文体,这一探索至今仍有意义。另外,随着研究的深入,文学史越讲越细,人物及作品越说越多,问题也越辩越复杂,反而是简洁明快且有自家面目的小书难得一见。想当初我读书不多,胆子够大,不少立说过于粗疏,但那种混合着少年意气的论述姿态——横刀立马,当机立断——还是很让人怀念的。如此幼稚、武断而又生气淋漓的小书,二十年后的我,再也写不出来了。

关于中国散文,我很喜欢,也略有感悟,但谈不上专家。除了这本小史,再就是前面提及的《从文人之文到学者之文——明清散文研究》,以及2000年百花文艺出版社刊行的《中国散文选》。眼前这册逸笔草草的小书,大概难入方家之眼,但对于一般读者及大学生了解中国散文之概貌,还是有好处的。基于此判断,我请北大出版社为其增添插图,旧貌换新颜,呈献给新一代读者。

2017年11月22日于京西圆明园花园

又及:此书插图得到栾伟平博士、张治博士的大力帮助,特此致谢。

绪论　中国散文与中国小说

> 关于"散文"
> 关于"小说"
> 文类边界的建立与超越
> 本书的叙述策略

作为文类的"散文"与"小说"①，本身并不具备时间性与空间性。换句话说，古今中外的散文与小说，具有某些基本特征，足以将其与诗歌、戏剧等文类区别开来。这种最基本的假设，支撑起千百年来的文类研究。但在具体操作中，存在着两种不同的研究策略。追求建立理论性文类（theoretical genres）者，更愿意强调不受时空影响的"散文特性"或"小说特性"；相反，如果着眼于历史性文类（historical genres），则不能不突出渲染古今散文或中外小说之歧异。二者各有其合理性，本书限于体例，自是侧重于后者。

---

① 关于文学分类的术语，历来相当混乱。这里把第一级分类称为"文类"或"体裁"（如小说、诗歌、戏剧），而把第二级分类定为"文体"（如墓志、题跋、游记）或"类型"（如历史演义、英雄传奇、武侠小说）。

汉人班固眼中"君子弗为"的小说，与晚清梁启超定为"文学之最上乘"的小说，相去何止千里！可又不能不承认，这两种"小说"观念，存在着某种值得关注的历史联系。人世间，没有放诸四海而皆准、校诸古今而皆通的"散文"或"小说"概念；可这并不等于完全否定了文类研究的价值。金人王若虚《滹南遗老集》卷三七《文辨》中有一句妙语，可借用来解答此难题：

> 或问文章有体乎？曰：无。又问无体乎？曰：有。然则果何如？曰：定体则无，大体须有。

有"大体"而无"定体"，此说既针对不同文体间有时相当模糊的边界，也指向同一文体不同时代可能相当激烈的变异。文学史家的工作，一是识大体，二是辨小异。这里的"大""小"之分，只是相对而言，本身并不包含价值判断。"大体"保证了文类的生存，"小异"则意味着文类的发展——正是此等打破"定体"的不断努力，使得文类永远保持新鲜与活力。

"散文"与"小说"，无论古今中外，都是独当一面的重要文类。将两种性格不同的重要文类放在一起论述，并非"乱点鸳鸯谱"。小说与散文间千丝万缕的联系，在此后的论述中，将被不断提及。这里需要略加解释的是，为何先论"散文"，后及"小说"。对于20世纪的读者来说，小说的地位可能远在散文之上；可在漫长的中国文学史上，"散文"作为中心文类所受到的重视，远非"不登大雅之堂"的小说所能比拟。更重要的是，追根溯源，"散文"趋于成熟在前，"小说"走出混沌在后；论述后起的文类，必然涉及其对于已有文类的依赖与背叛。

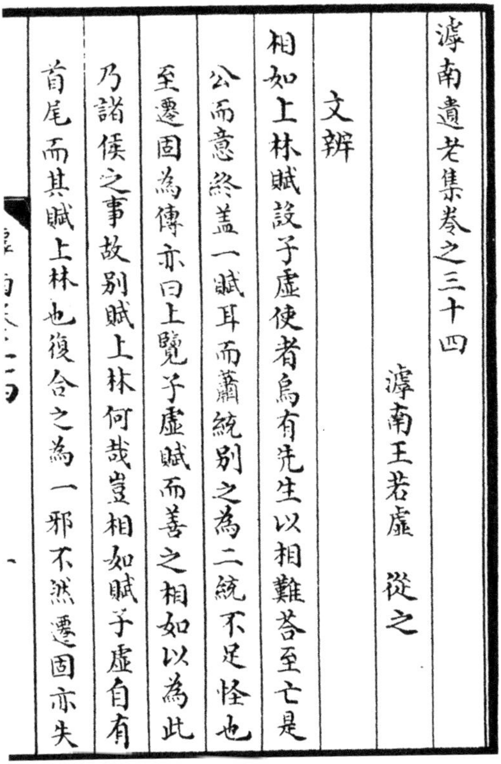

滹南遺老集卷之三十四

滹南王若虛 從之

文辨

相如上林賦設子虛使者烏有先生以相難苔至亡是
公而意終盖一賦耳而蕭統別之為二統不足怪也
至遷固為傳亦曰上覽子虛賦而善之相如以為此
乃諸侯之事故別賦上林何哉豈相如賦子虛自有
首尾而其賦上林也復合之為一邪不然遷固亦失

图 0-1 旧钞本《滹南遗老集》书影

一　关于"散文"

在中国,"散文"作为文类源远流长,而被正式命名,则是晚近的事情。这一名与实之间的缝隙,形成某种张力,要求研究者必须首先进行概念的清理与界定。今人眼中的散文,大略包含以下三个层面的含义:与诗歌、小说、戏剧相对应;与韵文相对应;与骈文相对应。这里由近及远,依次剥离,借此理解"散文"的历史命运。

所谓与小说、诗歌、戏剧并驾齐驱的散文,乃是"五四"以后拥抱并改造西方"文学概论"的成果。"五四"文学革命是以提倡白话文、打倒文言文开篇的,这里除了语言上的文白之争,还蕴涵着文类等级的变更,即"散文"由中心退居边缘。此前谈论文学,首先是文章,而后才是诗词;至于小说与戏曲,可有可无。此后则天翻地覆,小说、戏剧出尽风头,文章则相形见绌。这种文学观念的变化,不只影响当代创作,也涉及文学史建构。文学进化神话的引进,以及文类等级的调整,使得"五四"以后的文学史著焕然一新。像胡适那样断言宋元以下古文已经死亡——既被白话所取代,也被小说戏曲所超越的人,或许不太多;但论及宋元以下文学,学者们大都以词、曲、小说而不是文章为关注的重心。这一点,比较林传甲、谢无量所撰文学史与二三十年代以后的同类著述,可以看得很清楚。

尽管经过鲁迅、周作人等人的努力,杂感、随笔、小品、美文等终于进入文学殿堂,不过,在一般读者乃至作者眼中,散文仍是矮人一截。就连以散文名家的朱自清,也在其散文集《背影》的序中称:"它不能算作纯艺术品,与诗、小说、戏剧,有高下之分。"依照其时被普遍接纳的西方文学观念,"散文"与其说是一种独立的文类,不如说是除诗歌、小说、戏剧以外无限广阔因而也就难以定义的文学领域。称"文学领域"尚属客气,对于此类体式、风格、功能千差万别的"文章",能否"算作纯艺术品",时人心里普遍存在疑问。考虑到散文在中国的源远流长,在建构文类学时,学者们略为变通,于是有了皆大欢喜的"四分天下"说。"散文"总算四分天下得其一,避免了被剔出文学殿堂的厄运;只是昔日"文坛霸主",如今沦落为"叨陪末座"。千百年来中国的读书人立言载道、博取功名、祈求不朽的"文章",经过这么一番功能限定及价值重估后,几乎已是脱胎换骨。

相对于诗歌或戏剧来,现代中国散文受传统的制约及恩惠更深更厚。虽然有过"桐城谬种,选学妖孽"等激进的口号,白话散文要获得成功,必须向古文学习,这种想法很快为大多数作家所默认。周作人的提倡晚明小品与鲁迅的表彰唐末杂文,取径自是不同,但在借古文改造白话散文这一点上,二者并没有什么区别。清人刘熙载《艺概·文概》中有言:"韩文起八代之衰,实集八代之成。"这话可移用来说明现代散文与古文的关系。

更何况,"古文"本就是"散文"。这里所说的"散文",特指其与"骈文"相对立。最早在此意义上使用"散文"这一概念的,大概是宋人罗大经。《鹤林玉露》丙编卷二称:"山谷诗骚妙天下,而散文颇觉琐碎局促。"甲编卷二则引周必大语:"四六特拘对耳,其立意措辞,贵于浑融有味,与散文同。"这里提及"散文",不只取其与"诗骚"相对,更强调其与骈文异途。不过,宋明两代文人,更愿意沿用韩、柳的术语,将此等长短错落、无韵律骈俪之拘束、不讲求辞藻与用典的文章,称为"古文"。直到清人重提骈散之争,"散文"作为与"骈文"相对应的概念,方才屡被提及,如"六朝文无非骈体,但纵横升阖,一与散体文同""散文可踏空,骈文必征实"等。①

清代各家对六朝骈俪的评价天差地别,可以暂不涉及;文分骈散,且二者相对与相争,这点却基本没有异议。不只唐宋以下自觉与骈文相对抗的"古文"是"散文",先秦两汉不曾着意讲求韵律与对偶的诸子之文与史传之文,也是"散文"。但这里有个明显的区别:秦汉之文乃骈散未明,故无意讲求;唐宋以下则是骈散已分,而刻意避免。骈散相依而又相克,晚清罗惇曧曾借此勾勒两千年中国文章的发展脉络:

> 周秦逮于汉初,骈散不分之代也。西汉衍乎东汉,骈散角出之代也。魏晋历六朝而迄唐,骈文极盛之代也。古文挺起于中唐,策论靡然于赵宋,散文兴而骈文蹶之代也。宋四六,骈文之余波也。元明二代,骈散并衰,而散力终胜于骈。明末逮乎国朝,散骈并兴,而骈势差强于散。②

对骈散之争的功过得失,留待以下各章具体评述。倒是借骈散兴衰追溯文章源流的尝试,给后来者以启示:为"散文"作史,无论如何不该绕开作为对话者与挑战者的"骈文"。

---

① 参阅孔广森《答朱沧湄书》、袁枚《胡稚威骈体文序》。
② 罗惇曧:《文学源流》,见舒芜等编选《中国近代文论选》,人民文学出版社1981年版,第620页。

○○文學源流　　　　　　　　　　　　　　　羅惇曧

○○○總論

文學由簡而趨繁由疏而趨密由朴而趨華自然之理也八卦既畫而天地水火雷風山澤之名以立六書肇始而象形指事會意諧聲轉注假借之例以興物有萬殊名隨事立易語言爲文字資口耳以簡編參伍錯綜文成萬變而天地之奧窮矣

夏書渾渾商書灝灝周書噩噩典謨訓誥之文皆言簡質而意博深世代既降詞愈繁賾此即由簡之華之證也顧質則野華甚則淫取貴適宜過則爲病里巷之謠諺質之過也齊梁之靡響華之過也

名之始立形物事理俯仰貸連無假語助以爲顯豁自字孳乳而浸多文參錯而善變三代以降文乃益華百家分流詞逾彬郁燦乎隱隱體製大備蓋學術與文字並進未有盛於周末者也方各異言言各異聲欲求統合舍文曷取乎

左氏曰言之無文行之不遠蓋言以

至于在与"韵文"相对的意义上谈论"散文",则有点不今不古,缺乏明确的界定。"韵文"一般指的是押脚韵,而不是像骈文那样奇偶相生低昂互节、借抑扬顿挫来咏叹声情。如果将不押脚韵者定义为"散文",那么古文中的铭赞辞赋必须排除;更重要的是,此文体将因包括小说、论著、地图解说以及数理化教科书等而变得漫无边际。以有韵、无韵为分类标准,约略等于古老的诗文之分,基本无视此后崛起的小说、戏曲等。但此说也有可取之处,即打破明清以下古文家为求精致而日趋小气的格局。不必有意为文,更不必以文人自居,述学文字照样可能充满风采与神韵。这一点,刚好对应了中国散文的一大特性:兼及文与学、骈与散、审美与实用。

理解中国散文史上一次次激动人心的论争,比如六朝的文笔之争、唐宋的古今之争、清人的骈散之争,以及近在眼前的文白之争,但拒绝站在一家一派的立场来取舍,更不愿意为了"正统"而摈弃许多同样充满魅力的"异端"——秦汉的诸子之文与史传之文固然令人神往,两汉辞赋与六朝骈俪同样无法割舍;韩、柳、欧、曾提倡古文的业绩值得评说,作为读书人博取功名敲门砖的八股也必须面对:一句话,只要对中国散文的发展产生过重大影响,本书都希望有所涉及。

二 关于"小说"

"散文"作为文类的外延与内涵,需要借助历史的叙述,方才能逐渐明晰起来。但"散文"所包含的各文体,古来却有相当精彩的辨析。作为文体论开山作的《文章流别志论》,以及第一部按文体编纂的文学总集《昭明文选》,还有建立"原始以表末,释名以章义,选文以定篇,敷理以举统"研究体例的《文心雕龙》,都出现在距今一千五百年前。可想而知,"文章辨体",在中国散文史上并非陌生的课题。诗文代变,"有沿古以为号,有随宜以立称,有因旧名而质与古异,有创新号而实与古同",就像近人黄侃所说的,切不可"为名实玄纽所惑"。可千百年来,致力于"推迹其本原,诊求其旨趣"者,大有人在。① 借用明人徐师曾的话,便是:

> 盖自秦汉而下,文愈盛;文愈盛,故类愈增;类愈增,故体愈众;体愈众,故辩当愈严。②

经过一代代文论家不懈的努力,"文章"之"体",对于中国读书人来说,大致是明晰而且确定的。

谈论"小说",可就没有这种方便了。相对于盛极一时的"文章辨体",研究小说内部结构及体式者,未免显得过于薄弱。所谓"六经国史而外,凡著述皆小说也"③,明人这一夸大其词的表述,其实正透出其对小说作为一种文类的把握无能为力。明人中,对小说真有研究的兴趣与能力的,当属胡应麟。胡氏修正郑樵古今著述"足相紊乱"者有五的说法,强调"最易混淆者小说也"④,确系甘苦之谈。《少室山房笔丛·九流绪论》关于小说的分类,历来为研究者所重视,可也只局限于文言系统,《水浒传》等章回小说则无

---

① 黄侃:《文心雕龙札记·颂赞第九》。
② 徐师曾:《文体明辨序说》。
③ 可一居士:《醒世恒言·序》。
④ 参阅郑樵《校雠略·编次之讹论》及胡应麟《少室山房笔丛·九流绪论》。

法纳入。

在古代中国,"小说"的概念相当含混。《庄子·外物》中已出现"小说"字眼,但并非文类概念。班固《汉书·艺文志》收录小说十五家,并加以界定:"小说家者流,盖出于稗官,街谈巷语,道听涂说者之所造也。"尽管学者们对这句话再三引申发挥,仍嫌界说不清。后人虽借助"虚—实""文—史""雅—俗"等作为尺度,努力将其与史书区分开来,可中国"小说"之概念含混这一先天性特点,并无根本改观。同为"小说",古今之别,相去天渊;即便生活在同一时代的人,也因接受的文学传统不同,对"小说"的理解与界定迥异。大致而言,中国古代文言小说的概念,大大超过现代文类学意义上的"小说",也就是说,在现代人看来,许多文言小说不能算"小说";而中国古代白话小说的概念,则小于现代文类学意义上的"小说",比如,宋代说话四家,"小说"只居其一。

将中国古代小说分为文言小说与白话小说两大系统,不只是因为在19世纪以前的中国文人眼中,二者不能混为一谈;更重要的是,二者的区别绝不仅仅是语言媒介的不同,还包括不同的文学起源(若前者主要取法于史传与辞赋,后者则更多得益于俗讲和说书)、不同的文学体制(前者接近于现代文类意义上的短篇小说,后者则以长篇小说尤为出色),还有一整套与之相适应的不同的表现方式与审美理想。文言小说与白话小说的相对独立平行发展,是中国小说史的一大特色。因而,这两者的互相对峙、互相影响及各自消长起伏的趋势,也就构成了中国小说发展的一个重要侧面。

不管是文言小说还是白话小说,在整个中国文学结构中,都处于边缘地位。相对于处在中心地位的诗文来,小说只是一种不大正

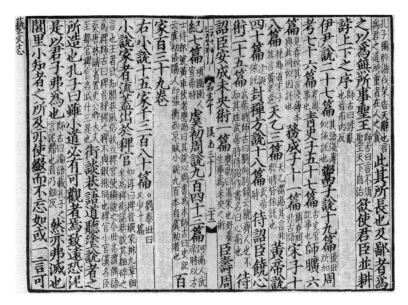

图 0-3　宋庆元元年（1195）建安刘元起刻本《汉书·艺文志》书影

经的浅陋的通俗读物。即便已经摆脱"丛残小语"的原始形态，小说仍只能以"虽小道必有可观"来聊以自慰。在治国安邦者看来，小说因其注重世态人情、细节琐事、奇谈怪论，以及娱乐色彩浓厚，并非表达政教理想的最佳手段。也就是说，小说不大适合于载道，因而"不登大雅之堂"。这一千百年来士大夫普遍存在的偏见，使得中国小说较为接近民间生活与民间欣赏趣味。小说地位卑下，这固然使得不少有才华的作家不愿涉足，妨碍了这一文类的演进（说书风格的长期滞留便是一个明显的例子）；可反过来，因其远离主流意识形态，较少受"文以载道"观念的束缚，艺术创新的自由度更大。尽管明清文人大都鄙视小说，可在后世文学史家看来，明清两代小说艺术的发展，比正宗的诗文更值得骄傲。

中国古代没有留下篇幅巨大、叙事曲折的史诗，在很长时间里，"叙事"几乎成了史书的专利，以至千古文人谈小说，没有不宗《史记》的。另一方面，中国作为一个诗的国度，任何一种文学形式，只要想挤入文学结构的中心，就不能不借鉴诗歌的抒情特征，否则很难得到读者的赏识。这两者决定了"史传"传统与"诗骚"传统在中国小说艺术发展中起举足轻重的作用。前者表现为补正史之阙的写作目的、实录的春秋笔法，以及纪传体的叙事技巧；后者则落实在突出想象与虚构、叙事中夹杂言志与抒情，以及结构上大量引诗词入小说。不同时代不同作家可能同时接受这两者的影响，只不过因其不同的审美选择，在具体创作中各自有所侧重。

三　文类边界的建立与超越

文类的建立，主要目的不外三点：一是出于图书分类与总集编纂的需要，二是建立标准以便展开深入细致的批评，三是使得学文者能够尽快掌握基本技巧。照此说来，文类研究自是越精微越确定越好，可实际上并非如此，随着文类的愈辨愈细，也出现了不少问题。不管是"散文"还是"小说"，本来只是借以描述文学现象的一种基本假设；在实际操作中，论者为了渲染其合理性，往往将分类标准凝固化。开创者还有兴趣与能力穿越文类的边界，从事各种创新尝试；后来者则大都只能守成，因而更倾向于强调"边界"的神圣，并谴责各种"越境"的行为。

固守已经勘定的"边界",有利于文类的承传与接纳,但很容易因此而窒息其不断更新的生机。比如,小说与散文之间的"边界",便常因某些古文家纯洁血统、保持稳定的冲动而变得格外敏感与脆弱。最典型的例子,莫过于桐城文派拒绝小说渗透的努力。

桐城开山之祖方苞,为文讲义法,求雅驯,特别反感古文之"杂小说"①。吴德旋著,吕璜述的《初月楼古文绪论》,对此有进一步的发挥:"古文之体,忌小说,忌语录,忌诗话,忌时文,忌尺牍;此五者不去,非古文也。"为桐城辩护者,喜欢将古文之"忌小说",局限在纯洁语言的范围内;其实,吴、吕说得很清楚,"所谓小说气,不专在字句",更重要的是"用意太纤太刻"。② 讲求字句,防止纤刻,仍不足以尽桐城文派对小说渗透的警觉。还是谨守师法而又善于表述的末代桐城大家姚永朴,将其隐忧和盘托出。在界定"文学家"时,姚氏称其有别于性理家、考据家、政治家与小说家,明确将小说排除在文学之外。以下关于小说弊端的攻击,大概才是桐城诸家决意严守边界的真正原因:

情钟儿女,入于邪淫;事托鬼狐,邻于诞妄。又其甚者,以恩怨爱憎之故,而以忠为奸,以佞为圣,谀之则颂功德,诋之则发阴私,伤风败俗,为害甚大。且其辞纵新颖可喜,而终不免纤佻。③

---

① 参阅沈廷芳《方望溪先生传书后》。
② 参阅吴德旋著,吕璜述《初月楼古文绪论》(人民文学出版社1959年版,第19页)以及吴孟复《桐城文派述论》(安徽教育出版社1992年版,第43页)。
③ 姚永朴:《文学研究法》,黄山书社1989年版,第20页。

图0-4 姚永朴

将语言之"纤佻"与否留在最后,这或许更合方苞力倡"义法"的原意。

桐城之排斥小说,有意识形态方面的考虑,但也与其文类等级观念有关。这种"洁癖"首先碰到的挑战,反而是其奉为旗帜的韩文公。韩愈为文不大守规矩,颇有穿越边界游戏笔墨之作;曾国藩就曾对其《试大理评事王君墓志铭》"已失古意"略表不满。于本应庄严古雅的墓志中,插入妙趣横生的骗娶侯女逸事,正是引小说笔法入古文。韩柳之提倡古文,不排斥甚至有意借鉴传奇手法,可以说是"公开的秘密"。后世古文家既不敢否定韩柳,又不赞赏穿越文类的边界,于是将罪过推给学步者,就像清初汪琬所说的:

> 前代之文,有近于小说者,盖自柳子厚始。如《河间》

《李赤》二传、《谪龙说》之属皆然。然子厚文气高洁,故犹未觉其流宕也。至于今日,则遂以小说为古文辞矣。①

以小说为古文,文气可能不够"高洁",可也别有好处,比如说叙事曲折、刻画生动等。与汪琬同称清初三家的魏禧、侯方域,其所撰《大铁椎传》《马伶传》《李姬传》等,正以颇有"小说家伎俩"而获得成功。认真追究起来,方苞的《左忠毅公逸事》,也未见得能完全撇清与小说的关系。

"小说"与"散文",作为文学的两大门类,当然有其独立性。在两千多年的文学进程中,二者地位高低不同,风格雅俗有别。另外,还由此引发功能(载道与娱乐)、读者(士人与民众)、文风(简洁与夸饰)、传播媒介(书面与口头)等的差异。这些"差异",在两大文类都得到充分发展的今天,似乎是天经地义。反而是谈论"小说"与"散文"之"合"——准确地说,应是二者某种程度的互补与互动——需要特别加以论证。

文章之体,"总其大要,不外纪事、议论两端";至于议论与纪事何者更重要,依立说者的个人兴趣及所长,尽可上下其手。② 比如,清人章学诚深于史学,故认定"文章以叙事为最难"。叙事之所以高于议论,在章学诚看来,就因为"史迁之法""左氏之文"的神奇变化,使今古文人得以畅意达情,也使文章之能事始尽。撇开纪事、议论孰高孰低之争,章氏对"叙事之文其变无穷"的描述,倒是值得再三品味,因其涉及小说与散文的共同特征:

---

① 汪琬:《钝翁类稿》卷四八《跋王于一遗集》。
② 参阅邵作舟《论文八则》、梁章钜《退庵论文》。

  盖其为法，则有以顺叙者，以逆叙者；以类叙者，以次叙者；以牵连而叙者，断续叙者，错综叙者；假议论而叙者，夹议论而叙者；先叙后断，先断后叙，且叙且断，以叙作断；预提于前，补缀于后；两事合一，一事两分；对叙插叙，明叙暗叙；颠倒叙，回环叙：离合变化，奇正相生。如孙、吴用兵，扁、仓用药，神妙不测，几于化工。

值得注意的是，章氏此文题为《论课蒙学文法》，并非高深的文论，主要是介绍其时学界的"常识"。实际上，宋元以下，强调叙事起源于史官，以及讨论叙事时间与叙事结构的，大有人在①，章氏只是略加排比渲染而已。

  这里讨论的"其变无穷"的叙事方法，主要指向古文，可也同样适应于小说。《左传》与《史记》作为叙事之文的"不祧之祖"，对后世散文以及小说影响之深，无论怎么强调也不过分。金圣叹称"《史记》是以文运事，《水浒》是因文生事"，似乎着意区分小说与史著；可具体评点小说时，金氏使用的仍是根源于《史记》的古文笔法。② 借助于"史迁之法"与"左氏之文"，古文家与小说家很容易找到"共同语言"。

  至于金圣叹所强调的"以文运事"与"因文生事"的区别，确实是注重实录的史著与偏于虚构的小说之间最大的鸿沟（散文居于中间位置）。不过，史著不可能真的全凭"实录"。早就有人怀

---

① 参阅宋人真德秀《文章正宗》、元人陈绎《文筌》、清人李绂《秋山论文》等。
② 金圣叹：《读第五才子书法》《第五才子书施耐庵水浒传回评》。

疑《左传》《史记》中若干不可能有见证人的密室之语、死前独白乃是出于作者的虚拟与想象，钱锺书更是将其作为"史有诗心、文心之证"：

> 史家追叙真人实事，每须遥体人情，悬想事势，设身局中，潜心腔内，忖之度之，以揣以摩，庶几入情合理。盖与小说、院本之臆造人物、虚构境地，不尽同而可相通；记言特其一端。①

如此说来，明清小说评点者之动辄许以"史迁笔法"，虽有攀附正史、自我尊贵的嫌疑，倒也无可厚非。因正史与稗史之"意匠经营"，确有"同贯共规"之处。

正是这种同样的师法"史迁之法"与"左氏之文"，决定了散文与小说这两大文类具有某种潜在的血缘关系。同样是叙事，一篇墓志铭与一部章回小说，从作品规模到叙述语调，都不可同日而语。但追根溯源，二者又并非了无干系。尽管文言系统的小说与古文的关系更为密切，章回小说也并非与文章完全绝缘。纵观两千年中国文学进程，散文与小说互为他者，其互补与互动的关系，值得认真探究。这里指的不是同一作家兼擅小说与散文，或者同一作品跨越两大文类；也不是插叙、倒叙笔法在散文与小说的不同命运，或者旅行记对于散文与小说的共同启迪——这些虽然奇妙，却都并非不可思议。作为中国文学的基本文类，散文与小说在各自发展的紧要关头，都曾从对方获得变革的动力与方向感，这点或许更值得评说。

---

① 钱锺书：《管锥编》，中华书局1979年版，第166页。

图 0-5　章学诚

自陈寅恪著文讨论唐代小说与古文运动兴起的关系①，研究唐传奇以及探讨古文运动者，一般都会在著述中提及二者的互动。叙述婉转、文辞华艳的传奇，到底在多大程度上影响古文运动的展开，除了韩柳的游戏之作以及沈亚之、牛僧孺的一身而两任，更值得注意的是，传奇的细节描写、人物刻画以及场面渲染，对于古文之摆脱骈俪、追求个性化大有启发。反过来，传奇之得以形成，最直接的渊源无疑是史传；由此不难想象其与古文的内在联系。更难得的是，唐人似乎不以传奇为小道，也没那么多雅俗高低的计较，再加上其时文类边界尚未壁垒森严，比较容易自由驰骋。

宋人对跨越文类边界的尝试，不像唐人那么热切而大胆。人们常常引证尹师鲁之嘲笑《岳阳楼记》"用对语说时景"，乃是"《传奇》体尔"。② 此说很容易导致宋人固守文类边界的错觉。其实，欧阳修《梅圣俞墓志铭》的开篇，以及苏轼《方山子传》的结构，都明显借鉴了小说笔法，而且还颇受赞赏。宋人对小说与古文关系的微妙态度，集中体现在其最为擅长的"笔记"上。"笔记"的文体界限相当模糊，可能是"文章"，也可能是"小说"，而且往往一书之中二者杂陈。魏晋以下，笔记之作代不乏人，而且各呈异彩。宋人笔记多公余纂录、林下闲谈，以学养丰厚、天性自然取胜。宋文的朴实中见风采，平易中显才情，与宋人普遍欣赏并撰写笔记不无关系。

明清之际，小说与散文的关系，同样有值得关注者。小品文的

---

① 陈寅恪：《韩愈与唐代小说》，《哈佛亚细亚学报》1936年1卷1期；《元白诗笺证稿》第一章，古典文学出版社1958年版。

② 陈师道：《后山诗话》。

风行，自有其独特的文化资源，比如此前已经成熟的题跋、尺牍、笑话等；可回应其时如日中天的章回小说，也是一个不容忽视的侧面。小品文作家中，像李贽、金圣叹那样热情洋溢地评点小说的并不多见，可反对拟古、不避时俗、提倡性灵，以及强调娱乐而搁置载道等，其创作心态与小说家大同小异。至于章回小说在走向成熟的过程中，逐渐摆脱说书传统，日渐书面化与文人化，其中一个重要标志，便是借鉴古文笔法。同样以古文笔法评小说，卧闲草堂本《儒林外史》的回评，比金圣叹说《水浒》或毛宗岗说《三国》更为贴切，原因就在于前书确实更像一篇"大文章"，故其说主脑、讲经络、辨声调、识笔力等，也就显得更加"直探文心"。

晚清至"五四"的文学革命，改变了中国小说与散文的整体面貌。在这场文学变革中，西方文学的启迪固然至关重要，传统的创造性转化也同样不容漠视。而这两者往往纠合在一起，很难截然分开。比如，小说与散文的对话，乃是这两大文类变革的一个主要动力。这里有传统中国以不文为文、以不诗为诗的革故鼎新之道，也有中外小说（散文）叙事模式不同造成的刺激与启迪。① 比起唐宋明清文人跨越文类的尝试，"五四"作家显得更加无所顾忌，而且，这一回的"小说散文化"与"散文小说化"，往往有明确的理论表述，对于中国小说叙事模式的转变，或者中国散文之走向"白话"与"美文"，跨越文类边界，始终是一种有益而且有效的尝试。

---

① 参阅陈平原《中国小说叙事模式的转变》，上海人民出版社 1988 年版。

四　本书的叙述策略

最后，关于本书的叙述策略，有必要稍作交代。

虽然我对穿越文类边界的尝试相当赞赏，但作为历史叙述，散文与小说毕竟不宜混为一谈。全书分为两大部分，分别描述中国散文与中国小说发展的历史；而对二者的叙述，采取的策略不尽一致。前者按照时间顺序，后者则照顾类型的演进。这里有个基本的设想，即文章体例的变化，远不及小说类型的演进急剧。而且，中国小说历史的变迁，正如鲁迅所说的，"有两种很特别的现象"，即"反复"与"羼杂"。① 为了使得这种变迁的轨迹及其复杂性得到比较充分的体现，这里尝试突破线性时间的限制，不完全依年代先后叙述。

在谈论散文发展时，关注小说的刺激；而描述小说变迁时，则着眼于散文的启迪。这种叙述策略，最大的陷阱是穿凿附会。需要一个过渡形态，使得穿越边界的行为，不至于显得过分鲁莽。在这方面，作为中介的"笔记"发挥了很好的作用。在我看来，正是借助这座桥梁，超越小说与散文的"边界"，才比较容易获得成功。"笔记"之庞杂，使得其几乎无所不包。若作为独立的文类考察，这是一个致命的弱点；但任何文类都可自由出入，这一开放的空间促成文学类型的杂交以及变异。对于散文与小说来说，借助笔记进行对话，更是再合适不过的了——这是一个双方都可介入，都与之

---

① 《鲁迅全集》第九卷，人民文学出版社1981年版，第301页。

渊源甚深的"中间地带"。

从晚清开始的文学革命,使得20世纪中国的散文与小说,与唐宋明清同类作品差异甚大,以至研究者大都倾向于"分而治之"。本书不采取这一策略,而是力图贯通古今。这里涉及对20世纪中国文学进程的理解,即强调在"从古典到现代"的文学变革中,传统依旧以某种形式发挥着积极作用。不管是借"活着的传统"沟通古今,还是以"传统的转化"体现发展,关于中国散文与中国小说的历史叙述,都不应该终止于晚清。20世纪中国文学并非本书描述的重心,之所以有所涉及,主要是体现笔者的这种学术追求。

本书对作家生平基本不涉及,对作品的分析也不够精细,除了篇幅的限制,更主要的原因,乃是为了突出文类演进的趋势。选择这一著述体例,必然对大量史实有所取舍。限于著者的史识与学力,取舍不免有所偏差。至于因此而相对淡化个人的天才创造,无法凸现大作家的整体风貌,则是选择这一体例所必然留下的遗憾。

第一章　史传之文与诸子之文

从言辞到文章

从直书到叙事

百家争鸣

诸子遗风

一部中国文学史，是在先贤的创造与后辈的阅读中共同完成的。没有庄周的汪洋恣肆、班固的法度谨严，也就没有充满魅力的《庄子》和《汉书》；反过来，《庄子》《汉书》的千古流传，又有赖于后世无数读者的诠释与模仿。谈论中国散文的起源与发展，不能不考虑唐、宋、明、清乃至近世文人学者的选择。之所以从唐代说起，就因为自韩愈发起古文运动，历代文人大致认可其对秦汉之文与魏晋之文的区别。正如清人方苞在其《古文约选序例》中所说的：

> 自魏晋以后，藻绘之文兴，至唐韩氏起八代之衰，然后学者以先秦盛汉辨理论事质而不芜者为古文。

没有注重藻绘的骈文,也就无所谓"质而不芜"的古文。对古文、骈文的界定与评价历来天差地别,但"八代之文"不同于"秦汉之文",这点一般不会有异议。

韩愈的"非三代两汉之书不敢观",主要还是追求因文而及道;柳宗元之取法五经并参照孟、荀、庄、老,着重点已由明道转为论文。① 唐宋以下,古文蔚为大观,"追踪秦汉"因而成了取法其上的标志。也有人主张模仿韩柳而不是《左》《史》,可那是因为秦汉之文如远隔大海的蓬山绝岛,非唐宋文做舟楫不能到达。② 对于明清文人来说,六经子史不但是文章的范围和根基,而且本身便是天下之至文。屠隆对前后七子的模拟剽窃很不以为然,可这不妨碍其在《文论》中对六经子史推崇备至:

> 夫六经之所贵者道术,固也,吾知之;即其文字奚不盛哉!《易》之冲玄,《诗》之和婉,《书》之庄雅,《春秋》之简严,绝无后世文人学士纤秾佻巧之态,而风骨格力,高视千古。若《礼·檀弓》《周礼·考工记》等篇,则又峰峦峭拔,波涛层起,而姿态横出,信文章之大观也。六经而下,《左》《国》之文,高峻严整,古雅藻丽……贾、马之文……屈大夫之词赋……庄、列之文……诸子之风骨格力,即言人人殊,其道术之醇粹洁白,皆不敢望六经,乃其为古文辞一也。

---

① 参阅韩愈《答李翊书》和柳宗元《答韦中立论师道书》。
② 参阅艾南英《天佣子全集》卷五《答陈人中论文书》。

图 1-1　屠隆

尽管《文选》对历代文人影响极大,但其排斥"以立意为宗,不以能文为本"的六经子史,却没有被后世所接受。同样区分文笔,刘勰的做法无疑妥当些。《文心雕龙》中论文、叙笔各十篇,其中叙笔部分首列"史传"和"诸子"。实际上,后人追慕模仿的"秦汉之文",也正是这"史传"与"诸子"。

因而,本章之论述,以先秦两汉的"史传之文"和"诸子之文"为中心。至于领尽风骚的汉赋,以及魏晋骈散渐分的文学走向,则留在下章论述。

一　从言辞到文章

鲁迅撰《中国文学史略》,以"自文字至文章"开篇。虽也提到原始之民以姿态声音自达其情意，但认定口耳之传不足以行远或垂后，故文字的诞生更带根本性。从《说文解字》入手讨论文学的起源，这一思路得益于章太炎与刘师培。所谓"自古词章，导源小学""未有不知小学而可言文者也"，因此，"欲溯文章之缘起，先穷造字之源流"。章、刘其实都注意到早期史书多记口语、诸子之书近乎演说、古人论学特设记问、战国游说惟在立谈等，可囿于"言语文学厥科本异"，或者坚持"文笔之辨"，故宁愿以"解字"来"说文"。①

各种文体对"言辞"与"文字"的依赖程度大不相同，所谓的苍颉造字或六书义例，并不能充分说明"文章"的发展趋向。倘若承认六经、诸子和史传对后世文章的决定性影响，那么无论如何不该绕开当初那些没有多少藻采的"口语"与"演说"。因此，我更欣赏朱自清的思路，探讨中国散文的发展，不妨直接从"言辞"如何影响和造成"文章"说起。②

清人论文，多以记言的《尚书》开篇。"五四"以后学术范式转移的一个标志，便是甲骨学的兴起。随之而来，谈论文章起源，必追溯殷商的卜辞。巫觋为帝王求凶问吉、预测祸福，记录下来便是今人所见的卜辞，后人或许可以从中读出许多故事，可当初它只是占验的语言，最多加上巫觋的推测与想象。所谓"巫卜记事"，指的是巫觋的社会功能；倘就文体而言，卜辞只记占验之语。不妨读读这片常被引用的卜辞："癸卯卜，今日雨。其自西来雨？其自

---

① 参阅章太炎《文学说例》、刘师培《文说》和《文章源始》，均见《中国近代文论选》。
② 参阅朱自清《经典常谈》第十三章，生活·读书·新知三联书店 1980 年版。

东来雨？其自北来雨？其自南来雨？"不要说那些只是预卜祸福或天气，即便蕴藏着狩猎、祭祀或战争等大事的卜辞，仍是模拟巫觋的口吻。

从甲骨卜辞的片段记录，到系统的卜筮著作《周易》中的卦爻辞，文字表达水平已大为提高，而且多用韵语，明显是为了记诵的方便。到了《易传》中的《系辞》与《文言》，已经有严密的推理和完整的结构，俨然是在"做文章"。《易传》十篇，到底出自何人、成于何时，一时难有定论。但其带有战国文风，不可能出自孔子之手，这点大概没有问题。而《系辞》和《文言》之注重辞采，讲究奇偶相生，既便于口耳相传，也有日渐文章化的趋向。

更明显地体现"从言辞到文章"这一发展趋向的，还是《尚书》《国语》等历史著作。《汉书·艺文志》称：

> 古之王者世有史官，君举必书，所以慎言行、昭法式也。左史记言，右史记事，事为《春秋》，言为《尚书》，帝王靡不同之。

上古史官之分工及记言记事之别，未必真如班固设想的那么泾渭分明。不过，《尚书》以记言为主却是不争的事实。《商书·盘庚上》还有"盘庚迁于殷，民不适有居"作为"王若曰"的背景，《周书·多士》也有"惟三月，周公初于新邑洛"交代发布告令的时间地点；《周书·无逸》连这些简单的说明文字都省了，开篇便是"周公曰"。唐人刘知幾对此有过大致合理的解释："盖《书》之所主，本于号令，所以宣王道之正义，发话言于臣下。故其所载，皆典、谟、训、诰、誓、命之文。"至于杂入言地理

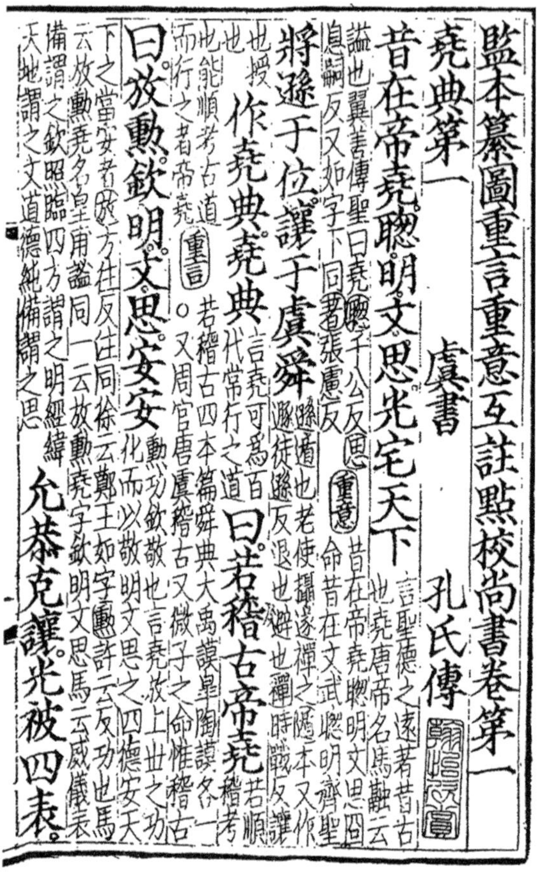

图1-2 宋刻本《尚书》书影

的《禹贡》、述灾祥的《洪范》以及记人事的《尧典》《舜典》,在刘氏看来,"兹亦为例不纯者也"①。本来就不是完整的著述,体例焉能完全统一?只是相对于此后的史书来,《尚书》确实多载"语录"而不注重"叙事"。

《尚书》的源流及真伪辨析,是学术史上一大公案,这里不拟涉及。但不管真伪,既被列入天下义理辞章之渊薮的"六经",历代文人无不悉心研读。因此,所谓"《尚书》为中国第一部古史,亦即中国第一部古文"的说法②,判断或许有误,却真实地表明此书在古文家心目中的地位。《尚书》对此后几千年制诰诏令章表奏启的深刻影响固然重要,但更值得注意的是其高古质朴而极少藻饰的叙述风格,往往被后世用来作为扫荡浮华文风、提倡文章复古的旗帜。文学史家为了证明"进化的轨迹",尽量发掘《尚书》中较有文学色彩的比喻、韵律乃至场面描写,这自然没错;可《尚书》之被历代文人阅读和模仿,重点不在辞采藻韵,而在柳宗元《答韦中立论师道书》所说的"本之《书》以求其质"。

《尚书》记言,言随时迁,刘勰已经抱怨"训诂茫昧",韩愈更称其"佶屈聱牙"。③ 虽经历代学者训释考订,至今仍有许多不可解处。《尚书》之所以难懂,原因在于多用方言口语,20世纪30年代,有人据此论证白话文之不足以行远,有人则将其作为提倡大众语及拉丁化的依据。④ 其实,汉字作为表意文字的特征以及上古

---

① 刘知幾:《史通》卷一《六家》。
② 陈衍:《石遗室论文》卷一,无锡国学专修学校1936年刊行,第1页。
③ 参阅刘勰《文心雕龙·宗经》和韩愈《进学解》。
④ 参阅鲁迅《门外文谈》(《鲁迅全集》第六卷)和陈柱《中国散文史》(商务印书馆1937年版)第19—20页。

书写的困难，决定了中国的言、文从一开始就不可能完全一致。为了节时省力，也为了流传久远，必须尽量减少对当世口语的依赖。两千多年后的今人，稍加训练就能读懂孔孟庄骚，这对中国文化传统的建立与发扬光大至关重要。这种奇迹的创立，是以摒弃口语而追效古人为代价的。《尚书》的"佶屈聱牙"，不过凸显了言文分离对中国文学发展的制约。后世文章的多用雅言及书面语，正可从《尚书》的流传与接受窥见端倪。

同样注重记言，《国语》已经颇多润色。今本《国语》二十一篇，包括周、鲁、齐、晋、郑、楚、吴、越八国，时代断限参差，纪事繁简相异，各篇体例也都很不一致，可所录之语却没有根本的区别。史家们明显没有"从实而书"，"记其当世口语"，而是采用流传更为广泛的雅言。其中吴、越之语有气势，周、鲁之语多理趣，总的倾向则是加进了助词、连词和语气词，使文章显得流畅委婉。《国语》的体例虽以记言为主，但已有通过一系列言行展示某一人物风采的趋势，可视为语录体向人物传记的过渡。若《晋语》中重耳的流亡、《越语》中勾践的灭吴，都在注重记言的同时照顾到故事及人物性格的完整性。单就叙事（尤其是描写战争）而言，《国语》显然无法与《左传》媲美；但《国语》中不少精辟的议论，一点不比《左传》逊色。著者注重教诲，颇多妙喻，再加上所录列国行人之辞令大有可观，《国语》因而也为后世文人所激赏。

先是列国外交，使者聘问，言语真有兴邦或亡国的功效，自是不能不着意经营。后又处士横议，立谈可以取卿相，辞令成了死生穷达的关键，难怪时人苦心钻研。行人之从容委婉与游士之铺张夸饰固然异趣，但"尤重辞命"却是一致的。相对于《尚书》中帝王诰谕臣民的"直言"，《国语》所录行人、游士之"词命"已经有浓厚的文学意味。《国语》《左传》乃至《史记》等，因多载大夫辞令、行人应答，"其文典而美，其语博而奥"；而记录战国虎争时"剧谈者以谲诳为宗，利口者以寓言为主"，无疑也对历史著作的叙述风格产生影响。① 也就是说，记载先秦史事之文章风韵，与其时活跃在政治舞台上的使臣、游士对文辞的刻意修饰有关。

出使专对不辱君命的行人之官，与抵掌腾说以取富贵的纵横家流，二者之道德境界似乎天差地别。苏秦、张仪之合纵连横声名狼藉，以致后人一般不将"纵横"二字与孔门弟子或墨家之徒连在一起。其实，纵横家之揣摩敷张，与行人之权事制宜，颇有相通之处。《汉书·艺文志》称"纵横家者流，盖出行人之官"，便因二者都是随机应变，以能言善辩谋求政治利益。章学诚对此有进一步的发挥：

> 战国者，纵横之世也。纵横之学，本于古者行人之官。观春秋之辞命，列国大夫聘问诸侯，出使专对，盖欲文其言以达旨而已。至战国而抵掌揣摩，腾说以取富贵。其辞敷张而扬厉，变其本而加恢奇焉，不可谓非行人辞命之极也。孔子曰："诵诗三百，授之以政，不达；使于四方，不能专对，虽多奚为？"是则比兴之旨，讽谕之义，固行人之所肄也。纵横者流，推而衍之，是以能委折而入情，微婉而善讽也。②

既然战国乃纵横之世，没有一点纵横之术，焉能有立锥之地？九流

---

① 参阅刘知幾《史通》卷一四《申左》和卷六《言语》。
② 章学诚：《文史通义》卷一《诗教上》。

宗旨虽异，但都必须游说四方，故章学诚称"及其出而用世，必兼纵横"。管仲之相齐、子产之存郑、墨子之救宋，以及孟子之历聘齐梁、荀卿之三为祭酒，都不无抵掌腾说之习。可见擅辞令、兼纵横，乃战国诸子的共同特征。宗旨不同的诸子百家，为了谋取治国安邦的机遇，都注重学诗能言，讲求辞令之美，这无疑会影响"记言"之史的叙述风格。

最能体现纵横之术对史书风格的影响的，当推《战国策》。今本《战国策》三十三卷，为汉代刘向所整理编次并定名。此类文字，秦汉之际流传甚多，编者非一人，成书非一时，刘向因其为"战国时游士辅所用之国，为之策谋"，故名曰《战国策》。"其事继春秋以后，讫楚汉之起"，间杂有秦并六国以后的事。以"纵横之世"的游士策谋为主体，可以想象其必然多录纵横家言。《战国策》中也能找到儒、道、法各家思想的印记，那是因为一来百家争鸣中各家互有借鉴，二来纵横家讲权谋故不死守某一学理，三来编辑时可能杂入他家文字。最后一点并非不重要：尽管多载纵横家言，《战国策》毕竟是史书而非子书。

刘向《战国策·叙录》中有一段话，大致说明了此书产生的时代特征以及其思想倾向和文章特色：

> 战国之时，君德浅薄，为之谋策者，不得不因势而为资，据时而为画。故其谋扶急持倾，为一切之权，虽不可以临教化，兵革救急之势也。皆高才秀士，度时君之所能行，出奇策异智，转危为安，运亡为存，亦可喜。皆可观。

既然人君为了取强争霸而"捐礼让而贵战争，弃仁义而用诈谲"，理想之士远不如权谋之徒见贵于时，就难怪"高才秀士"们耐不住寂寞，抛弃"仁义礼让"而只讲"时势"与"权谋"了。借用《燕策》中苏代的话："仁义者，自完之道也，非进取之术也。"身处"礼崩乐坏"的乱世，讲求"进取"的游士们不再执著于"迂腐"的理想，而是以"奇策异智"兼谋国运与私利。苏秦、张仪的合纵连横纯以揣摩为术，不讲敬天爱民，为后世所不取。但冯谖为孟尝君"市义"（《齐策》）、苏代止赵伐燕（《燕策》），以及千古传诵的触龙说赵太后（《赵策》），讲的也都不是仁义，而是时势与权宜。

纵横家言，大都波澜曲折，扬厉恢奇，追求的是"现场效果"，而不是"藏之名山，传之后世"。故与其将《战国策》作为信史来考辨，不如将其作为文章来欣赏。《魏策》中"伏尸百万，流血千里"的"天子之怒"与"流血五步，天下缟素"的"布衣之怒"的对峙，竟以秦王的"长跪而谢"结束，虽不合史实，却大快人心，且颇具审美效果。游士之摇唇鼓舌，本为谋取政治利益，可其文字之"委折而入情，微婉而善讽"，无意中造成一种对语言艺术及文章气势的刻意追求。游士重揣摩而轻道德，本就容易"放言无惮"；为了出奇制胜，更是喜欢故意"危言耸听"。这就决定了其言其文常用偏锋，擅长形容、铺张和比喻，多用排句且声调铿锵。以一史著而如此藻采绚烂、酣畅淋漓，实大大得益于其所载策士之辞。

《战国策》也有叙事曲折，极尽腾挪跌宕之能事者，如几乎被司马迁全文抄录的"荆轲刺秦王"（《燕策》）；但"纵横家言"毕竟构成此书的主体，故后人颇有欣赏其文辞而非难其立意者。所谓"苏秦张仪，吾取其术，不取其心"，或者读《战国策》"必向其说之工,而忘其事之陋",正是凸现了这种尴尬。① 可心与术、言与行能否截然分开,实在没有把握。后人批评苏轼父子策论的好为大言,虚张声势,正是针对其学其文之"出于纵横"。②

"左史记言",行人与游士的优美辞令使得史书颇具文采和风韵;"天子失官,学在四夷",私人讲学及私家著述的兴起,同样显示由言辞到文章的发展路向。后世作为"著作"阅读的,当初很可能只是"言语"。由注重口耳相传的"讲学",到诉诸刀简笔墨的"著述",其间"作者"的观念及写作的过程发生了巨大的变化。《汉书·艺文志》称:"《论语》者,孔子应答弟子时人及弟子相与言而接闻于夫子之语也。"先秦子书中带有讲学印记的颇多,只是不像《论语》那么纯粹而已。至于不自著书,而是口耳相传,然后由及门弟子或宾客、子孙撰定,更是先秦诸子著作的共同特征。③ 明此古书体例,则先贤著述中杂入后学附记,或者同一文本保留多种记录,都与作伪或秦火关系不大,而是由"讲学"向"著述"过渡所必然留下的痕迹。

《论语》对后世的影响,主要是孔子的"道德"而非"文章"。首创私家讲学的孔子,无意于"沉思翰藻",其传诵千古的至理名言虽然也有刻意经营的意味,但"师徒对话"这一形式内在地规定了《论语》从容不迫、温文尔雅的叙述风格。话题忽西忽东,人物忽乙忽甲,再加上每段只有三言两语,论述实在说不上充分。可师

---

① 参阅苏洵《谏论》和李文叔《书战国策后》。
② 参阅章学诚《文史通义》卷二《博约上》、章太炎《国故论衡》中卷《论式》。
③ 参阅余嘉锡《古书通例》卷四(上海古籍出版社 1985 年版)和吕思勉《先秦学术概论》上编第五章(中国大百科全书出版社 1985 年版)。

徒朝夕相处，互相熟悉对方的思路，尽可点到即止，没必要多费口舌。由此而造成的文字简洁倒在其次，最为感人的是"坐而论道"时的神态气韵。不同于此后剑拔弩张的"论辩"，这里以自我"陈述"为主。即便是《论语·先进》中那段广为传诵的对话，也只是"各言其志"。这就使得《论语》不以"思辨"而以"气韵"见长。孔子之所以激赏"莫春者，春服既成，冠者五六人，童子六七人，浴乎沂，风乎舞雩，咏而归"，固然是因其蕴涵礼治德政的社会理想，也与孔子本人的审美趣味相吻合。这段话所体现出来的精神境界，其实可作为《论语》叙述风格的象征。

随着百家争鸣的兴起，言辞的犀利以及论证的严密逐渐取代了师徒讲学的潇洒与雍容。尽管《孟子》的气势、《墨子》的逻辑，以及《庄子》的寓言与想象，都比《论语》的平铺直叙更具文采，可后者于简单淡泊中透露出来的"气韵生动"，却更让千古文人怀念不已。

《老子》五千言，谈玄说理，远比《论语》精微。用世与避世、政治与哲理、人伦与天道、建设与批判、讲学与著述——倘若不将其绝对化，这种区分约略可见《论语》与《老子》的差别。单就文章论，《老子》的奇偶相间、散韵杂处，以及大量使用排比句式，大概真如鲁迅所说的"以便记诵"①。但《老子》思想的辩证、论题的集中、说理的精辟以及文辞之美，均非互不连贯的语录体可比。《史记·老庄申韩列传》关于老子出函谷关被关令尹喜强迫著书的说法或许过于神奇，但"五千精妙"非讲学之语，乃专门著述，却是毫无疑义。老子主张"信言不美""善者不辩"，可其

---

① 《鲁迅全集》第九卷，第362页。

著书立说时却没有真的"复归于朴""不居其华",而是既"美"且"辩"。只是由于其后学庄周的文章实在太出色了,后人论及道家之文时常以之为代表,谈《老子》者于是多注重其旨趣遥深,而忽略其文辞美妙。

从政治家的训令与历史家的记言,到行人与游士的说辞,再到私门讲学与著述,在强调实用性的同时,加强对文辞之美的追求,"言辞"于是逐渐向"文章"过渡。先秦时代"无意为文"的史官学者,虽不若后世文人之"沉思翰藻",但其文史未别、骈散不分、言文没有完全脱钩的浑朴状态,自有一种特殊的美感,为后世反叛时文、力主复古者所永远追慕。

二 从直书到叙事

史书记言以《尚书》为代表,记事则当推《春秋》。"春秋"本为古代各国史官所撰编年史的通称,并非某部著作的专名。现存之《春秋》乃鲁之史书,曾由孔子修订润色,以鲁为主而兼及列国大事。其视野开阔、结构宏大尚在其次,更重要的是其蕴涵的微言大义以及谨严的书法。有感于世道衰微、邪说暴行充斥人间,孔子希望借史书的写作来"寓褒贬,别善恶",进而达到定名分、制法度的目标。后世经师对《春秋》大义的发掘,不乏穿凿附会之处;但此书遣词造句之讲究,确实寄托遥深,绝非只是笔墨技巧。同样是战争,依记录者的价值判断,可书为"伐",也可书为"侵",还可书为"袭""取""克""败"等,读者不难从一字之褒贬,体会到史家惩恶劝善的良苦用心。《孟子·滕文公下》称"孔子成

《春秋》而乱臣贼子惧",只能说是表达了史家的愿望,设想"乱臣贼子"因惧怕此史家之"春秋笔法"而"放下屠刀立地成佛",未免过分夸大了文字的力量。倒是《春秋》之简言以达旨、微辞以婉讽的笔法,对后世古文家之讲究文字精确、表达含蓄颇有影响。

章学诚对记言记事的区分甚不以为然,称"其职不见于《周官》,其书不传于后世",《尚书》中有事,《春秋》中有言,而"左氏所记之言,不啻千万矣"。① 《左传》大量记载行人、游士之辞令,其实不足以成为否认《春秋》注重记事的理由。前者虽为后者作传,却非单纯的解经之作(对比《公羊》《穀梁》便一目了然),起码在史书体例的设计上,颇多创新之处。柳宗元曾论及"自左丘明传孔氏",左右史交错、言事混合,因而导致"《尚书》《春秋》之旨不立"。② 从唐人之赞赏其"不遵古法"而"言事相兼,烦省合理",到今人之称"《左传》记言的成就,比记事还要突出"③,都是注意到其所载典雅优婉的大夫辞令行人应答,具有独立的审美价值。可此类妙语多有所本,非作者的独创。《左传》之文学成就,主要还是体现在其叙事——尤其是关于战争的叙述,几乎可以说是独步千古。

古代史官的职责,一是秉笔直书,一是褒贬劝惩,也就是像孔子修《春秋》那样,"笔则笔,削则削","举得失以表黜陟,征存亡以标劝戒"。④ 理想的史家必须坚持道义,不畏权势,为求实录,

---

① 参阅章学诚《文史通义》卷一《书教上》。
② 《柳宗元集》卷二一《柳宗直西汉文类序》。
③ 参阅刘知幾《史通》卷二《载言》和郭预衡《中国散文史》(上海古籍出版社1986年版)上册第95页。
④ 参阅司马迁《史记·孔子世家》和刘勰《文心雕龙·史传》。

虽杀身而不悔。《左传·宣公二年》叙述过董狐之记"赵盾弑其君",接着便是:"孔子曰:'董狐,古之良史也,书法不隐。'"《左传》既是依《春秋》而作,较少触犯当朝权势招来杀身之祸的危险,直书与劝惩相对容易得多。要说尚德爱民、尊天敬神等大道理,《左传》没有《公羊》《穀梁》发挥得淋漓尽致;《左传》的长处在叙事而不在说理。晋人所说的"其文缓,其旨远",或者"《左氏》艳而富,其失也巫"①,都是针对其叙事技巧而不是实录精神的。

唐人刘知幾并非第一个赞赏《左传》之叙事者,但《史通》的表彰最为系统:"夫史之称美者,以叙事为先。""盖《左氏》为书,叙事之最。"如此褒扬,略嫌过于抽象,于是有了如下大段精彩的描述:

> 《左氏》之叙事也,述行师则簿领盈视,哤聍沸腾;论备火则区分在目,修饰峻整。言胜捷则收获都尽,计奔败则披靡横前,申盟誓则慷慨有余,称谲诈则欺诬可见,谈恩惠则煦如春日,纪严切则凛若秋霜,叙兴邦则滋味无量,陈亡国则凄凉可悯。或腴辞润简牍,或美句入咏歌,跌宕而不群,纵横而自得。若斯才者,殆将工侔造化,思涉鬼神,著述罕闻,古今卓绝。②

这里所表彰的,除了"腴辞""美句"的版权属于行人游士外,大

---

① 参阅杜预《春秋左氏传序》和范宁《穀梁传序》。
② 刘知幾:《史通·杂说上》。

体都应归功于作者高超的叙事能力。尤其是纷纭复杂的战争,既有运筹帷幄的神秘,又有风云突变的惊诧,还有金戈铁马的惨烈,居然被叙述得有声有色,而且脉络清晰可辨。

《左传》直接涉及的军事行动多达三四百起,其中晋楚城濮之战、齐晋鞌之战、秦晋殽之战、晋楚邲之战、晋楚鄢陵之战等五大战役,都被叙述得曲折且生动。除了必不可少的战前准备、战术设计以及实战的展开,还要体现"尚德不尚力"的历史哲学,这其实很难兼顾。战争的过程不容篡改,史家的权利在于选择特定的角度以及掌握叙述的节奏。城濮之战便是绝好的例子。大战尚未展开,胜负已成定局:楚子玉之"刚而无礼,不可以治民",与晋文公之"一战而霸,文之教也",恰成鲜明对比。战争中人心之向背是否决定一切尚可争议,但《左传》的叙述确实使得其具有某种道德裁判的意味。好在这一切都不是直接道出,而是诉诸若干精心挑选的小事。在波澜壮阔的大战前后,巧妙地穿插若干琐事,既舒展文气,又体现了作者的价值观。前人评论《左传》时常用的"其文缓""无矜无躁""从容委曲"等①,不只体现为作者的涵养与气度,更落实在此等"大战"中夹杂"琐事"的剪裁运化之妙。

《左传》承袭《春秋》的编年史结构,但并没有囿于线性的叙事时间,常常为了结构的完整与线索的清晰而采用插笔与倒叙。或列国争霸,或祸起萧墙,都是千头万绪,非三言两语能够说清。像"齐鲁长勺之战""郑伯克段于鄢"这样千古传诵的片段,之所以能用如此短小的篇幅讲清战争的来龙去脉,与其选择最具特色的君臣对话和兄弟钩心斗角为中心来展开叙述有关。即便如此取舍,还

---

① 参阅刘熙载《艺概》卷一《文概》。

有许多若不相涉而又必须补充说明的人事，借一"初"字领起穿插其中，使文章眉目清楚，且如灵蛇腾雾，首尾无定处。后世谈论叙事技巧，涉及插笔与倒叙，最适合于作为例证的便是此《左传》。①《左传》对叙事时间的处理，千载之下，仍值得散文家和小说家借鉴。只是由于章回小说中说书风格的长期滞留，倒装叙述等技法才没能得以施展，以至清末文人初读西洋政治小说及侦探小说，才会为其"一起之突兀"而惊叹不已。

《左传》之叙事，历来为古文家所推崇；至于其文体，则时有非议。范宁《穀梁传序》之称"其失也巫"，以及韩愈《进学解》之讥"左氏浮夸"，大概都是抱怨其不若《尚书》之高古、《春秋》之谨严。就连对《左传》大为欣赏的刘知幾，其《史通·叙事》中标举"文约而事丰，此述作之尤美者也"，也只列出《尚书》和《春秋》。《左传》文字，确实不够"古雅"，可这不足以作为价值判断的依据。后世讲义法的古文家，大谈文约言省时，喜欢以《尚书》《春秋》为楷模。其实，这种"微"与"晦"的书法，并不一定值得效仿。

清人孙鑛、章学诚、阮元等都曾指出古人汗青刻简之不易，非省文简辞不可；而后人不察其所以然，竟以其"势所然尔"的"谨严"来评判一切文章，实在不得要领。② "省文"的《春秋》尽管人人喝彩，未免过于"高不可攀"。后世学作古文者，大都模仿的是《左传》。除了叙事生动文辞美茂外，还有就是梁启超所说

---

① 参阅李绂《秋山论文》、王源《左传评》和林纾《春觉斋论文》。
② 参阅钱锺书《管锥编》第一册第 163—164 页和张舜徽《史学三书平议》（中华书局 1983 年版）第 74 页。

的："其文虽时代甚古，然无佶屈聱牙之病，颇易诵习。"①

"史著"而被奉为"古文"楷模的，除了《左传》，便是《史记》。唐宋以下直至晚清的古文家，往往以太史公笔法相号召。《史记》之被普遍推崇，文学家起了很大作用。自《汉书·司马迁传》赞其"不虚美，不隐善，故谓之实录"，评论《史记》者，多像刘勰，喜在"实录无隐之旨"上做文章。所谓"良史之直笔"，实未足以尽《史记》之精华。一方面，"秉笔直书"乃千古史家的共同口号，非司马迁的独创；另一方面，《春秋》尚且"为尊者讳""为亲者讳"，"实录"其实可望而不可即。《史记》之隐含悲愤贬损当世，常被今人作为"实录"的例证；但这与古人理解的"言罕褒讳"的"直书"颇有距离。太史公一腔抑郁不平之气，充溢于《史记》全书，任何一个稍有经验的读者都不难发现。同一事件的记载，《史记》之所以比其他史著更精彩，与其归之于古已有之且为史家共同尊奉的"实录"，不如归之于作者对历史以及人生的独特感悟。"网罗天下放失旧闻"并非司马迁的目标，"究天人之际，通古今之变，成一家之言"才是太史公的真正抱负。《报任安书》所表述的这一非同寻常的"抱负"，使得《太史公书》在中国历史著述中占据独一无二的地位：既是史，也是子。清人钱大昕一语道破《史记》对《春秋》的继承与发展："其述作依乎经，其议论兼乎子。"② 班固本其父彪之语，讥《史记》"是非颇缪于圣人"，其实正说到其成一家言的长处。此后的史著，或许体例更加清晰，

---

① 梁启超：《饮冰室合集·专集》第十五册《要籍解题及其读法·〈左传〉〈国语〉》，中华书局1932年版。

② 钱大昕：《潜研堂文集》卷二四《史记志疑序》。

考证更加严谨,叙述更加缜密,可再也没有不以圣人之是非为是非、力图成一家言的气魄和能力;像《平准书》那样不避当朝天子,或者像《酷吏列传》那样指摘时弊、《货殖列传》那样背离主流意识形态,除因司马迁的个人天赋外,更因帝国初建,文网未密,再加上其时子、史尚未完全分家。

  此前的史书,或整理旧闻述而不作,或作者众多分辨不易,真正可以作为个人著述来把握的,大概得从《史记》说起。有了明确的"作者",再加上遭宫刑而发愤著述的传奇性,使得后世褒贬《史记》者,都喜欢抓住李陵事件做文章。《报任安书》里关于"文王拘而演《周易》,仲尼厄而作《春秋》,屈原放逐,乃赋《离骚》"之类的说法,更容易误使论者将《史记》中的意气与不平统统归之于司马迁的个人身世。班固"既陷极刑,幽而发愤"的说法,已有将《史记》作为自我伤悼之书的倾向;关于是否"谤书"的争论,更是将"发愤"与"著述"直接等同起来。以伯夷居列传之首,而且论赞多于记述,大发修身洁行之士遭祸害而暴戾恣睢之徒享安乐的感慨;称"信而见疑,忠而被谤"的屈原之作《离骚》,"盖自怨生也";对"不爱其躯,赴士之厄困"的游侠之赞叹等:确实别有怀抱。可这种如鲠在喉不吐不快的牢骚孤愤,毕竟寄托在人物传记的叙述中或论赞上,与屈原的"忧愁幽思而作《离骚》",心境相通,体例却大不同。因而,刘熙载称"学《离骚》得其情者为太史公",可又不忘添上一句"叙事不合参入断语,太史公寓主意于客位,允称微妙";鲁迅赞《史记》为"无韵之《离骚》",但前面还有"史家之绝唱"五字垫底。[①]《史记》首先是史

---

① 参阅刘熙载《艺概》卷一《文概》;《鲁迅全集》第九卷,第 420 页。

学名著，即便蕴涵着感慨与幽思，也仍以叙事见长。过分夸大其发于情肆于心，不只忽略了史书的文体特征，也与"实录"之说自相矛盾。从成一家言的角度来理解《史记》中的反叛与不平，当比只将其作为"自怨生"的《离骚》或"悲士不遇"赋来解读更贴切。

同样突破上古史官记言记事之分，《左传》《史记》对后世史著及叙事文学的影响极为深远。只是二者的着重点颇有不同，借用章学诚的话来说，便是"记事出于左氏，记人原于史迁"①。司马迁之参酌古今，发凡起例，以十二本纪叙帝王，三十世家记诸侯，十表系时事，八书详制度，七十列传志人物，五体交织而成全史，百代而下不易其法，故被誉为"史家之极则"②。"本纪""世家""列传"所志之人物身份地位不同，"列传"中又有专传、合传、类传之分，可作为"传记"的文体却没有根本的区别。因此，说《史记》的体例，乃是以人物传记为中心，大概不会有异议。比起《左传》之以编年体叙事不得不割裂人物，或者《战国策》之以游士为中心描写范围大受限制，《史记》包罗甚广且叙述完整的人物传记更见精彩。

《史记》写人栩栩如生，历来为古文家与小说家所共同赞赏。《项羽本纪》之以鸿门宴和乌江兵败为中心，除取其戏剧性冲突强烈，更因其最能体现项羽的英雄盖世及粗豪爽快。如此以"性格"而不是"事件"来决定篇幅的长短、叙述的轻重与节奏的快慢，与后世诸多正史相比，明显地"不拘章法"。人类活动千头万绪，史家只能关注大事件、大人物，《史记》自然也不例外。其精妙处在

---

① 章学诚：《章氏遗书》卷二四《（湖北）通志凡例》。
② 参阅郑樵《通志·总序》和赵翼《廿二史札记》卷一"各史例目异同"则。

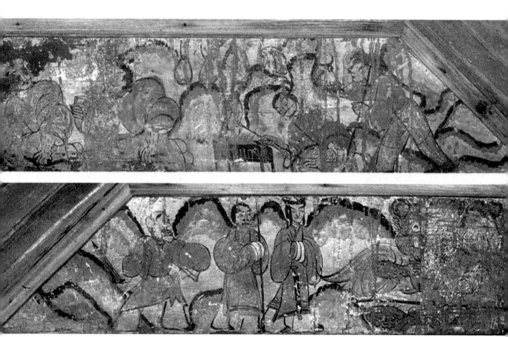

图1-3 西汉墓室壁画《鸿门宴图》

叙述战争风云英雄霸业的间隙,穿插若干"小事""闲笔",如写韩信而有胯下之辱,以及张良之为圯上老人进履、廉颇蔺相如之"将相和"、信陵君之不耻下交虚心待士等。这些细节描写,大都带有浓厚的文学意味。列传中春秋以前部分相对平淡,一入战国,笔墨陡然变得雄奇跌宕。一来得益于《战国策》旧文(如荆轲刺秦王及苏秦张仪故事),二来秦汉间相距不远,文献犹足,太史公游历天下,四处访求,不难做到"摹画绝佳"。[①] 三来司马迁"爱

---

① 参阅司马迁《太史公自序》以及茅坤《史记钞》卷首《读史记法》。

奇",胸中本就充溢侠气豪气及抑郁之气,叙荆轲、纪项羽、赞屈原等,都是"所谓爬着他痒处",难怪其"分外精神"。①

《史记》中不少绘声绘色的描写,或取材于民间传说,或纯为太史公之增饰渲染,其实经不起"刨根问底"。只是以考据之眼读《史记》,不该忘了其"史而文"的特征。治《史记》者历来有考据与文章之分,林纾从古文家立场,认定"导后进以轨辙,则文章家较考据为益滋多"②。扬雄、班固、刘勰等虽也注意到司马迁之善叙事理,但主要赞赏其良史之才;自韩愈将《史记》与庄周之文、屈原之骚、相如之赋并称,此后古文家谈《史记》,方才离史而求文。《史记》文章的最大特征,莫过于笔力雅健、气势沉雄,而这主要体现在其长篇之作。若语言之诙诡绮丽或状物之惟妙惟肖,此前此后皆有可匹敌者;唯有《项羽本纪》那样长篇叙事而能收束得住,不流于散漫冗碎,这点最为难得。迷信文章高古者,往往以《汉书》之简洁讥《史记》之宕逸,可正如顾炎武《日知录》卷一九"文章繁简"则所称:

> 辞主乎达,不论其繁与简也。繁简之论兴,而文亡矣。《史记》之繁处,必胜于《汉书》之简处。

后人之所以将《史记》比之于"大川"或"江海",都是注意到其情态横出、气势磅礴。而所谓"古文大家未有不得力于此书者",当主要指此类变化无穷而又收束得住的长文。③

---

① 参阅扬雄《法言》卷一二《君子篇》和楼昉《过庭录》。
② 林纾:《桐城吴先生点勘史记读本序》,《畏庐续集》,商务印书馆1916年版。
③ 参阅顾炎武著,黄汝成集释《日知录集释》,世界书局1936年版;吴德旋著,吕璜述《初月楼古文绪论》;章太炎《文学略说》,《章氏星期讲演会》第九期,1935年11月。

"二十四史"中，史学价值与文学成就均可与《史记》相抗衡的，只能是《汉书》。《汉书》虽成于四人之手，实班固贡献最大，所谓班、马优劣的比较也就以他为主。作为第一部断代史，《汉书》体例上也颇有创新处，尤其是改"书"为"志"，使得关于典章制度的记载更加丰富翔实，若新增的《艺文志》对于学术源流的考察，极为后世所重视。与司马迁之注重慷慨悲歌的刺客与游侠不同，班固更欣赏儒雅博学的文人学士。《扬雄传》与《司马相如传》均占两卷，比许多叱咤风云封侯拜相者更为显赫。至于传中引录大批经世之文或传主自序，对于保存历史文献也有意义。史家对文化学术的偏爱，明显影响其叙述风格。《文心雕龙·史传》所称道的"赞序弘丽，儒雅彬彬"，正是博贯载籍、穷究百家的学者之文的本色。只是这么一来，作为史学著述，《汉书》完全可与《史记》并肩；但如果论作者的才情与著述的文采，后者则明显高出一等。

班固生活在"罢黜百家，独尊儒术"已经基本完成的东汉前期，对大汉王朝正统观念的接受与维护，使得其不可能像司马迁那样坚持自己的独立判断。嘲笑太史公"序游侠则退处士而进奸雄，述货殖则崇势利而羞贱贫"，恰好表现出班固"史识"的不足。对比班、马的《货殖》《游侠》二传，前者的谨守规矩与维护当朝利益，除了观念保守外，也使其文章缺乏灵性与气势。后世谈论马、班异同，尽管立足点不同，但大都承认马"喜驰骋"，班"尚剪裁"；马"通变化"故"圆用神"，班"守绳墨"故"方用智"。①而《史记》《汉书》对"成法""定例"的不同态度，首先基于其

---

① 参阅胡应麟《少室山房笔丛》卷一三和章学诚《文史通义》卷一《书教下》。

见识，而后才是文风。在与朝廷利益一致的前提下，班固也能写出慷慨悲凉的好文章，如《苏武传》便"千载下犹有生气"，一点不比迁文逊色。① 可惜这样"叙次精彩"的文章，在《汉书》中并不多见。

《史》《汉》之争由来已久，唐宋以下之所以多扬马而抑班，其中一个重要原因是后者多用排偶。在崇尚骈赋的时代，《汉书》的弘丽精巧自然受欢迎；自韩愈提倡古文，《史记》的疏纵雄健于是成了文章极致。同为史学巨著，可要说到对历代文章的影响，《汉书》远不如《史记》。

三 百家争鸣

文章之事，最主要的莫过于"纪事"与"说理"。在中国，前者根乎"史"，而后者源于"子"。清人姚鼐《古文辞类纂·序目》称"论辨类者，盖源于古之诸子"，并以韩、柳效法孟子、韩非，以及三苏兼取苏秦、张仪与庄子为例。假如考虑到楚汉辞赋得益于纵横之学，魏晋玄文近乎名法中兴，再加上明清以下周秦之文始终是读书人着意模仿的榜样，不难想象诸子文章对后世的决定性影响。但像刘师培那样，将"论辨""书说""传记""箴铭"诸体以及唐宋明清诸家诗文，直接归之于儒道名法或阴阳纵横②，又实在

---

① 赵翼：《廿二史札记》卷二"《汉书》增传"则。
② 刘师培：《中国中古文学史 论文杂记》，人民文学出版社1959年版，第113—114、121—124页。

图1-4 庄子

有点过分牵强。因为后世文人读书博杂,不再各守专门旨无旁出;而且文体演变纷纭,并非永远一线单传。

诸子文章,以说理见长。由寓言故事而影响后世的小说创作,或者因夹有偶句韵语而启迪汉魏的骈赋,毕竟不是诸子之文的主要特征。《文选序》称其"以立意为宗",以及《文心雕龙·诸子》断其为"入道见志之书",都是注意到诸子文章的这一特征。只是孔子、老子之"立意"与"见志",主要借助于"陈述";而墨子、孟子、庄子、荀子等战国之文,则更多带有"论辨"的色彩。刘勰之辨析"论"与"说",主要思考的是精研一理故义贵圆通与巧喻服人故随机应变两种论述风格的区别。① 同样值得注意的是,何以同为"辨正然否"的立论,孔、老近乎意态潇闲的"独白",而墨、孟、庄、荀等则如众声喧哗中的"对话"。孔、老先后,学界至今尚未有定论;但这两部开宗立派之巨著都重立说而少驳论,成于春秋末年的说法大致可信。那时私门讲学、私家著述刚刚开始,所谓学派之争尚未形成,尽可直抒己见,而没有防范论敌八面围攻的意识。到了战国争雄,辩士云涌,立说时可就不能不以驳难开篇了。

列国争霸,游士纵横捭阖,为了博取人君之信任,争取发言机会及生存空间,无不讲究"论辨"之术。而王纲解纽,学术下移,思维的活跃以及思想资源的日渐丰富,也使得各家各派有可能独树新帜,自立门户。章太炎曾述及古今学术差异,以后世之"汗漫"对比周秦之"独立":

> 惟周秦诸子,推迹古初,承受师法,各为独立,无援引攀

---

① 刘勰:《文心雕龙·论说》。

附之事,虽同在一家者,犹且矜己自贵,不相通融。①

墨家或道家的"非儒",自在情理之中;同为儒家的荀子,"非十二子"时,连子思、孟轲也在讥刺排斥之列,这与后世之只讲"党同伐异"大不相同。不只是儒分为八、墨离为三,道、名、法、兵,哪家也没有真正步调一致过。同在一家者尚且小有异同便自立门户,可以想象不同家派之间更是如同水火。

《汉书·艺文志》在描述诸子百家"其言相殊,辟犹水火"后,不忘加上一句"相灭亦相生"。师说迥异,道术不同,因而不能不争;可这种争辩是在充分理解并尊重论敌立场及思路的前提下进行的,故极少如泼妇骂街。明明是驳难文章,却偏说百家"不见天地之纯"固然可惜,但毕竟"皆有所长,时有所用";批评十二子"欺惑愚众",但也承认"其持之有故,其言之成理"。② 在互相攻讦、往复驳难的过程中,虽都立场坚定,对他人到底心存忌惮,不敢自以为独占真理。其时尚未形成统一的声音,各家各派都能得到比较充分的表现,能否成为"显学",取决于自家学说的精深博大以及对时势的准确把握。审时度势,权宜应变,其实也是游士喜欢标新立异的原因之一。周秦诸子的驰骋言辞,不完全是理论思辨,也包含游说诸侯以取功名,故其立说时的"排斥异己",很难说完全出于公心。《汉书·艺文志》称,时君世主好恶殊方,使得诸子"各引一端,崇其所善,以此驰说,取合诸侯",从别一侧面勾勒出"百家争鸣"的面影。如此平视诸子,并非否认儒墨道法的理

---

① 章太炎:《诸子学略说》,《国粹学报》第二年八、九号,1906年9、10月。
② 参阅《庄子·天下》和《荀子·非十二子》。

论差异及价值高低,而是借"各引一端,崇其所善"理解先秦思想学说的产生及其"论辨"方式。

不管尚文还是尚质,战国文辞大都沾染纵横游说之风。铺张排比或放言无惮尚在其次,更重要的是诸子对自家政见及哲理均有充分自信,而且发挥得淋漓尽致。其时邦无定交,士无定主,指点江山有恃无恐的游士们,"一怒而诸侯惧,安居而天下熄"①,故习惯于以匹夫而为天下立法。偶尔也会引述圣经贤传,但那主要是一种修辞手段,立论根基仍是自家学说。《墨子·小取》区分明是非、审治乱等六类"论辨"方式,而在实际应用中,往往都是"破"字当头。也就是《孟子·滕文公下》所说的,为了"正人心",不得不着力于"息邪说,距诐行,放淫辞"。喜欢为人、为己"解蔽"的周秦诸子,其文章中所使用的归谬法、类比法、反证法等,对后世之驳论文影响甚大。

可相对于明是非决嫌疑的"辨",诸子立一家之言的"论",更让后人追慕。"论"与"辨",本相依相存,很难有高低之分。但自立绳墨,以确定评价标准,无疑更带根本性。诸子立说各有根基,而且所争乃开天辟地、安身立命等根本性大问题,不像后世文人多在枝节上做文章。《墨子·非命上》总结立论时须用"本""原""用"三法,其中列为首位的"上本之于古者圣王之事",为诸子所共同遵循。这似乎与后世文人之"替圣贤立言"没多大差别,其实不然。儒、墨、道、法所本之"圣王之事"大不相同,康有为说诸子都在"改制托古"②,一点也不过分。不单立说时求独

---

① 见《孟子·滕文公下》。
② 康有为:《孔子改制考》,中华书局1958年版,第47页。

立,少依附,就连文章也都个性鲜明。传世文献中有互相引述或错乱重复者,但各家文章风格还是颇易辨认的。若儒家之淳厚、墨家之率直、名家之诡辩、道家之恣肆、法家之峻刻,以及纵横之夸饰、阴阳之怪异,大都有明显的自家面目。就连兼儒墨合名法的杂家,其文章也以博采闳大而专精少逊为特征。

说理文章要做到思想独立且有自家面目,其实很不容易。秦汉以下,王朝一统,儒学独尊,守正统则容易平庸,走偏锋则流于乖异,绝少正大光明而又思深自得者。刘勰已经注意到两汉文章多"顺风以托势",不再敢批君主的逆鳞,因而也就谈不上"师心独见"。明清文人更是感慨周秦诸子的"见从己出,不曾依傍半个古人","虽纯驳不同,皆有个自家在内"。① 令千古文人追慕不已的"自家面目",既指向诸子的学说,也包括其文风。

"予岂好辩哉,予不得已也"——《孟子·滕文公下》中的这句话,基本适应于战国时代的各家各派。处士横议,百家争鸣,"论辩"是其正人心、取功名的唯一手段。尽管道家称"美言不信,信言不美",墨家深怕人主"览其文而忘其用",故"其言多不辩",法家更断言"好辩说而不求其用,滥于文丽而不顾其功者,可亡也"②,可战国诸子无不"好辩"。其中之奥秘,《荀子·非相》一语道破:

> 志好之,行安之,乐言之,故君子必辩。凡人莫不好言其

---

① 参阅刘勰《文心雕龙·论说》、袁宏道《解脱集》卷四《与张幼于》、刘熙载《艺概》卷一《文概》。
② 参阅《老子》和《韩非子》卷一一《外储说左上》、卷五《亡征》。

所善，而君子为甚。

至于"不辩"云云，只是针对游谈无根、过分伪饰之"奸言"。在荀子看来，倘若已经明大义、识治乱，而居然"不好言，不乐言"，"则必非诚士也"。立说根基原本不同，一味"不辩"，未免显得不够真诚，也缺乏道德勇气。《孟子》一书对杨朱、墨翟、许行、告子、张仪、宋牼等的批评尚比较零散；而《墨子·非儒》《庄子·天下》，以及荀子的《非十二子》和《解蔽》、韩非子的《显学》和《五蠹》等，都已经是相当完整的学派评估，而且纵论得失，一无顾忌。

性善性恶、有为无为之争，背后当然可能蕴涵着政治立场乃至权势利益，但既然使用的是理论语言，而且是在学术层面上展开，就不能不特别倚重论辩的技巧。诸子百家在辨明是非、砥砺学术的同时，日渐成熟其各具特色的辩论术。儒家之辩，不尚空谈，多援古证今，正言明志，以诚恳朴实为主要特色。纵横家善揣摩迎合，多虚张声势，驰骋浮词，偶有出人意表的精彩之论。墨家不尚文辞，文章淡乎无味，但其探讨"三表法"以及研究"辟""侔""援""推"等论证方式，对后世文章逻辑性的加强颇有影响。"惠施能服人之口，不能服人之心"，公孙龙"辞巧理拙"①，可名家辨析之精微、辞锋之锐利，逼得对手不敢再满足于理高而辞屈。后起的法家之文说理透辟，论断缜密，言辞犀利峻刻，实得益于名、墨二家对"论辨"术的探讨。

"论辨"之文，除了逻辑严密，最好还能做到文字流畅，形象

---

① 参阅《庄子·天下》和《文心雕龙·诸子》。

生动。对于先秦诸子来说，善于设譬，深于取象，可以说是立说为文的基本功，几乎所有传世子书都不安于平铺直叙。与后世文章喜欢引经据典不同，先秦诸子更愿意借言简意赅且富于风趣的寓言来表达自家思想。一来其时著者、读者的抽象思维能力有限，表达玄妙的哲理往往力不从心，而借寓言来比喻寄托更易于达"言外之旨"；二来游说诸侯并非易事，荀子、韩非都有"说难"的感慨①，出于讽喻而不是直言，假托他人来论说，双方都有回旋的余地；三来寓言因其情节性与幽默感而易于理解和传播，现场表演，效果尤为出色。这就难怪寓言在先秦子书中占有特殊的位置——史著中《战国策》因近乎"纵横家言"，故也颇多"狐假虎威""鹬蚌相争"等脍炙人口的寓言。

像《庄子》那样"寓言十九，重言十七，卮言日出"②的或许不多，但诸子大都善以寓言说理。如《孟子》的"揠苗助长""五十步笑百步"，《列子》的"愚公移山""杞人忧天"，《吕氏春秋》的"刻舟求剑""掩耳盗钟"等，都由寄托遥深的寓言转化为成语而千古传诵。《韩非子》更以"储说"六篇收录寓言近二百则，成为先秦寓言的集大成者。只是韩非重现世，讲法治，其"寓言"多为历史故事，且教诲意味突出。而庄周一派非法度，求避世，笔下常见神怪与畸人，若鲲鹏之志、井蛙之见，以及对髑髅、梦蝴蝶等"无端崖之言"，想象力之丰富、风格之怪诞瑰丽，以及由此而产生的扑朔迷离的美感，都远非法家质朴之文所能企及。

诸子文章对后世的影响，历朝历代不同，无法"一言以蔽之"。

---

① 参阅《荀子·非相》《韩非子·说难》。
② 见《庄子·寓言》。

大致而言，唐宋以下，以孟轲、庄周与荀况的文章最为人所称道。模仿者又可能因气质与才情，而有不同的选择：卫道心切且天性淳厚者宗孟，狂狷且才气纵逸者师庄，博学且思维严谨者学荀。当然，更多的情况下，当事人希望博采众长，只是读者仍能隐隐约约感觉到其真下工夫揣摩师法的对象。

《孟子》七章，以独白和对话为主，文体介乎《论语》与《荀子》之间，其中有些片断（如"齐人有一妻一妾"），可作为独立的文章阅读。在列国纷争，诸王无不希望走捷径成霸业的时代，孟子之言必称尧舜以及道性善，讲良知，推销君轻民贵、王道仁政等大道理，未免显得"迂阔"。可也正因为摆脱具体对策，不讲权宜应变，孟子文章"富贵不能淫，贫贱不能移，威武不能屈"的大丈夫气概才能够得到充分的表露。诸子"论辨"之文，大都针锋相对，纵横捭阖；只是很少像孟子那样感情充沛，气势磅礴。不管是说诸侯的《梁惠王上》，还是正人心的《滕文公下》，孟子文章的共同特点是言近旨远，大义凛然，以气势而不以辩论技巧取胜。借用孟子自己的话来说，便是："我善养吾浩然之气。"① 此等"至大至刚"的"浩然之气"，发为文辞，必取雄奇奔放之势。孟子立论，说不上特别深刻，但旗帜鲜明，堂堂正正，自有凛然不可犯的威严与气势。

庄周一派，力斥儒家提倡的规矩绳墨，其绝圣弃智的政治观念及齐物我、等死生的相对主义思维方式，在思想史上影响极大。作为文章，《庄子》更值得注意的是其标榜"不知说生，不知恶死""独与天地精神往来"的理想人格，以及"以天下为沉浊，不可与

---

① 见《孟子·公孙丑上》。

庄语"，故更多地借用譬喻与寓言。① 《养生主》中的庖丁解牛、《秋水》中的河伯与北海若对话、《至乐》中的庄周与髑髅辩死生，此等变幻莫测、神明诡异的笔墨，除了便于表达其"不言之辨，不道之道"，寄寓深刻的哲理外，本身便因叙述的意出尘外汪洋恣肆而具有一种特殊的美感。诸子笔下神人不少，可再没有比《逍遥游》中的这段描述更动人的了：

> 藐姑射之山，有神人居焉，肌肤若冰雪，绰约若处子；不食五谷，吸风饮露；乘云气，御飞龙，而游乎四海之外。其神凝，使物不疵疠而年谷熟。

与孟子的光明磊落、荀子的逻辑谨严大不一样，《庄子》以想象奇特、恍惚迷离而又仪态万千吸引读者。周秦诸子中，倘就玄理与隽语而言，庄周及其弟子允称第一。其笔墨的恣肆、辞采之瑰丽、行文的潇洒与句法之奇特，以及想象之夸张与怪诞，对中国文学的发展影响极为深远。

荀子主性恶，讲礼制，对被后世尊为"亚圣"的孟子大不恭敬，故很长时间其学其文颇受贬抑。其实，即便在正统儒家韩愈眼中，荀子也是"大醇而小疵"；更何况其以游学终生，对传授儒家经典起极大作用，称其"学分之足了数大儒"，或者"六艺之传赖以不绝"，并非过誉之辞。② 荀子之文，外平实而内奇宕，再加上体制宏伟，析理精微，代表先秦说理文章的成熟与定型。所谓荀子

---

① 参阅《庄子》之《大宗师》及《天下》篇。
② 参阅韩愈《读荀》、汪中《荀卿子通论》和刘熙载《艺概》卷一《文概》。

"文繁而理寡,去孟子固远矣,微独其道之多疵也"① 之类的说法,实未中肯綮。若《劝学》《解蔽》《正名》《非十二子》等文,撮纲要,统条贯,"持之有故,言之成理",乃典型的学者之文。同样以绵密严谨著称,《荀子》不像《韩非子》那样峻峭与刻薄,时有雄辞丽藻相调剂,文章显得温厚可亲。如果再考虑到《成相》《赋》等对后世诗歌及辞赋的启迪,荀子在文学史上的作用,实在不容忽视。

四　诸子遗风

诸子文章的放言无惮,得益于列国纷争,没有统一的意识形态。秦并六国,随即推行"燔灭文章,以愚黔首"的文化专制政策,结束了战国时代百家争鸣的局面。既有焚书坑儒的"壮举",所谓"秦世不文"也就不足为怪了,值得一提的只有李斯那几篇"质而能壮"的功德刻石。

秦二世而亡,其文化专制政策部分得到缓解。从陈胜举兵,到汉武帝独尊儒术,百家之学颇有复兴的趋势。《史记·太史公自序》述及汉初百年文化状态,可见其时学术思想之活跃:

> 于是汉兴,萧何次律令,韩信申军法,张苍为章程,叔孙通定礼仪,则文学彬彬稍进,《诗》《书》往往间出矣。自曹参荐盖公,言黄老,而贾生、晁错明申、商,公孙弘以儒显,

---

① 吴敏树:《柈湖文集》卷五《书孟子别钞后上》。

百年之间，天下遗文古事靡不毕集太史公。

天下初定，统治者以黄老之术养民生息，此乃权宜之计，并非真的平视儒、墨、道、法、阴阳、纵横。可战国遗风犹在，再加上诸侯藩国的纳士，读书人仍有纵横驰骋的可能性。直到雄才大略的汉武帝采用董仲舒"罢黜百家独尊儒术"的对策，汉代文人及文章方才由"纵横"归于"醇正"。刘熙载关于"秦文雄奇，汉文醇厚"的论断，其实不如他的另一段话精彩："汉家制度，王霸杂用；汉家文章，周秦并法。"① 所谓"醇厚"，只适应于董仲舒等经术文章；至于贾谊论政之激切，司马迁叙事之窈眇，司马相如辞章之雍容，都非"醇厚"二字所能涵盖。

两汉之交，经学日盛，文章复古之风日炽，最典型的莫过于扬雄之草《太玄》、著《法言》。东汉文章受扬雄影响颇深，但注重文体、雕琢词句以及引经据典等，仍不足以尽班固与王充。随着国家政治危机的加深，以及王朝统治思想的衰微，东汉后期，指责时弊或自立新说的文章再次剧增。这一"叙述"，是以"诸子之文"的复活与变形为中心来展开的，必然怠慢了汉人最为擅长的辞赋，以及被视为千古绝唱的史传。也就是说，这里有意搁置汉代文章可能更具风采的辞赋与史传，目的是为了便于考察"诸子遗风"。

《文心雕龙·诸子》述过孟荀之"理懿而辞雅"、墨翟之"意显而语质"，以及韩非博喻吕氏体周，接下来便开列陆贾、贾谊、扬雄、刘向、王符、仲长统等汉代文章，并称其"咸叙经典，或明政术，虽标论名，归乎诸子"。近人余嘉锡引述《庄子·天下》中

---

① 刘熙载：《艺概》卷一《文概》。

"上说下教，强聒而不舍也"，说明周秦诸子文章的两大类型：

> 夫上说者，论政之语也，其体为书疏之类。下教者，论学之语也，其体为论说之类。凡古人自著之文，不外此二者。其他纪载言行，解说义理者，则后学之所附益也。①

以"上说下教"之分，配"政术""经典"之别，大致可将追随诸子的汉代文章归为两类：一为贾谊等"激切"的论政之语，一为董仲舒等"醇厚"的论学之辞。

贾谊之文气笔力，素称西汉第一。只是其时通达国体而又兼擅文章的，非只贾生一人。当初陆贾佐刘邦，奉命著书论秦所以失天下及古今成败存亡，据说"每奏一篇，高帝未尝不称善"②。这段记载，稍加变通，即能囊括汉初文章的主要特色。无论是陆贾的《新语》、贾山的《至言》，还是晁错的《论贵粟疏》和《言兵事疏》、贾谊的《过秦论》和《治安策》，都是针对当世的社会问题，为新朝的长治久安出谋献策。至于具体论述时常常以秦为喻，特别强调秦失天下汉得天下的经验教训，尤其切合初得天下者踌躇满志而又不能不如履薄冰的特殊心态。与后世纯粹的书斋学者不同，汉初文人大都博古通今，而且有实际的政治经验，其请削诸侯，言守边备塞，以及主张重农抑商等，都非泛泛之谈。既然是对策研究，不可能死守某一家法，只能兼采百家之长，这也是后世"醇儒"所不敢想象的。此种希望影响最高当局

---

① 余嘉锡：《古书通例》，第66页。
② 参阅《史记·郦生陆贾列传》及《汉书·陆贾传》。

的决策，注重实际应用而不囿于固定理念的取向，与战国时代游说之士颇有相通之处。

游士某种程度的复活，使得汉初文章纵横驰骋，神采飞扬。其时统治者尚能纳谏，进言者又对新朝满怀希望，故能直言无讳，文章也就写得激切而雄肆。才情学识不同，汉初文章自然不可一概而论。如"可为痛哭者一，可为流涕者二，可为长太息者六"云云，只能出于才高年少的贾生；至于号称"智囊"，"勿甚高论"的晁错，文章可就朴实得多了。明人李贽称："晁、贾同时，人皆以贾生通达国体，今观贾生之策，其迂远不通者，犹十而一二，岂如晁之凿凿可行者哉？"① 贾谊之言确实不如晁错老谋深算，可倘若承认文章自有妙用，不必"凿凿可行"，前者的文采与气势，无疑更为后人所倾倒。

论政之文多慷慨激昂，除学识外，更需良知与勇气。可这只是问题的一个方面。汉代论政之文，多取奏疏、对策形式；而作为特殊文体的奏疏与对策，有固定的拟想读者，那就是当今皇上。臣下上书应对之辞，到底取"激切"抑或"委婉"的语调，很大程度取决于皇上的口味及气度。清人赵翼慨叹贾谊、刘向奏疏中有"狂悖无忌讳之语"，"而二帝受之，不加谴怒，且叹赏之，可谓盛德矣"。② 不可否认历朝历代都有冒死直谏的忠臣，可奏疏文风的转移，还是与皇上的"雅量"密切相关。汉武帝时，随着中央集权的日益加强，"圣主"与"酷吏"互为因果，以言得罪者日多，上疏策对必然日趋委婉。如果考虑到后世诸多文人因犯颜直谏而遭杀身

---

① 李贽：《藏书》卷一五"晁错"则。
② 赵翼：《廿二史札记》卷二"上书无忌讳"则。

之祸，不难理解司马相如的《谏猎疏》为何避重就轻、不痛不痒，而董仲舒的《举贤良对策》又为何迂回曲折，故弄玄虚。比起汉初文章的豪迈雄放、斩钉截铁，董仲舒等人的温文尔雅、深奥闳博，固然有深于经术的原因，但也与立说时唯恐刺伤刚愎自用的最高当局这一避祸心理有关。

近人陈衍指出董文之"醇厚"，在于其改"透露"为"含蓄"、改"激烈"为"委婉"，而且"肯说多余话，而说来不讨厌，使人动听"。① 这种"文气之厚"，其实也有为了"上达天听"不得已而为之的成分。后人不察，只讲董生经术深厚，故多旁征博引，未免忽略了汉代文章之由"贾茂"转为"董醇"的关键所在。

汉武帝之崇尚儒术，与其强调中央集权相比，后者显然更带根本性。董仲舒三篇《举贤良对策》，历来被奉为文章经世致用的典范。但"天命与情性"等题目，乃武帝所出，奉旨作文的董生，不过以阴阳灾异、《春秋》大一统来投合皇上加强极权专政的意图。只是其"本经立义"而又醇厚典雅的论述风格，对后世文章影响甚大。尤其是汉武帝采纳其建议，罢黜百家，表彰六经，大力支持儒家学说的研究与应用，甚至规定以通经与否为进退官吏的依据，更使得日后经学大盛。武帝、宣帝尚兼好刑名，不专重儒，此后可就大不一样了：

> 元、成以后，刑名渐废。上无异教，下无异学。皇帝诏书，群臣奏议，莫不援引经义，以为据依。国有大疑，辄引

---

① 陈衍：《石遗室论文》卷二，第12—13页。

《春秋》为断……盖其时公卿大夫士吏未有不通一艺者也。①

　　既然经学日渐普及且深入人心，皇上又不允许读书人"批逆鳞"，《文心雕龙·才略》所说的"雄、向以后，颇引书以助文"，也就一点也不奇怪了。

　　刘向、刘歆父子，乃西汉末年的博学之士，其整理古代文献而成《七略》，不只在学术史上意义重大，其将儒家还原为先秦十大学派之一，对打破独尊儒术、神化孔子格局，也是功莫大焉。二子深于经术，为文时旁喻远引，铺张有序，其典实峻洁的文风，对后世学者之文颇有影响。刘向《谏营昌陵疏》开篇极有气势，以"自古及今，未有不亡之国也"立论，且不讲灾异只论人事，更是胆识过人。只是援引典故过多，文气虽从容舒缓，但略嫌冗沓。陈衍称"子政文章，笔皆平实，此篇独多姿态"②，大概只注意其极有风神的起笔；至于具体行文时的引经据典，反复致志，仍是相当本色的学者之文。刘歆《移让太常博士书》作为一篇学术史论，述源流，道兴废，了无浮辞；尤其是对"党同门，妒道真"的攻击，辞刚义辨，乃述学之文的典范。只是经学家多学识有余而才情不足，文章拘谨平实，如果再加上自居正统，排斥百家之学，那可就乏善可陈了。

　　从游说诸侯，转为上书进谏，大一统帝国的读书人，难得再有先秦诸子的自由想象与独立思考。不管是指摘时弊，还是出谋献策，他们注重的是可行性，与先秦诸子"性善性恶""有为无为"

---

① 皮锡瑞：《经学历史》，中华书局1959年版，第103页。
② 陈衍：《石遗室论文》卷二，第27—28页。

以及"名实""王霸""法术"等抽象思辨，颇有差距。刘勰称"博明万事为子，适辨一理为论"，章学诚则以"成一家之言"为诸子文章的根本特征。① 严格地说，不管是贾谊的论政，还是刘向的论学，都很难说是"博明万事"且"成一家之言"。

汉代文章中，在体例及精神上都比较接近先秦诸子的，当推《淮南子》《论衡》和《潜夫论》。至于桓谭、仲长统、崔寔等，也都特立独行，且擅长思想与文章，只可惜其《新论》《昌言》和《政论》全书已佚，单凭几则逸文无法作出准确评判。

所谓"博明万事"，即不满足于提供具体对策，而是思考整个自然、社会和人生，由此才可能"成一家之言"。这一点恰好正是刘安的抱负，《淮南子·要略》称：

> 夫作为书论者，所以纪纲道德，经纬人事，上考之天，下揆之地，中通诸理……故言道而不言事，则无以与世浮沉；言事而不言道，则无以与化游息。

不管此抱负能否真正实现，其"观天地之象，通古今之事"的气魄，确实接近先秦诸子。《淮南子》成于众宾客之手，却有明确的主导思想，那就是作为官方哲学对立面的"黄老之学"。强调中央集权的汉武帝独尊儒术，希望发展地方政权的淮南王刘安则标榜黄老。② 其借黄老之学表达政见，抵制儒学对整个社会意识形态的控制；除此之外，"贵身""保真""省事""节欲"等观念的强

---

① 参阅刘勰《文心雕龙·诸子》、章学诚《文史通义》卷三《文集》。
② 参阅冯友兰《中国哲学史新编》第三册二十九章，人民出版社1985年版。

调,以及关于天下无为而治、百家之学各有所本之类的说法,都有其独立的思想价值。《淮南子》中不少言论源于《庄子》,但表述时却没有后者的纵逸跌宕,多用术语典故以及排比对偶,取代原先妙趣横生的"重言"与"寓言",使得《淮南子》的文学价值远不及《庄子》。但既然讲"淡泊无为,蹈虚守静",文章自是不会过于拘谨:其思想的活跃与辞采的富丽,在汉文中仍别具一格。

王充和王符均生于汉末,又都"才高见屈",以在野身份"闭门潜思",专心著述。其著作虽也"指讦时短,讨谪物情,足以观见当时风政"①,却非直接的对策研究,乃相对独立的理论思考。二王思想都不拘泥于其时夹杂阴阳灾异的"正统儒家",王充甚至有《问孔》之作。相对来说,王充学术上辨伪、政治上立异的意识比王符更为明确,其"独抒己见""不避上圣"的姿态也更为后人所激赏。② 二王文章,都以论证严密而不以文采斐然见长。针对世人之"好奇怪之语,说虚妄之文",以及流行文体之注重模拟、故为奥僻,王充主张"各以所禀,自为佳好""文露而旨直,辞奸而情实"③,在文论史上很有意义。为了追求"情实""旨直"且能"为世用",王充执意采用浅白的语言写作,文章虽略嫌拖沓冗长,毕竟是一种有益的尝试。

---

① 见《后汉书·王充传》《后汉书·王符传》。
② 参阅刘熙载《艺概》卷一《文概》、《章太炎全集》第三卷第444页(上海人民出版社1984年版)。
③ 王充:《论衡》之《自纪篇》和《对作篇》。关于"辞奸"一词的辨析,参见刘盼遂《论衡集解》,古籍出版社1957年版,第576页。

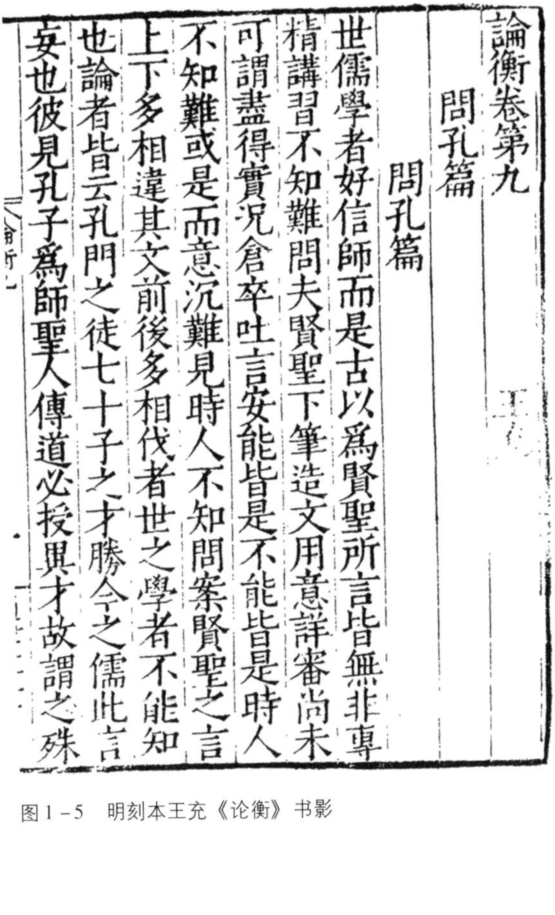

> 論衡卷第九
>
> 問孔篇
>
> 世儒學者好信師而是古以為賢聖所言皆無非專精講習不知難問夫賢聖下筆造文用意詳審尚未可謂盡得實況倉卒吐言安能皆是不能皆是時人不知難或是而意沉難見時人不知問案賢聖之言上下多相違其文前後多相伐者世之學者不能知也論者皆云孔門之徒七十子之才勝今之儒此言妄也彼見孔子為師聖人傳道必授異才故謂之殊

图1-5　明刻本王充《论衡》书影

比起后世诸多既无独立见解偏又喜欢高谈阔论的"伪体子书"来①，汉代之文毕竟有生气，有学识。或许先秦时代的哲学突破太令人兴奋了，汉人论政论学之文似乎总在其笼罩之下，"学识"有余而"玄思"不足，尤其缺少直面宇宙、历史、人生时的大感动、大疑惑与大惊叹。随着佛学的传入，"玄思"在魏晋文章中再度复活；至于"好奇心"与"想象力"，此后便不无遗憾地转让给了小说家。

---

① 参阅章学诚《文史通义》卷一《诗教下》。

第二章　辞赋、玄言与骈俪

两汉辞赋

魏晋玄言

六朝骈俪

山水与纪游

"非三代两汉之书不敢观"的韩愈，据说曾"文起八代之衰"。① 关于"秦汉之文"与"八代之文"的截然对立，在我看来，与其说是"历史"，不如说是古文家为宣传其主张而有意构建的"神话"。韩愈自称其为文的闳中肆外，得益于子云、相如辞赋处正不少。② 清人更从其不薄骈文以及时有六朝字句流露行间，断定"浅儒但震其起八代之衰，而不知其吸六朝之髓也"，"韩义起八代之衰，实集八代之成"。③ 这里所争的，当然不只是韩文的来源，更重要的是对八代之文的评价。

---

① 参阅韩愈《答李翊书》、苏轼《潮州韩文公庙碑》。
② 参阅韩愈《进学解》及《答刘正夫书》《送孟东野序》。
③ 参阅蒋湘南《与田叔子论古文第二书》和刘熙载《艺概》卷一《文概》。

当王国维说"凡一代有一代之文学"时,"汉之赋"及"六代之骈语"也因其"皆所谓一代之文学"而得到某种肯定。至于章太炎对魏晋文章的表彰,刘师培对六朝骈文的褒扬,更是直接提升了八代之文的文学史地位。① 即便如此,所谓东汉以下文章渐趋骈偶靡丽,遂失浑朴典重、博大高古之风的说法深入人心,"八代之衰"的"神话"依然屹立。

这里暂时搁置"兴""衰"之类的价值判断,先来探讨韩愈与其表彰者对待汉代文章的微妙差异:一说两汉之书可观,一说东汉已经文弊。东、西汉文章的差异,其实只能大而言之;一旦细说,马上就会发现许多"特例"。刘师培为了说明自西汉经东汉到魏晋,文章"以排偶易单行"这一趋势,先是放逐了辞赋,然后才小心翼翼地称:

> 东京以降,论辩诸作,往往以单行之语,运排偶之词,而奇偶相生,致文体迥殊于西汉。②

话刚讲完,马上又得加个注:王充等取法诸子而能成一家言者,其文"不杂排偶之词"。如果将子云、相如等"咸工作赋"者的"沉思翰藻"考虑在内,那么西汉之文"不杂骈俪之词"的假设更得落空。还是刘氏自己说得精彩:"文章各体,由质趋华,非一朝一夕之故,其所由来者渐矣。"③

---

① 参阅王国维《宋元戏曲史自序》、章太炎《国故论衡·论式》、刘师培《中国中古文学史》。
② 刘师培:《中国中古文学史 论文杂记》,第116—117页。
③ 同上书,第23页。

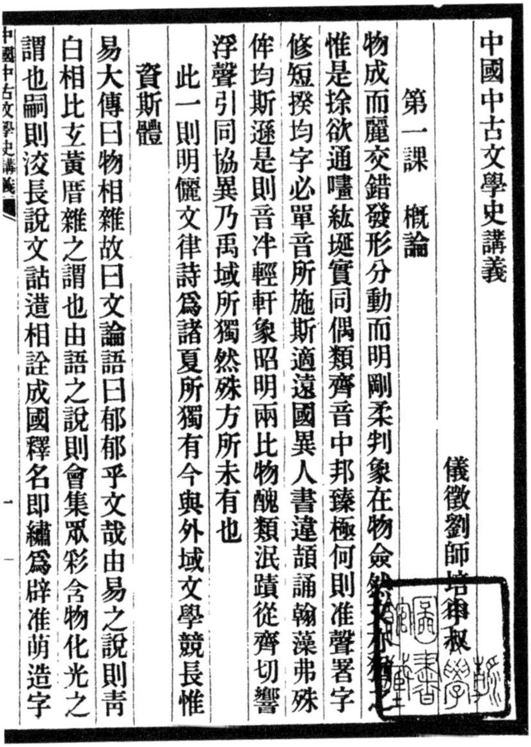
中國中古文學史講義

儀徵劉師培申叔

第一課 概論

物成而麗交錯發形分動而明剛柔判象在物僉然文亦猶之惟是捈欲通讙紘埏實同偶類齊音中邦臻極何則准聲署字修短揆均字必單音所施斯適遠國異人書違頡誦翰藻弗殊侔均斯逐是則音泮輕軒象昭明兩比物醜類泯蹟從齊切響浮聲引同協異乃禹域所獨然殊方所未有也

此一則明儷文律詩爲諸夏所獨有今與外域文學競長惟資斯體

易大傳曰物相雜故曰文論語曰郁郁乎文哉由易之說則青白相比玄黃厝雜之謂也由語之說則會集衆彩含物化光之謂也嗣則洨長說文詁遣相詮成國釋名即繡爲辟准萌造字

中國中古文學史講義 一

图2－1 民国二十五年（1936）宁武南氏铅印《刘申叔遗书》本刘师培《中国中古文学史讲义》书影

历代争讼不休的六朝文章之浮靡骈俪,其实也是"其所由来者渐矣",起码与两汉辞赋息息相关。谈六朝之文,难以斩断其与汉赋的历史联系;而"赋"作为汉代的代表文体,又无法一分为二。思考汉代文章,除了西京、东京之分,还可以有"大体""小技"之别——后者隋人已有言在先:

> 经国大体,是贾生、晁错之俦;雕虫小技,殆相如、子云之辈。①

判断或许不准,感觉却相当敏锐:西汉之文从体制、趣味到功能都已经分化,既有上承先秦诸子者,也有下开六朝骈偶者。前者在上一章已有所表现,后者则将在本章粉墨登场。

讨论汉魏六朝文章,刘师培的意见最值得重视。在《论文杂记》中,刘氏描述由汉至魏文章变迁的四个特征:偶文华靡、由简趋繁、声色藻绘、语意易明。在《中国中古文学史》中,刘氏提及晋文之异于汉魏者,除了玄风独秀,还有用字平易、偶语益增、论序益繁。同书为南朝之文作总结,归纳起来也有四点:声律说之发明、文笔之区别、数典为工富博见长、吐纳风流辨析精微。其中虽偶有"用字平易"的潜流,大趋势仍是日渐骈偶华靡。可细说起来,两汉之藻绘、魏晋之玄风、六朝之声律,还是各具特色。本章便以辞赋、玄言、骈俪三者为基本架构,再辅以山水精神之成长,来把握这八百年文章的大致脉络。

---

① 参阅《隋书》卷四二《李德林传》。

一 两汉辞赋

在中国所有文体中,赋大概是最难把握的,因其非诗非文,而又亦诗亦文。

这不只是因赋的源头兼诗骚与战国诸子之文,更因在整个赋史上,既有四言、五言、七言等句式整齐、音韵和谐的诗体赋,也有句式长短随宜、大体押韵的文赋。正因为赋的文类特征介于诗文之间,后世的论者与选家,大都各取所需。韩柳提倡古文,但不薄汉赋,这就难怪宋以下古文选本如《崇古文诀》《文章轨范》《唐宋八大家文钞》《古文辞类纂》等均兼收赋体之文。骚赋与律赋之文体归属,争议或许较大;至于两汉辞赋,已由抒情转为体物,其对中国散文发展的影响,实在无法回避。

《汉书·艺文志》关于"不歌而诵谓之赋",以及赋的成立与荀子、屈原"作赋以风"关系密切的说法大致可信。但必须补充两点:一是体制,"赋者,铺也,铺采摛文,体物写志也";一是起源,"古之赋家者流,原本诗骚,出入战国诸子"。① 将这几句话略加整理,便是我所理解的"赋"的基本特征。首先,赋之别于入乐的《诗经》与大都入乐的《楚辞》,就在于其"不歌而诵";摆脱弦乐歌舞而注重文字的表现力,这对于赋作为一种文体的独立发展至关重要。其次,章学诚的引入先秦诸子之文,对于解释赋之"假设问对""恢廓声势""排比谐隐""征材聚事"等结构及表现特征

---

① 刘勰:《文心雕龙·诠赋》;章学诚:《校雠通义·汉志诗赋第十五》。

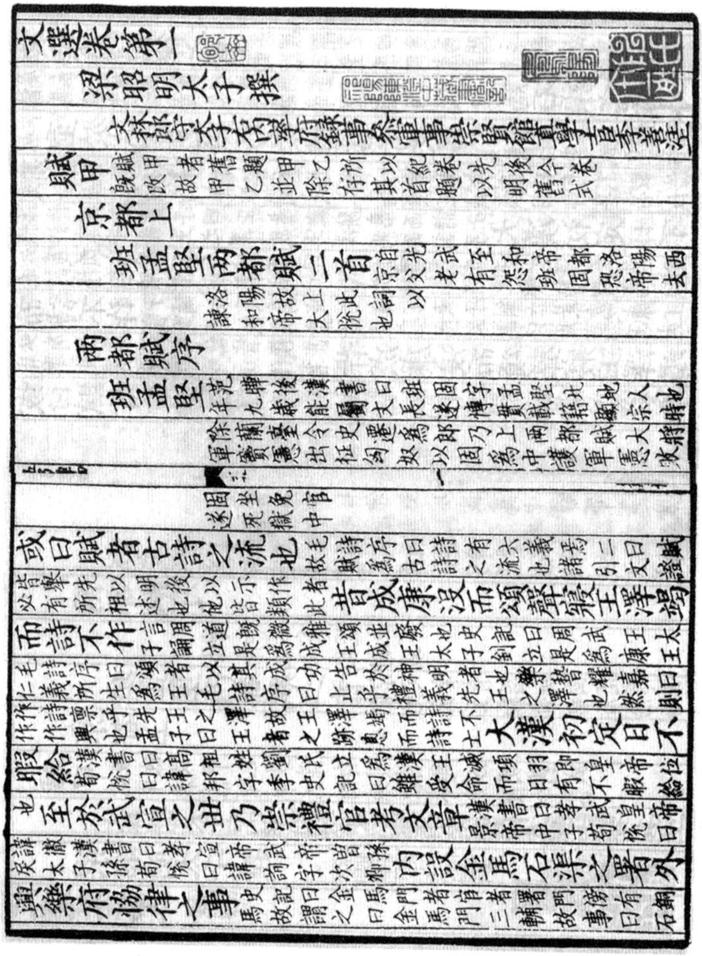

图 2-2 宋淳熙八年（1181）池阳郡斋刻本《文选》李善注书影

大有帮助，而且更能说明赋后来的发展为何远于诗而近于文。① 再次，敷陈夸饰乃"赋"之本义，《文心雕龙·诠赋》所说的"述客主以首引，极声貌以穷文"，于是也就成了赋最容易辨认的风格特征。最后一点常常引起争议：赋到底能否真正起到"讽谏"的作用？该如何评价其"劝百讽一"？

最早对"靡丽之赋，劝百讽一"进行反省的，当推西汉大儒兼赋家扬雄。除了以上所引见于《史记·相如传赞》末附扬雄语外，其余文献也都与其相关。《汉书·扬雄传下》称"雄以为赋者，将以风也"，而以靡丽之词极力描摹，只能起到相反的作用：

> 往时武帝好神仙，相如上《大人赋》，欲以风，帝反缥缥有陵云之志。繇是言之，赋劝而不止，明矣。

何止"讽谏"之说落空，赋家成功的描述，说不定还起了"怂恿"的作用。故胸有大志的扬子云，在其模仿《论语》而作的《法言·吾子》中，将自家擅长的作赋贬为"壮夫不为"的"雕虫篆刻"。这种自我反省，到了史家笔下，便成了《汉书·艺文志》的"下及扬子云，竞为侈丽闳衍之辞，没其讽谕之义"。可此前呢？司马相如不也"劝而不止"吗？

或许"赋"这一文体，本就难以承当讽谏的"神圣使命"。挚虞《文章流别论》批评汉赋假象过大、逸辞过壮、辩言过理、靡丽过美，并称"此四过者，所以背大体而害政教"。可没有夸饰与靡丽，如何"假象尽辞，敷陈其志"？以所谓的"古诗之义"，来要

---

① 参阅章学诚《校雠通义·汉志诗赋第十五》及《文史通义·诗教上》。

求正在寻求独立品格的"赋",本就不够公平;更何况死守儒家之"诗教"说,对文学的发展实在不利。倒是汉宣帝的话实在些:

> 辞赋大者与古诗同义,小者辩丽可喜。譬如女工有绮縠,音乐有郑、卫,今世俗皆犹以此虞说耳目。辞赋比之,尚有仁义风谕、鸟兽草木多闻之观,贤于倡优、博弈远矣。①

如此说"辞赋",以"倡优""博弈"相比拟,很可能绝非高尚其志的赋家所能接受。但"风谕"只是作者的主观意图,实际效果却是借"鸟兽草木多闻之观",以及"极靡丽之辞"来愉悦耳目,并获得某种美感。倘以辞赋"经世致用",十有八九徒劳无功;不如更弦易辙,只求"极声貌以穷文"。正是因"劝而不止",使得打着"风谏"旗帜的辞赋家们别有所图,那就是最大限度地表现自己的文学才华。

汉代宫廷里言语侍从之"朝夕论思,日月献纳"②,因其"劝百讽一",于治国安邦实在无补;但在借文字塑造环顾四海、雄视天下的大汉帝国形象的同时,才思敏捷、学识渊博的辞赋家们,大大强化了文章的艺术表现能力。其词汇之丰富、句法之灵活、笔力之雄健、气势之磅礴,千载之下仍令人叹为观止。只是汉赋之注重藻饰而忽略讽谏,乃是其文体的内在矛盾决定的,并非作者有意谋求文学与政教的分离,这点与鲁迅所说的魏晋之际"文学的自

---

① 参阅《汉书·王褒传》。
② 班固:《两都赋序》。

觉"① 不同。从扬雄真诚的自我反省以及诸多赋家"曲终奏雅"的努力,不难窥见观念上仍为"诗教说"所束缚的汉代文人内心深处的困惑与不安。

"劝百讽一"其实不足以成为汉赋的根本性缺陷,倒是《文心雕龙·诠赋》所批评的"繁华损枝,膏腴害骨"更值得重视,因其与"铺采摛文,体物写志"的"赋"之体制与宗旨密切相关。"立赋之大体",必须"丽词雅义,符采相胜",可局限于宫殿苑猎、述行序志的宫廷文人,若无力脱出前人窠臼,而又必须"日月献纳",那就只好"虚辞滥说"了。② 关键还不在"虚辞",而在"滥说"。左思《三都赋序》嘲笑相如、扬雄、班固、张衡等大赋"考之果木,则生非其壤;校之神物,则出非其所",实在不得要领。赋毕竟是文学作品,不同于地理学或植物学著作。即便像左思自述的那样,"其山川城邑,则稽之地图,其鸟兽草木,则验之方志",《三都赋》仍难避"诡激夸大"之讥;"词赋之逸思放言与志乘之慎稽详考,各有所主",实在没必要画地自牢。③ 所谓"于辞则易为藻饰,于义则虚而无征",只要不过于荒诞或堆砌,能穷极声貌而又无碍于抒情写志,便应该被允许。事实上,这种善于夸饰,正是大赋引人入胜处。

赋之为体,随时代变迁而颇有差异。为了避免术语的混乱,暂且以对句法音韵以及篇章结构的不同要求,区分先秦的骚赋、两汉的辞赋、六朝的骈赋、唐代的律赋以及宋代的文赋。骚赋导源于楚

---

① 《魏晋风度及文章与药及酒之关系》,《鲁迅全集》第三卷,第504页。
② 参阅刘勰《文心雕龙·诠赋》和班固《汉书·司马相如传赞》。
③ 参阅钱锺书《管锥编》第三册,第1152页。

地之巫风与民歌，句式以四言、六言为主，大量使用语气助词"兮"字，乃屈原所创，经由宋玉改造而直接影响汉赋的形成。辞赋在体制上的主要特征是：设主客问对并形成"序""赋""乱"三部分的基本结构，以散体文字写赋，句式自由，长短随意；堆砌辞藻，注重铺叙，颇有炫奇耀博的趋向。至于"左、陆以下，渐趋整炼，齐梁以降，益事妍华，古赋一变而为骈赋"，以及"自唐迄宋，以赋造士，创为律赋，用便程式"，前人论述甚多。① 随着古文运动兴起而产生的文赋，重新趋于散文化，有向两汉辞赋复归之意味，只是风格更加清淡，且多为抒情小赋。借用刘师培的术语，便是注重"写怀之赋"与"阐理之赋"，而相对冷淡"骋词之赋"。②

相对于《汉书·艺文志》之将赋析为四类，刘师培的三分法可借以上窥赋的不同来源，所谓"写怀之赋，其源出于《诗经》"，"骋词之赋，其源出于纵横家"，"阐理之赋，其源出于儒道两家"，进一步完善了章学诚关于赋"出入战国诸子"的设想。但用来分析两汉辞赋，便显得有点凿枘，尤其是如何分别"写怀"与"阐理"，实在不易。当陆机讲"诗缘情而绮靡，赋体物而浏亮"时，目的是将赋与诗区别开来；刘勰在"体物"后面加了"写志"，并再三渲染"情以物兴""物以情观"，则是为了与记事状物之文划清界限。③ 单纯的"体物"或"写志"，不成其为"赋"；但两汉辞赋中确又有重"体物"与重"写志"之别。前者主要体现为描写

---

① 参阅孙梅《四六丛话·序》。
② 刘师培：《中国中古文学史 论文杂记》，第115页。
③ 参阅陆机《文赋》、刘勰《文心雕龙·诠赋》。

"宫殿苑猎"的大赋,后者则是"述行写志"的小赋。最能表现大汉文章的气势与声威的,当然是注重"体物"的大赋;可"写志"之小赋经由六朝文人的充分发挥,对后世文章的影响或许更为深远。

赋作为一种文体,兴于楚而盛于汉。宋玉《风赋》等之描摹帝王生活,夸饰贵人威风与豪华,直接启迪了汉代的大赋。另外,汉初辞人,袭战国余习,学百家之言,擅长纵横驰说。随着中央集权的日渐加强,游士越来越没有施展才华的天地。"纵横既黜,然后退为赋家。"① 无法驰骋政坛的游士,改而创作起辞赋来,很容易沿袭《战国策》文风,尤其是纵横家之假托宾主问答,以及夸饰与炫耀的叙述风格。司马相如的《子虚》《上林》历来被奉为汉代大赋的经典之作,其借子虚、乌有先生、亡是公三人为辞,"以推天子诸侯之苑囿",有静态的描写,也有动态的叙述,不外上下左右,"周览泛观"。言地理必是山石水土,讲方位必是东西南北,再加上弥山跨谷的离宫别馆、无奇不有的鸟兽草木,便成就了一篇"侈丽闳衍"的大赋。如此"繁类以成艳"的大赋,既为帝王所喜欢,也就必然为后来的许多文学侍从所模仿。学得最像的,当推扬雄的《甘泉赋》和《羽猎赋》。篇模字拟,对于强调独创性的文学来说本是大忌。好在子云想象力丰富,笔下颇多奇诡而阔大的意象,令人耳目一新。

一称"赋家之心,包括宇宙,总览人物",一道"必推类而言,极丽靡之辞,闳侈钜衍,竞于使人不能加"② ——相如、扬雄

---

① 章太炎:《辨诗》,《国故论衡》,上海大共和日报馆1912年版,第132页。
② 参阅《西京杂记》二和《汉书·扬雄传》。

一经一纬的"夫子自道",符合其创作实践,也可视为在为大赋立则。今人阅读二人作品,颇为其艰涩所困。这与古今语言变迁有关,但主要还是身兼文字学家的作者(一著《凡将篇》,一著《训纂篇》)有意堆砌奇字,以夸耀其博学。后世赋家虽也追求博学,小学功夫不深,僻字不能不大大减少,这未尝不是好事。①

东汉如班固的《两都赋》、张衡的《二京赋》,语调渐趋和缓,叙述转为平实典雅,游士的激越已被学者的冷静所取代。更重要的是,"宣上德而尽忠孝",越来越名正言顺地占据中心位置。扬雄还追求"赋以讽之"——能否做到是另一回事,班固则直言"博我以皇道,弘我以汉京",基本立场是为朝廷说教,替大汉扬德,难怪其风格一转而为"雍容揄扬"。② 不过,赋之描写对象,由皇家宫殿或苑囿扩展到整个都城景观以及民俗风情,即使作为文化史料,也大有可读。

西晋左思模仿《二京》而赋《三都》,风格更趋写实。自序中批评前人大赋之"凭虚",虽有混淆文史的缺陷,不过可见作者之用心与抱负。十年辛苦不寻常,终于换来"豪贵之家竞相传写,洛阳为之纸贵"。以今人的阅读感受,或许难以理解《三都赋》为何能风靡一时。袁枚对此有大致合理的解释:

> 古无类书,无志书,又无字汇,故《三都》《两京》赋,言木则若干,言鸟则若干,必待搜辑群书,广采风土,然后成

---

① 章太炎《国故论衡·辨诗》及刘师培《文说》称"相如、子云小学之宗,以其绪余为赋",自是在理;但说"小学亡而赋不作",则言过其实。

② 参阅扬雄《长杨赋序》、班固《两都赋序》及《两都赋》。

文。果能才藻富艳，便倾动一时。洛阳所以纸贵者，直是家置一本，当类书、郡志读耳。①

兼具类书的功能，这其实是大赋的共同特征。其堆砌罗列各种山川湖泊、日月星辰、亭台楼阁、鸟兽草木、饮食舆服、娱戏珍玩等天人物象，之所以能为当时的读者所接受，就因为其确实"有用"。讲"有用"，并非抹杀大赋的审美价值。其时文学尚未独立，知识也非普及，能在"体物"中显示赋家的才藻与学识，让读者一举两得，正是大赋的优势所在。

虽也"体物"，但以"写志""述怀"为主的小赋，其实更加源远流长。汉初诸多"士不遇赋"，上承屈原之《离骚》，下开魏晋六朝之抒情小品，作用不可低估。"生不逢时"或"怀才不遇"，乃千古文人永恒的感慨。连显赫一时的董仲舒，都感叹"生不丁三代之盛隆兮，而丁三季之末俗"，并赋"士不遇"，余者可想而知。不见得都像贾谊那样"吊屈原"，但从感觉到文体，三闾大夫的楚辞仍是不可替代的榜样。才高气盛的贾谊，其《鵩鸟赋》被刘勰称为"致辨于情理"，就因为引进了祸福无常、真人无累、知命不忧的自我排遣。从激愤到牢骚到恬淡，饱经忧患之士，逐渐习惯于像冯衍《显志赋》所表述的："嘉孔丘之知命兮，大老聃之贵玄。"② 与此相适应，"知命"或"贵玄"的文人，其兴趣与感觉由宫廷转为山林，小赋也随着日渐清新。张衡的《归

---

① 袁枚：《随园诗话》卷一。
② 姜书阁、曹道衡都视东汉初年冯衍的《显志赋》为魏晋抒情小赋的先声。参阅姜书阁《汉赋通义》（齐鲁书社1989年版）第187页，曹道衡《中古文学史论文集》（中华书局1986年版）第14页。

田赋》，历来被视为抒情小赋形成的标志，不只因其生活趣味，更因其短小的结构与明净的文风：

> 感老氏之遗诫，将回驾乎蓬庐。弹五弦之妙指，咏周孔之图书。挥翰墨以奋藻，陈三皇之轨模。苟纵心于物外，安知荣辱之所如！

这里所表述的摒弃功名、归隐田园的愿望，在此后许多文人诗赋中被不断重复。至于其不事雕琢、淡雅流畅的语言风格，更是一扫大赋浮夸堆砌之弊。

东汉末年，社会动荡，归田不易，于是又有了赵壹"舒其怨愤"的《刺世疾邪赋》。其时大赋已成颓势，"述怀""写志"的小赋本大有发展余地。但尖刻的讽刺与日趋靡丽的文辞颇有隔阂，难以成为小赋的主潮。倒是王粲的《登楼赋》与曹植的《洛神赋》，或以其悲壮苍凉之气，或以其绮丽富艳之辞，将此类情景交融的小赋的创作推向顶峰。由宫廷侍从的"上有所感，辄使赋之""所幸宫馆，辄为歌颂"①，转为赋家诗酒文会的即席抒怀或登高作赋，歌功颂德一变而为忧生念乱。洛神之"翩若惊鸿，婉若游龙"固然让人称羡，但"人神道殊"的分离更令读者肝肠寸断：

> 抗罗袂以掩涕兮，泪流襟之浪浪。悼良会之永绝兮，哀一逝而异乡。无微情以效爱兮，献江南之明珰。虽潜处于太阴兮，长寄心于君王。

---

① 参阅《汉书》之《枚皋传》与《王褒传》。

风流倜傥陈思王,设想如此"艳遇",也只落得个"遗情想像,顾望怀愁";更不要说王粲之"登兹楼以四望兮,聊暇日以销忧",向秀之"叹《黍离》之愍周兮,悲《麦秀》于殷墟"①。或感时,或叹逝,或思亲,或怀土,魏晋小赋大都令人"黯然神伤"。

南朝赋风受骈文影响,讲究声律与对偶,抒情意味更为浓厚,只是基调仍为阴郁。鲍照的《芜城赋》和庾信的《哀江南赋》,其今昔盛衰的对比与身世家国之痛,一改汉代大赋描述都市生活时必不可少的夸饰与炫耀,着眼点在自家直面历史与人生那一瞬间的感触,故意绪苍凉。小赋如江淹的《恨赋》《别赋》,以及庾信的《枯树赋》《小园赋》,偶尔也会出现"春草碧色,春水绿波,送君南浦,伤如之何"之类清丽明亮的情景,但更衬出生离死别的悲剧性。或许,在这"山崩川竭,冰碎瓦裂"的时代,平和宁静的"小园"并不存在,饱经忧患的文人无论如何逃脱不了"树犹如此,人何以堪"的感慨。②

六朝以下,小赋仍多佳作,只是一般不为文学史家所重。一来诗歌已经崛起,吸引了大多数作家与读者,曾经辉煌过的辞赋因而必定受冷落。二来明清复古论者讲"唐无赋",与近人崇信"一代有一代之文学",都否定了两汉以下"赋"的存在价值。还有,论者多以大赋为正宗;如果局限于大赋,所谓"祖楚而宗汉,尽变于东京,沿流于魏晋,六朝以下无讥焉"③,大致没错。只是一旦确

---

① 参阅王粲《登楼赋》、向秀《思旧赋》。
② 参阅庾信的《小园赋》与《枯树赋》。
③ 清人程廷祚《骚赋论》中的这段话,源于元祝尧的"祖楚而宗汉"与明李梦阳的"唐无赋",参阅叶幼明《辞赋通论》第五章第三、五节,湖南教育出版社1991年版。

认所谓的"辞赋",不只是《子虚》《甘泉》,更包括《归田》《登楼》,那么,就没有必要将其生命封闭在两汉。

二 魏晋玄言

关于汉魏之际的文学变迁,刘师培有相当精彩的描述。以下这段话,由于鲁迅的引申发挥,而更广为人知:

> 两汉之世,户习七经,虽及子家,必缘经术。魏武治国,颇杂刑名,文体因之,渐趋清峻。一也。建武以还,士民秉礼。迨及建安,渐尚通侻;侻则侈陈哀乐,通则渐藻玄思。二也。献帝之初,诸方棋峙,乘时之士,颇慕纵横,骋词之风,肇端于此。三也。又汉之灵帝,颇好俳辞,下习其风,益尚华靡;虽迄魏初,其风未革。四也。①

鲁迅称汉末魏初文章风格为"清峻""通脱""华丽""壮大",可实际论述着重在前两点。题目定在"药及酒","清谈"与"玄言"、"师心"与"使气"又更能代表鲁迅所激赏的"魏晋风度",难怪其不大涉及文章的"华丽"与"壮大"。② 其实刘师培也是如此。大概"益尚华靡"乃汉魏六朝文学发展的总趋势,不足以作为魏晋文章特色。刘氏固然也谈"清峻简约"与"才藻艳逸"之别,

---

① 刘师培:《中国中古文学史 论文杂记》,第11页。
② 《魏晋风度及文章与药及酒之关系》,《鲁迅全集》第三卷,第501—517页。

但更重要的是同样阐发道家之绪，王弼、何晏"实与名、法家言为近者也"，而嵇康、阮籍则"实与纵横家言为近者也"。这与章太炎关于魏晋文章"近论者取于名，近诗者取于纵横"①的说法，颇有相通处。

从"名理"与"玄言"角度探讨魏晋文章，必然涉及汉代的诸子遗风。这正是章太炎的思路。《国故论衡·论式》批评汉世之论渐与辞赋同流，远不及先秦诸子"内发膏肓，外见文采"；后汉子书渐兴，然深达理要者不过《论衡》《昌言》《人物志》三家。随着"老庄形名之学，逮魏复作，故其言不牵章句"，单篇持论大有可观。章氏于是对"魏晋之持论"推崇备至：

> 魏晋之文，大体皆埤于汉，独持论仿佛晚周。气体虽异，要其守己有度，伐人有序，和理在中，孚尹旁达，可以为百世师矣。

至于魏晋人何以通脱、论辨文怎样勃兴，以及介于两者之间的"玄言"又如何弥漫于整个士大夫生活，实有认真探究的必要。

曹操力倡"通脱"，自有其治乱世、破清流的权术。鲁迅注重的则是这种"废除固执"对思想文化界的影响：一是"充分容纳异端和外来的思想"，一是"产生多量想说甚么便说甚么的文章"。②东汉末年，王充、王符、仲长统等，已经不为正统儒家思想所限，或杂名法，或合儒道。政归曹氏，一改世家豪族垄断国家

---

① 章太炎：《论式》，《国故论衡》，第124页。
② 《鲁迅全集》第三卷，第503页。

权力的传统,"独尊儒术"的意识形态更面临直接的挑战。崛起于战乱之际的曹操,为树立自家权威及实力,打击不合作的世家豪族,下令征求"不仁不孝而有治国用兵之术"者。如此"惟才是举""勿拘品行"①,客观上瓦解了日趋僵硬的意识形态,导致中断了几百年的先秦诸子放言无惮之文风某种程度的复活。晋人傅玄对曹氏父子的控诉,恰好说到其好处:

> 近者魏武好法术,而天下贵刑名;魏文慕通达,而天下贱守节。其后纲维不摄,而虚无放诞之论,盈于朝野,使天下无复清议。②

作为统治者,曹操的"求贤若渴"主要是一种姿态,不该寄予太大的期望。名气再大的贤人,倘政见不合或妨碍其当权,照样格杀勿论(如孔融之被下狱弃市)。倒是其讲"刑名"而不举"孝廉",导致固有伦理道德的崩溃,为文人学士的独立思考及大胆发言提供可能性,这点影响极为深远。

三曹本身,未见"虚无放诞之论",不过,其"直抒己意",对整个文风的转变起很大作用。尤其是曹操的《自明本志令》和曹丕的《典论·自叙》,自述身世时既无忌讳,也少伪饰,更因志深笔长、梗概多气,远胜相如、扬雄等人的同类著述。曹操善用权谋,难得以真面目示人,可也有如此推心置腹的大实话:"设使国家无有孤,

---

① 参阅曹操《求贤令》《举贤勿拘品行令》。
② 严可均校辑:《全上古三代秦汉三国六朝文》,中华书局1987年版,第1721页。

不知当几人称帝，几人称王。"或许是政治上踌躇满志，连"大言欺世"都可以省略，曹操文章极少虚词滥语，大都写得诚恳自然。曹丕文章虽无其父之慷慨率直，却多了几分安闲与妩媚。从五岁学射、六岁学骑说到十岁遇险乘马得脱，一转又是喜剑术、爱弹棋，还有酒酣耳热之际的技击；自"上雅好诗书文籍，虽在军旅，手不释卷"，方才转入少诵诗论长为著述的正题。大事小事，娓娓道来，琐细处尤见真情。同样善述生平，诸葛亮的《出师表》又是另一番景象。孔明本不以文采见长，但"臣本布衣，躬耕于南阳"以下一段，吐辞恳切，声情激越，悲壮苍凉处近似曹操，而与曹丕之清丽则相差甚远。不过，以《出师表》之"上变汉京之朴茂，下开六朝之隽爽"，来概括"三国时文字"①，仍然不无可取。那种苍海横流、地老天荒的感觉，那种乱世中人对死亡的独特体验（汉魏之际本不以"哀吊"之辞见称，但多有岁月不居，知交零落，因而"怅然伤怀"的书札，如孔融《与曹公论盛孝章书》、曹丕《与吴质书》）还有那种摆脱思想禁锢以后对自由表述的渴望，确实非大汉或盛唐文人所能想象。

  曹丕、曹植也有相当精彩的史论文章，但毕竟不如建安诸子的放言无忌。孔融专与曹操捣乱，议论中夹杂嘲戏；王粲长于驳难，近乎名法之言；祢衡则是以气运词，奋笔直书。虽具体立论及推演方式不同，但他们都尚骋词，多意气，喜惊世骇俗。孔融之否定父母之恩，称其"实为情欲发耳""譬如寄物瓶中"，即使在不举孝廉的时代，也是"非常可怪之论"。至于传诵千古之"击鼓骂曹"，虽系小说家言，却很能显示祢衡疾恶如仇的性格与慷慨高厉的文

---

① 参阅陈衍《石遗室论文》卷三，第 4 页。

气。刘师培称孔融、王粲之少禁忌,善持论,为魏晋文学"开其基",只可惜"不能藻以玄思"①,相当准确地点明了二者的联系与区别。

善持论且"藻以玄思",乃魏晋之文的最大特色。汉代激扬名节、品核公卿的"清议",因时局推迁而演为"清谈",虽仍在品鉴人伦、议论时事,不过逐渐趋于讨论批评的理论原则,而不是实际操作本身。由具体人事转为抽象玄理,乃学问演进的必然趋势。可魏晋玄言的兴起,还另有原因。首先是作为利禄之途的章句之学,因"一经说至百余万言"的烦琐,以及附会阴阳谶纬,日益暴露其弊病。古文经学的逐渐兴盛,尤其是魏晋间三大注疏(范宁《穀梁注》、杜预《左传注》、王弼《周易注》)之讲求会通,忌以辞害意,要言不烦,好玄理大义,与其时学风的转移互为因果。夹杂阴阳家言的儒术退出中心舞台,名、法的综核名实,以及道家的玄远虚胜,越来越为士人所欣赏,这与"清谈"的形成大有关系。世人以《易》《老》《庄》为三玄,"于是聃周当路,与尼父争途矣"。"玄风独秀"的结果,便是沈约、刘勰所慨叹的"为学穷于柱下,博物止于七篇""诗必柱下之旨归,赋乃漆园之义疏"。②

如此陈说,很容易被误认为将"清谈"的兴起,完全归功或归罪于老庄之学。恰恰相反,在我看来,后世对魏晋清谈之"褒奖"与"讨伐",大都过分夸大了老庄之学对于社会思潮与历史发展的作用。颜之推已注意到其时"祖述玄宗"者颇有立身行事大背老庄

---

① 刘师培:《中国中古文学史 论文杂记》,第35页。
② 参阅《颜氏家训·勉学》《宋书·谢灵运传论》、《文心雕龙》之《论说》及《时序》篇。

之教的，今人钱锺书更称其"名曰师法，实取利便"。① 晋人之蔑视礼教，任诞通达，与其说是萌发于老庄，不如说是在老庄之学中找到了最佳表达方式。

士人之妙善玄言，西晋时基本上局限于老庄，东晋则因和尚的介入而更上一层楼。向秀、郭象注《庄子》，已是"妙析奇致，大畅玄风"，后人苦于"不能拔理于郭、向之外"，惟有精通佛理的支道林能"卓然标新理于二家之表，立异义于众贤之外"。②《世说新语》记载的这则逸事，颇有象征意味。佛学东来，士人喜其幽深玄致颇类道家而欣然接受。由言才性、论养生扩展到究形神、辨果报，此类论题的转移尚在其次；更重要的是，在对佛学不断的援引与辩难中，士人析理日趋精密。刘勰论及有无之辨，独推般若绝境之"动极神源"；近世学人推崇魏晋文章"析理之美"，比如"穷理致之玄微，极思辨之精妙"，也都强调其得益于佛学之滋润。③

除了学术思潮的演进，魏晋文人之所以"喜玄言"，还有避祸全身的缘故。阮籍辈的"口不臧否人物"以及"发言玄远"，很大程度是"天下多故，名士少有全者"逼出来的。既"能为青白眼"，又如何"喜怒不形于色"？既"率意独驾"，又何必"车迹所穷，辄恸哭而返"？阮籍之忧愤郁积，时借诗文表露，可毕竟"口不论人过"；而"保身之道不足"的嵇康，自称师之"而未能及"，

---

① 参阅《颜氏家训·勉学》及钱锺书《管锥编》第1128页。
② 刘义庆：《世说新语·文学》。
③ 参阅《文心雕龙·论说》及刘师培《中国中古文学史》第四课丙、刘永济《十四朝文学要略》卷二第九章（黑龙江人民出版社1984年版）。

果因"言论放荡"而死于非命。① 由此不难理解,魏晋文人的普遍鄙薄人事,而趋于虚无玄远之途,实有不得已之苦衷。借用近人汤用彤对"清谈"的论述,"玄远虚胜"之成为魏晋文章的主导风格,也是"一方因学理之自然演进,一方因时势所促成"②。

同样好老庄,善清谈,王弼、何晏的文章,与阮籍、嵇康其实大有差异。王、何主要以经注形式立论,《论语集解》《老子道德论》以及《周易注》《老子注》等,文质兼茂,不少地方可作单独的文章欣赏。其注经文体之迥异汉人,主要在于思辨色彩浓,文章也以析理精微见长。嵇、阮才藻艳逸,文辞壮丽,而且忧愤极深,带有更多的反叛色彩。阮籍的《通易论》和《达庄论》、嵇康的《养生论》和《声无哀乐论》等,都长于辩难,析理绵密;后者更因"文如剥茧,无不尽之意"以及"思想新颖,往往与古时旧说反对",而受到刘师培和鲁迅的高度赞扬③。可更显二人文章特色的,还是《大人先生传》《与山巨源绝交书》那样直接牵涉时事政治、是古非今且文风恣肆放达者。阮氏之"无君而庶物定,无臣而万事理",自是寄托遥深;嵇氏之"必不堪者七,甚不可者二",更是嬉笑怒骂皆成文章。嵇、阮诗文之"师心"与"使气",因其为当局所忌而极少真正的传人。西晋文士承继的,主要是"辨析名理"的王弼与何晏。即便师法阮籍者,也是"非法其文,惟法其

---

① 参阅《晋书·阮籍传》、嵇康《与山巨源绝交书》、《世说新语·栖逸》《晋书·嵇康传》。
② 《读〈人物志〉》,《汤用彤学术论文集》,中华书局1983年版,第206页。
③ 参阅刘师培《中国中古文学史》第四课及鲁迅《魏晋风度及文章与药及酒之关系》。

行"①，清谈之外，别为放达而已，很难再像嵇、阮那样酣畅淋漓地言玄理兼批当世。

魏晋文人之"放达"，可能不拘小节，率性而行；也可能反叛传统，亵渎神明。对统治者来说，后者无疑更具破坏性。同为不与当局合作的竹林名士，嵇康见杀而阮籍独存，就因前者屡屡"非汤武而薄周孔"，直接对抗当朝天子的权威。可正如鲁迅所说的，"魏晋的破坏礼教者，实在是相信礼教到固执之极的"②。比起曹操、司马懿的打着礼教招牌诛灭异己来，嵇康之由不平、不服，激而"破坏礼教"，可就显得不够"通脱"了。魏晋文人表面上的"随便"与骨子里的"执著"，恰好形成鲜明的对照。竹林名士的任诞放达，脱略礼法，因其"败名检伤风教"，而为当时及后世所诟病。不可否认名士们的"不羁"与"放荡"有故作狂态、高自标榜的意味，但更重要的，还是他们的忧生忧世以及随着而来的愤世嫉俗。这种傲然独立、风流自赏，蕴涵着不同于正统儒家的别一种理想人格。如此追求任真适性、得意忘形，以至于不惜冲撞当朝权贵，招来杀身之祸，说到底也不是真的"通脱"。这里并非故意强调"放荡"背后的"反抗"，而是指出魏晋名士的"通脱"，不论是排斥形式化的礼教还是标举新的人格理想，其实都因其过于"执著"而不肯"随便"。

貌似"随便"而实则"执著"的魏晋文人，除了析理精微的文章，还有"论天人之际"的清谈。当年文人雅集，"共谈析理"，不只要求条分缕析、逻辑严密，更希望辞约旨远、风神潇洒。《世

---

① 刘师培：《中国中古文学史　论文杂记》，第52页。
② 《鲁迅全集》第三卷，第515页。

说新语·文学》记支道林、谢安等以《庄子·渔父》为题辩难,一"叙致精丽,才藻奇拔,众咸称善",一"才峰秀逸","萧然自得,四坐莫不厌心"。支之"七百许语"与谢之"万余语"不曾传世,就因为时人更欣赏"相视一笑,莫逆于心"。论辩输赢无关紧要,"四坐"之所以"莫不厌心",理致"与"辞藻"外,更重谈客的"风度"与"气韵":见高低时"一坐同时抚掌而笑,称美良久";不分胜负则"但共嗟咏二家之美,不辩其理之所在"。晋人如此醉心于你送一难,我通一义,目的是"常使两情皆得,彼此俱畅",近乎高雅的智力游戏。① 不过,传诵至今的诸多佳言隽语,虽可能依据的是"洞见"与"直觉",且常常"脱口而出",却是平日苦心孤诣的结果。这种修养,使得晋人每能于"不经意"中显其风采神韵。

"玄言"之影响于晋人文章,既体现为"析理井然的论说",也落实在"隽语天成的书札"。② "一往隽气"的王羲之,一闻"才藻新奇,花烂映发"的议论,当即"披襟解带,留连不能已",可见其对于"清谈"之热衷——《世说新语》中不少隽语,正是出自此风流之王逸少。王氏文名,为其书名所掩,后世无数宝爱其真迹者,临其帖而不赏其文,实在可惜。除《兰亭集序》外,其杂帖短简,不修篇幅,而自趣味盎然。《杂帖》中有云:

计与足下别,廿六年于今。虽时书问,不解阔怀。省足下先后二书,但增叹慨。顷积雪凝寒,五十年中所无。想顷如

---

① 参阅《世说新语》之《言语》及《文学》两篇。
② 参阅王瑶《中古文学史论》,北京大学出版社1986年版,第54页。

常。冀来夏秋间，或复得足下问耳。比者悠悠，如何可言。吾服食久，犹为劣劣，大都比之年时，为复可耳。足下保爱为上，临书但有惆怅。

对时间流逝、契阔死生的感慨，乃晋人的共同话语；"不解阔怀"云云，更不稀奇。可喜的是，王氏书札中常插入无关紧要但极有生趣的"积雪凝寒"或"快雪时晴"，以及儿女婚嫁、胡桃长势等家常话题，因而显得自然而诚挚。

可以与之媲美的，是陶渊明的《五柳先生传》《归去来兮辞》《与子俨等疏》。一如其诗的"豪华落尽见真淳"，陶文也以"平和"与"自然"而在崇尚玄谈与骈俪的晋末文坛独标一帜。如《与子俨等疏》有云：

少学琴书，偶爱闲静，开卷有得，便欣然忘食。见树木交荫，时鸟变声，亦复欢然有喜。尝言五六月中，北窗下卧，遇凉风暂至，自谓是羲皇上人。意浅识罕，谓斯言可保。日月遂往，机巧好疏，缅求在昔，眇然如何！

如此平静的叙述，确无嵇、阮的"师心"与"使气"；可细细读来，又似乎"此中有真意，欲辨已忘言"。这种基于生命的独特体验以及真正悟道之后的"平静"，使得其"平常心"与"天然语"，反而显得有点"深不可测""妙不可言"。至于因文体差异，陶氏也会有激愤或热烈之语（如《感士不遇赋》与《闲情赋》）；但其文章的最大特色，仍是思想通达、性情恬淡、语调平和，以及不时在自嘲中流露出来的幽默感。

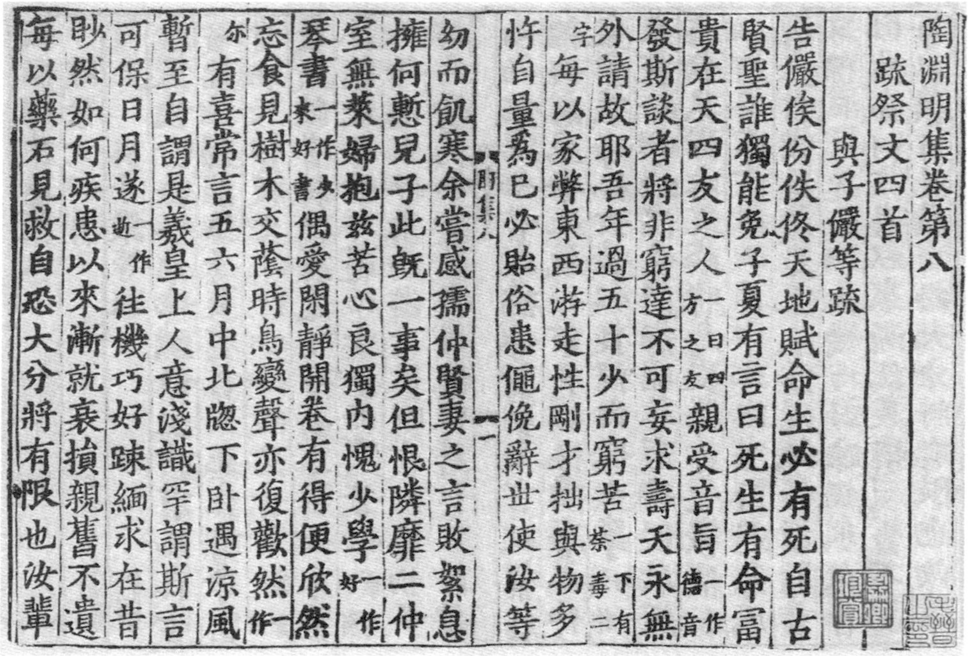
陶淵明集卷第八
疏祭文四首
與子儼等疏
告儼俟份佚佟天地賦命生必有死自古賢聖誰能獨免子夏有言曰死生有命富貴在天四友之人（一曰四方之友）親受音旨（一作德音）發斯談者將非窮達不可妄求壽夭永無外請故耶吾年過五十少而窮苦（一下有荼毒二字）每以家弊東西游走性剛才拙與物多忤自量為己必貽俗患僶俛辭世使汝等幼而饑寒余嘗感孺仲賢妻之言敗絮自擁何慚兒子此既一事矣但恨鄰靡二仲室無萊婦抱茲苦心良獨內愧少學（一作好）琴書（一作少來好書）偶愛閑靜開卷有得便欣然（一作）忘食見樹木交蔭時鳥變聲亦復歡然（一作尓）有喜常言五六月中北窗下臥遇涼風暫至自謂是羲皇上人意淺識罕謂斯言可保日月遂往（一作逝）機巧好疏緬求在昔眇然如何疾患以來漸就衰損親舊不遺每以藥石見救自恐大分將有限也汝輩

图 2－3　宋刻递修本《陶渊明集》书影

玄风独秀，析理精微，基本上是晋人的专利。宋、齐以下，文章转向骈偶，以"绮丽"而非"玄远"相夸耀。独有范缜的《神灭论》"精思明辨，解难如斧破竹，析义如锯攻木"，比起王充、嵇康来有过之而无不及。① 更重要的是，齐梁佛法益盛，论难之风日炽，士人阐说义理，往往依傍释氏经论，范氏竟能入室操戈，尤为难得。至于行文之专主理致，无取华辞，也与时人之着意骈俪大异其趣。

三　六朝骈俪

自韩愈提倡载道之古文，骈文的价值因而屡屡受到质疑。清人阮元重提文笔之辨，称"凡文者，在声为宫商，在色为翰藻"，以六朝骈俪与唐宋古文争"正统"。② 就实际创作而言，可能真的是"骈散之争，实属无谓"——清人包世臣和近人章太炎都曾指出，骈散二体各有所长，最好兼收并蓄。③ 但对文学史家来说，六朝骈俪的是非功过，却是个无法绕开的题目。

具体评说之前，有必要先描述骈文的基本特征。并二马谓之骈，可想而知，骈文的第一个特征自然是讲求对偶。文辞之所以"高下相须，自然成对"，照刘勰的说法是："造化赋形，支体必

---

① 参阅钱锺书《管锥编》，第 1421—1422 页。
② 参阅阮元《文韵说》《书梁昭明太子文选序后》。
③ 包世臣《文谱》曰："凝重多出于偶，流美多出于奇。体虽骈，必有奇以振其气；势虽散，必有偶以植其骨。"章太炎《文学略说》称："骈散二者，本难偏废。头绪纷繁者当用骈，叙事者止宜用散，议论者骈散各有所宜。"

双,神理为用,事不孤立",清人李兆洛进一步发挥:"天地之道,阴阳而已;奇偶也,方圆也,皆是也。阴阳相并俱生,故奇偶不能相离,方圆必相为用。"① 受天地万物奇偶相生的启示,也因韵文骈语确实便于记诵,再加上中国单音文字容易形成自然的对仗,先秦经史本就多骈散相间,极少数百语中纯单行者。诗骚之外,《易·文言》被誉为"千古文章之祖",就因为其"不但多用韵,抑且多用偶"②。其实诸子之文,若老、庄、孟、荀,都善用骈词俪语。汉赋的兴起,更使得文人醉心于偶对。西汉辞赋尚惟意所适,不务精工,东汉之文渐趋整炼,齐梁以下益事妍华,对偶之法自是日加绵密。③ 与此同时,由上下联相对,合两语以成一意,逐渐演成固定的四六句式。《文心雕龙·章句》称"四字密而不促,六字格而非缓"乃文章的最佳句式,可不忘添上一句:"或变之以三五,盖应机之权节也。"实际上,骈文代表作家徐陵与庾信,虽擅四六语,句式仍多变化,不若后世一味骈四俪六之呆滞。

骈文的第二个特征是讲求音韵协调。由意义之排偶,进到声音的相对,都是充分发挥汉字单音之长,故二者同为六朝骈俪的根基。这里的音韵,主要不是指文句之末的韵脚,而是指章句中"一宫一商"造成的抑扬顿挫。调和音律乃人之天性,只是丝竹之低昂远比文辞之清浊容易把握。后者的说"宫商",就像高下、低昂、飞沉、浮切、轻重、清浊等,都是只可意会难以言传的转喻。秦汉文章中,已有音节和谐的"高言妙语",可正如沈约所说,那是

① 刘勰:《文心雕龙·丽辞》;李兆洛:《骈体文钞序》。
② 参阅阮元《揅经室三集》卷二《文言说》。
③ 刘勰只提"丽辞之体,凡有四对"(《文心雕龙·丽辞》),而据遍照金刚的《文镜秘府论·论对》,后来对偶方法竟发展到二十九种之多。

"音韵天成","暗与理合"①。两晋文人方才有意追求"音声之迭代"与"五色之相宣",宋之范晔更以"别宫商识清浊"傲视"古今文人",至齐永明年间沈约等创立四声说,由自然的音调转为人工的声律,骈文的体式因而趋于完善。② 关于声律论,沈约在《宋书·谢灵运传论》中有如下表述:

> 夫五色相宣,八音协畅,由乎玄黄律吕,各适物宜。欲使宫羽相变,低昂互节,若前有浮声,则后须切响。一简之内,音韵尽殊;两句之中,轻重悉异。妙达此旨,始可言文。

其中最关键的是"宫羽相变,低昂互节"八个字,翻译成现代人的语言,便是借平仄相间、音韵和谐来获得一种听觉上的美感。前人虽对语气高下、声音抑扬有所体会,但不若永明诸子辨析精细且表述明确,夸耀"自骚人以来,此秘未睹",其实并不过分。声律说的出现③,对南朝文学的"新变",以及中国骈文、律诗的发展,影响极为深远,故周颙、沈约等人创立新学说的贡献实在不容低估。

骈文之讲音韵,与声律说的兴起互为因果;而其雕饰藻采,则与文笔之分关系密切。南朝骈文的发展,促使作家、选家与批评家重新辨析文体,此前的有韵无韵之分明显过于粗疏,于是有了"古

---

① 沈约:《宋书·谢灵运传论》。
② 参阅陆机《文赋》、范晔《与甥侄书》、《南史·陆厥传》。
③ 对陈寅恪《四声三问》(《金明馆丛稿初编》,上海古籍出版社1980年版)中"借转读佛经之声调,应用于中国之美化文,四声乃盛行"的著名论断,郭绍虞《声律说考辨》(《照隅室古典文学论集》下编,上海古籍出版社1983年版)有所补充与辨正,值得参考。

人之学者有二，今人之学者有四"的后期文笔说：文章分文、笔，学术分言、语。① 无韵之"笔"之所以能被纳入文章，在很大程度上是因其同样"事出于沉思，义归乎翰藻"——《文选》正是依据这一标准选文的。凡是用骈化语言及清词丽句写成的，不论是"文"是"笔"，都属于文章范围。这种新的文学观念，使得文人更加注重藻绘。"五色相宣"之"玄黄"，比起"八音协畅"的"律吕"来，本就易为文人所掌握，也更早在文章中领风骚。《左传》记载的行人之辞，以及先秦诸子之文，已有"绮丽以艳说，藻饰以辩雕"的趋向；汉代辞赋更是如《文心雕龙》所称，"极声貌以穷文"，其讲究"词必巧丽"，甚至到了"繁花损枝"的地步；魏晋文人如阮籍之逸艳、嵇康之壮丽、陆机之绮练、潘岳之繁缛，都对"玄黄"表现出特殊的兴趣；南朝各代皇上主儒雅，好文章，流连哀思、矜尚藻采因而靡然成风——骈文更是得风气之先。刘勰对宋初诗坛的描述，其实同样适应于其时的"文"与"笔"："俪采百字之偶，争价一句之奇，情必极貌以写物，辞必穷力而追新。"

比起调声或敷藻来，骈文的隶事更常为人疵病。"据事以类义，援古以证今"，本是相当古老的修辞手法，屈宋诸骚已着先鞭，汉代赋家更喜此道，只是未尝刻意经营而已。魏晋以下，诗文用典日繁，甚至有无句不隶事者。用典倘能切意，可以使得文章言简意赅，且雍容婉转；但若一意捃拾细事，争疏僻典，则易伤板滞，且锢蔽性灵。颜延之、任昉、王融等人之"动辄用事"，"博物可嘉，职成拘制"。

---

① 参阅刘勰《文心雕龙·总术》、梁元帝（萧绎）《金楼子·立言篇》以及郭绍虞《文笔说考辨》（《照隅室古典文学论集》下编）。

而其"文章殆同书抄","属辞不得流便",更蕴涵后世骈文饾饤之弊。① 只是时人多因其新奇富博而叹服,无暇挑剔其"喜用古事,弥见拘束"。南朝文章之"富博",与其时类书的出现不无关系。类书虽肇始于魏之《皇览》,只是深藏秘府,一般文人无从得见;梁代类书大盛,文人不少参与抄撰,于是得以为作文之助。文章风气也因而不以自铸新词为高,而以多用事典为博。为夸耀博学而竞相隶事,乃六朝诗文的共同特征;只是诗歌后来转向,而骈文则始终坚持。毫无节制的用典,因而成了骈文最为突出的隐患。②

清人孙梅《四六丛话》卷三"骚"之小序称:"屈子之词,其殆诗之流,赋之祖,古文之极致,俪体之先声乎?"将骚、赋、骈连成一线,注重的自然是其共同的驰骋俪辞、征逐华采。说六朝骈文源于屈骚,未免有点过于遥远,但两汉辞赋的影响却是无可置疑的。讲六朝骈文,无法回避江淹的《恨赋》《别赋》以及庾信的《哀江南赋》等,而骈赋与辞赋的历史联系,使得骈文研究不能不从两汉说起。

汉赋初起,未脱屈骚遗风,只是韵散兼行、骈语间作,如贾谊的《吊屈原赋》与枚乘的《七发》等。相如、子云的创作使得大赋的体制趋于完善,而其藻采纷披,音声和谐,更使《文选》及后世骈文选家不敢遗漏。东汉文章崇尚靡丽,辞赋也日渐骈化,张衡

---

① 参阅钟嵘《诗品·序》、萧子显《南齐书·文学传论》、李延寿《南史·任昉传》。

② 钱锺书《管锥编》有云:"骈体文两大患:一者隶事,古事代今事,救星替月;二者骈语,两语当一语,叠屋堆床。然而不可因噎废食,止儿之啼而土塞其口也。"(第1474页)

的《归田赋》更因通篇俪偶而被后人断为"六朝骈文之开山也"①。汉魏之际，骈文正式形成；"赋"与"骈"，在文章体制上基本合一。所谓赋之体"三国、两晋以及六朝，再变而为俳"②，只是从一个侧面展示了其时主导文体"骈文"无远弗届的影响。不只本就讲究藻采偶对的辞赋，魏晋六朝的诏、令、书、教、论、疏等，也大都采用骈偶。流风所及，连"论作文之利害所由"的《文赋》《文心雕龙》《诗品》等，也是"丽句与深采并流，偶意共逸韵俱发"。③

骈文的裁对、调声、敷藻以及用典，均是最大限度地发挥汉语的特征以造成文章的形式美。《南齐书·文学传》所标榜的"放言落纸，气韵天成"乃骈文的理想境界，可惜不容易达到。倒是《文心雕龙·情采》所批评的"采滥忽真，远弃风雅"，以及《诗品》所嘲笑的"拘挛补衲，蠹文已甚"，成为其时骈文写作的通病。但是，骈文对声韵藻采之刻意追求，倘不至于以辞害意，其中有极出色的表现。若鲍照的"发唱惊挺，持调险急，雕藻淫艳，倾炫心魂"，江淹的"纵横骈偶，不受羁靮""驰逐华采，卓尔不群"，以及任昉的既不"违时"也不"投俗"、"俪体行文，无伤逸气"，都在在显示骈文特有的魅力。明人张溥《汉魏六朝百三家集题辞》称："历观骈体，前有江、任，后有徐、庾，皆以生气见高，遂称俊物。"④ 要说生气与大度，江、任其实远不及徐、庾。

《周书·庾信传》《陈书·徐陵传》以及《北史·文苑传》等，

---

① 参阅姜书阁《骈文史论》，人民文学出版社 1986 年版，第 223 页。
② 参阅徐师曾《文体明辨序说·赋》。
③ 参阅陆机《文赋》、刘勰《文心雕龙·丽辞》。
④ 参阅萧子显《南齐书·文学传》、张溥《汉魏六朝百三家集题辞》中之《江醴陵集》《任彦升集》《徐仆射集》题辞。

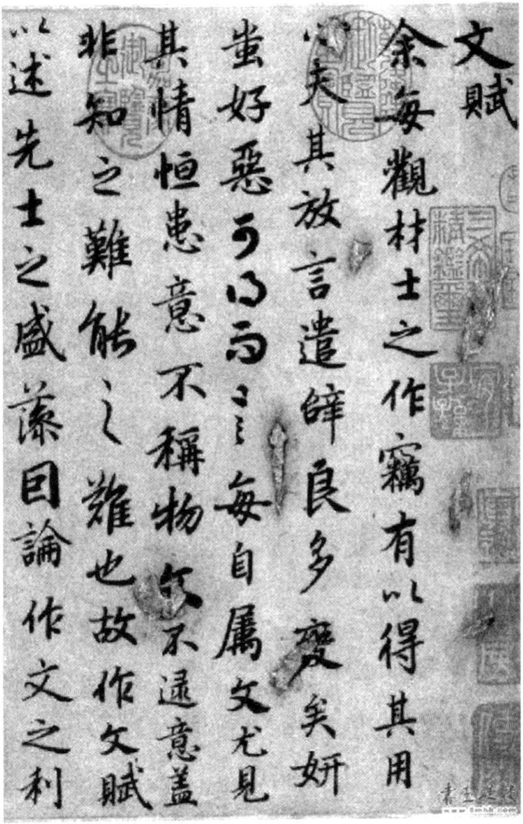

图 2-4　传唐陆柬之书《文赋》

已将徐、庾并列为"一代文宗"。清人论骈文,也多以徐、庾为代表作家:"四六盛于六朝,庾、徐为首出。""骈语主徐、庾,五色相宣,八音迭奏,可谓六朝之渤澥,唐代之津梁。"① 徐庾齐名并称,可一入陈一仕周,长时间分居南北。但这并不妨碍其文体的相近。因其时南北通使,"江左文章本可流传关右"②。时贤及后人之赞赏或非难"徐庾体",注重的是其骈文的造诣,也就是裁对、调声、敷藻、隶事的技巧。可除此之外,徐、庾文章最动人者,在于其"乡关之思",以及"感慨兴亡"时的"声泪并发"。③

杜甫称"庾信文章老更成",主要指诗,也可推及其文。《小园赋》《枯树赋》《伤心赋》等悲感哀思,而又不过分雕琢,"老成"中不乏"清新",都是传诵一时的名篇。但真正横绝千古、无可替代的,还是《哀江南赋》。

此赋哀梁之亡国与伤自家身世之沦落,二者合而为一,江南的兴衰因而也就更加令人牵挂。述及江陵陷落士民被掳入关,虽多用典,也无碍其感情之强烈与笔墨之奇谲:

> 逢赴洛之陆机,见离家之王粲,莫不闻陇水而掩泣,向关山而长叹。况复君在交河,妾在清波;石望夫而逾远,山望子而逾多。才人之忆代郡,公主之去清河;栩阳亭有离别之赋,临江王有愁思之歌。别有飘飘武威,羁旅金微;班超生而望返,温序死而思归。李陵之双凫永去,苏武之一雁空飞。

---

① 参阅程杲《四六丛话序》、许梿《六朝文絜》。
② 参阅陈寅恪《读〈哀江南赋〉》(《金明馆丛稿初编》)及王瑶《徐庾与骈体》(《中古文学史论》)。
③ 参阅张溥《汉魏六朝百三家集题辞》中之《庾开府集》《徐仆射集》题辞。

如此"不无危苦之辞,惟以悲哀为主",正像此赋之序所称的,与其羁旅漂泊之身世大有关联。以同样"生而望返""死而思归"的心境,来体贴并叙述乱世中士民流徙之悲哀,自有一种寻常文章无法达到的震撼力。

徐陵也有同样感人肺腑的"羁旅篇牍",那就是《在北齐与杨仆射书》。比起名气更大、渊雅匀称的《玉台新咏序》或《陈公九锡文》来,此书于说理中抒情,彩藻华缛而博辨纵横,无疑更具特色。后世争论骈文能否说理论事,宗骈者常以之为成功的范例。前半部辩驳齐人设词不遣的八条理由,深切透辟,乃折之以理;结尾处则动之以情,强抑悲愤,摅抒怀抱,回环婉转中自有风流蕴藉:

> 岁月如流,平生何几?晨看旅雁,心赴江淮;昏望牵牛,情驰扬越。朝千悲而掩泣,夜万绪以回肠。不自知其为生,不自知其为死也。……若一理存焉,犹希矜眷。何必期令我等必死齐都,足赵魏之黄尘,加幽并之片骨!遂使东平拱树,常怀向汉之悲;西洛孤坟,恒表思乡之梦。干祈已屡,哽恸增深。徐陵叩头,再拜。

此等辞句,几近直抒胸臆。只因说到伤心处,实在无暇雕琢堆砌,反而更能发挥情韵。

南朝文章多骈俪,连书信公文也都讲究"玄黄""律吕"。这种对藻采声韵的刻意追求,对于不曾骈化的述学文字是一种刺激,偶尔也会出现意料不到的好文章。提倡声律说的沈约,其史著《宋书》自是无法"驰骋文辞"或讲究"宫羽相变,低昂互节"的了,可精心经营的散行文字，仍有绝佳表现。如《陶潜传》中这样描写赋《归去来》后的"靖节居士"：

> 尝九月九日无酒，出宅边菊丛中坐久，值（王）弘送酒至，即便就酌，醉而后归。潜不解音声，而畜素琴一张，无弦，每有酒适，辄抚弄以寄其意。贵贱造之者，有酒辄设。潜若先醉，便语客："我醉欲眠，卿可去。"其真率如此。

如此笔调，如此风情，近于《世说新语》。比起"晨烟暮霭，春煦秋阴，陈书缀卷，置酒弦琴"，或者"贞志不休，安道苦节，不以躬耕为耻，不以无财为病"之类骈语，更显生趣盎然。①

六朝的学术著述以及书札小品，不乏洒脱自然、韵味无穷者。但此乃古今文学变迁，而非当年别有着意摆脱骈俪的一派。自《北史·文苑传》提出"江左宫商发越，贵于清绮；河朔词义贞刚，重乎气质"，后人因而喜谈南北文章差异。此说不无可疑之处。其时真正生长于河朔的文人，落笔时极力追摹南朝，几乎乏善可陈；由南入北的庾信等，因"乡关之思"而"以悲哀为主"，因阅历既久学问弥深而健笔纵横，但以之为北朝文风的代表，则又未免牵强。至于以《水经注》《洛阳伽蓝记》《颜氏家训》来论证北朝文章的质朴，更是文不对题——此等述学文字，本就不曾刻意追求藻绘，怎能以其天生的"质胜"，来反衬甚至嘲讽南朝骈俪之"文胜"？

---

① 参阅颜延之《陶征士诔》及萧统《陶渊明集序》。后者另有《陶渊明传》，基本照录《宋书·陶潜传》，惟"尝九月九日出宅边菊丛中坐，久之，满手把菊"句略有变化，但更具风韵。

四 山水与纪游

汉魏六朝文章，除了体制上从辞赋到玄言再到骈俪外，还有另外一条发展线索同样值得注意，那就是山水的发现以及纪游文学的兴起。山水与纪游，有联系又有区别。前者注重山川之美，后者突出行人之游；更重要的是，前者与诗画因缘极深，后者则接近史地与小说。后世的游记，仍有文人之游与学者之游的区别——尽管两者有时很难截然分开。鉴赏山水与记录游历的结合，既保留了审美的眼光，也提供了叙述的角度与线索，此乃纪游文学得以形成的关键。

关于"诗文之及山水者"，钱锺书将其分为三个阶段：始则陈其形势产品，继乃山水依傍田园，终则附庸蔚成大国。① "陈其形势产品"，指的是两汉辞赋对都市建筑以及日月山川的铺叙，其时赋家沉醉于阔大的意象、闳丽的词语，尚未执著于自然风光的鉴赏。"山水依傍田园"，起于达官失意，或文士不容于时，汉末仲长统等之退居田园，并非真的"悦山乐水"、寻幽问胜，只是为了获得某种精神上的慰藉。晋人方才真正醉心于山水，即所谓"流连信宿，不觉忘返，目所履历，未尝有也。既自欣得此奇观，山水有灵，亦当惊知己于千古矣！"② 山水入文，古已有之，只是如此游

---

① 钱锺书：《管锥编》，第 1037 页。
② 参阅《水经注》卷三四关于西陵峡的描述。味其文意，似非出于袁崧《宜都记》。

目赏心,而且惊为知己,此种精神境界及文字表述,晋、宋以前未尝有。难怪钱锺书将山水"附庸蔚成大国"的时间,断在东晋。

人类自古生活在大自然中,不可能对山水毫无感觉。诸子之文,不乏关于山水的记载。孔子的"知者乐水,仁者乐山",还有"浴乎沂,风乎舞雩,咏而归",都可见其对于山水的关注非同一般。道家讲"道法自然",更是喜欢在文章里摆弄山水。只是先秦诸子之讲山水,多取譬设喻,或观山以明道,或听水而触兴,或将其作为人格象征,或用来表述某种生活理想,而难得认真体会山水的佳妙,也不曾着意描摹山水的容貌。

汉代赋家总算愿意描摹山水,也只是作为宫殿、苑囿、都城的点缀,不具备独立的审美形态。处于附庸地位的山水,难得有枚乘《七发》"曲江观涛"那样惊心动魄的表现;可即便是枚乘,也不过将此"天下怪异诡观"作为说理的工具。赋家之写山水,绝大部分只是堆砌各种"放之四海而皆准"的形容词。一直到晋人咏江海的双璧——木华之《海赋》与郭璞之《江赋》,仍是气势雄浑,辞采瑰丽,唯独缺乏独立的个性。《海赋》《江赋》以及《雪赋》《月赋》等之关注抽象的,而不是具体的日月山川、江河湖海,除了文体本身的制约,还有一个潜在的因素,那就是赋家仍没有意识到"山水有灵",也不曾引为千古知己。

张衡《归田赋》之咏"俯钓长流",开始将田园作为"无明略以佐时"者的最佳去处;仲长统更进一步,鄙弃将相之业,独取田园风光。《乐志论》中这段话,虽非完整之文,却相当准确地表达了中国文人的生活理想,难怪千古传诵:

使居有良田广宅,背山临流,沟池环匝,竹木周布,场圃筑前，果园树后。舟车足以代步涉之难，使令足以息四体之役。养亲有兼珍之膳，妻孥无苦身之劳。良朋萃至，则陈酒肴以娱之；嘉时吉日，则烹羔豚以奉之。蹰躇畦苑，游戏平林，濯清水，追凉风，钓游鲤，弋高鸿。讽于舞雩之下，咏归高堂之上。安神闺房，思老氏之玄虚；呼吸精和，求至人之仿佛。与达者数子，论道讲书，俯仰二仪，错综人物。弹南风之雅操，发清商之妙曲。逍遥一世之上，睥睨天地之间。不受当时之责，永保性命之期。如是则可以陵霄汉，出宇宙之外矣。岂羡夫帝王之门哉！①

如此言志，目标并非"安贫乐道"，而是"富贵闲人"。不过，远离宫廷的中国文人，开始亲近并体味大自然独有的情韵，这一点在文学史上影响极为深远。至此，文人与山水，方才真正融为一体。

田园适合于隐遁，固然有益于文人对山水的鉴赏。可困居一地，无法体会大好河山之万千风情。若陶渊明之"相见无杂言，但道桑麻长"，或者"采菊东篱下，悠然见南山"，诗人心境固然高旷玄远，山川之妙却难以传达。必须由隐遁转为盘游，大自然的美方能得以充分呈现。有了"山阴道上行"，"古今共谈"的"山川之美"于是"使人应接不暇"。② 魏晋文人之好山水，爱远游，乃纪游文学得以成立的关键。只是"纪游"作为一种文学传统，另有其值得关注的渊源。

---

① 录自《全上古三代秦汉三国六朝文》，第956页。编者疑此节文字出自《昌言·自叙》，但所陈理由不充分，故仍依旧说。
② 参阅刘义庆《世说新语·言语》及陶弘景《答谢中书书》。

如果将屈原的《涉江》《哀郢》作为纪游文学的滥觞，汉赋中记录某次游览登临的《览海赋》（班彪）、《祓禊赋》（杜笃）等，已基本将纪行、写景与抒怀合而为一。汉魏之际，社会急剧动荡，流徙不居的文人，因而更喜欢"登兹楼以四望兮，聊暇日以销忧"，各种各样的《登台赋》《游观赋》以及《述行赋》等应运而生。三曹及建安七子等都有此类著述，其中尤以才高八斗的陈思王曹植最为突出，若之"登高墉兮望四泽，临长流兮送远客"，《娱宾赋》之"感夏日之炎景兮，游曲观之清凉"，《感节赋》之"携友生而游观，尽宾主之所求"。赋家之写登临与游览，很多时候只是一种"起兴"，因此也就没必要交代具体登临的时间地点。同一景观，春夏秋冬、晨昏晴雪尚且面目迥异，更不要说江南江北、山东山西了。也有例外的，比如曹植的《节游赋》，便将这种游览"个性化"：

> 于是仲春之月，百卉丛生，萋萋蔼蔼，翠叶朱茎，竹林青葱，珍果含荣。凯风发而时鸟欢，微波动而水虫鸣。感气运之和润，乐时泽之有成。遂乃浮素盖，御骅骝，命友生，携同俦，诵风人之所叹，遂驾言而出游，步北园而驰骛，庶翱翔以解忧。

描述完行游过程所见之景观，最后以"罢曲宴而旋服，遂言归乎旧房"作结。此赋已经是相当完整的"游记"，其对于自然风光，已由静态的铺叙转为动态的描写。

借助于"游历"，"山川之美"得以充分呈现，不至于"使我高霞孤映，明月独举，青松落阴，白云谁侣"——孔稚珪《北山移文》之慨叹"孤映"与"独举"，着眼的是"隐遁"；而在我看来，

"游历"也是对明月高霞、白云青松的抚慰，使得其并非总是"山阿寂寥，千载谁赏"。与此同时，"游历"作为一种叙事框架，也使得文人得以从容表现日渐感觉到的"山川之美"——此乃游记作为一种文学样式的真正形成。只是由于文体的渊源不同，借纪游以写山水因而纷呈异彩。

先从晋人对于山水近乎痴迷的眷恋说起。读晋人传记，常见好山水、喜游览的记载；而《世说新语》中众多关于山水的言谈，更显示晋人之风神逸韵与品味自然风光的内在联系。一句"从山阴道上行，山川自相映发，使人应接不暇。若秋冬之际，尤难为怀"，之所以千古传诵，就因为其中蕴涵着人类与大自然息息相通所带来的大感动。正如宗白华所说的，"晋人向外发现了自然，向内发现了自己的深情"[①]。这种境与神会的最佳例证，便是其时逐渐成熟的写景之文。晋人之"凝想幽岩，朗咏长川"，一开始是包含着不合作的政治意味的；如称"振辔于朝市，则充屈之心生；闲步于林野，则辽落之志兴"，故"屡借山水，以化其郁结"[②]。可山水的绝大魅力，似乎很快征服了敏感而且多情的众名士，以至借山水反抗朝市或表达玄言的意味逐渐消失。

谢灵运之登临游览，大概是古今文人中最为气派的了。《宋书·谢灵运传》记其"修营别业，傍山带江，尽幽居之美"，以及带数百从者，"伐木开径"而游山，以至惊官动府，误为山贼。谢君之"肆意游遨"，据说也是"出守既不得志"的缘故。可我很怀

[①] 宗白华：《论〈世说新语〉和晋人之美》，《美学与意境》，人民出版社1987年版，第189页。
[②] 参阅孙绰的《天台山赋》和《三月三日兰亭诗序》。

疑这种说法。因其《游名山志》明明将"欢足本在华堂,枕岩漱流者乏于大志"之类的说法,讥为不值一驳的"俗议",并畅述其生活理想:

> 夫衣食,人生之所资;山水,性分之所适。今滞所资之累,拥其所适之性耳。

这种对于山水的"一往情深",在《山居赋》中有更加充分的表达。此赋之自觉放逐"京都宫观游猎声色之盛",而选择"山野草木水石谷稼之事",当然并非真的"才乏昔人",而是有意"心放俗外"。同是描摹山水,谢氏之赋确实不如其诗,不过《山居赋》中的自注,备尽"水石竹林之美,岩岫碨曲之好",且多骈散相间,文辞清丽可玩,可作独立的游记阅读。

说到真正独立的游记,最早的当推东汉马第伯的《封禅仪记》。此文以"建武三十二年,车驾东巡狩"开篇,记录其随汉光武帝刘秀登泰山举行祭祀天地的封禅大礼。其中自叙先遣登山检查道路一段尤为精彩:先是骑马,后乍步乍骑,至中观则只能留马登山,很快就变成"勉强相将行"了。如此艰难跋涉,仍不忘先遣官的职责,对周围景象的描述颇为细致:

> 仰视岩石松树,郁郁苍苍,若在云中。俯视溪谷,碌碌不可见丈尺。遂至天门之下。仰视天门,窔辽如从穴中视天。直上七里,赖其羊肠逶迤,名曰环道,往往有絙索,可得而登也。两从者扶挟,前人相牵。后人见前人履底,前人见后人顶,如画重累人矣,所谓磨胸捏石扪天之难也。

这篇"考察报告",语言质朴,描写却极为生动,远比其时堆砌辞藻的大赋有味道。此文寂寥千载,自南宋洪迈《容斋随笔》引自《汉官仪》而极叹其工,后人方才纷纷赞赏其摹写逼肖,并推为古今杂记及纪游之作的极致。①

游记之不同于风土志,在于山水中有人物(叙述人)、具个性(鉴赏者眼光不同),以及必须随旅人的脚步而自然呈现(限制叙事的视角)。对比有关庐山的两篇文章,不难明白这一点。东晋高僧慧远撰《庐山记》,除了描写山川风物,还提及"或大风振岩,逸响动谷,群籁竞奏,其声骇人"的变幻莫测;可惜这里没有具体的观赏者,也不便滥发议论。庐山诸道人的《游石门诗序》可就不一样了,叙述的是某年月日慧远率众僧的一次游览:

> 释法师以隆安四年,仲春之月,因咏山水,遂杖锡而游。于时交徒同趣三十余人,咸拂衣晨征,怅然增兴。虽林壑幽邃,而开涂竞进;虽乘危履石,并以所悦为安。既至,则援木寻葛,历险穷崖,猿臂相引,仅乃造极。于是拥胜倚岩,详观其下,始知七岭之美,蕴奇于此。

虽然依照惯例,文章最后归结到"乃悟幽人之玄览,达恒物之大情,其为神趣,岂山水而已哉";但"斯日也,众情奔悦,瞩览无厌",无疑更为当日游山诸僧及后世读者所重视。玄言逐渐隐退,而山水占据越来越重要的位置,这种文学发展的趋势,即便在高僧

---

① 参阅陈衍《石遗室论文》卷二,第 31 页;钱锺书《管锥编》,第 996—997 页。

的诗文中也有明确的反映。在这个意义上，刘勰"庄老告退，而山水方滋"的基本判断没错；后世关于老庄并没告退，而是用山水乔装的姿态出现的说法，最多只能作为刘说的补充。①

书札之纪游或描摹山水，又与专门的游记不同。随意挥洒中，尤多清辞丽句；委婉缠绵处，更显意旨遥远——当然，这与南朝文人之醉心骈偶，以及江南山水本就妩媚多姿有关。鲍照的《登大雷岸与妹书》、陶弘景的《答谢中书书》固然精彩，但都不若吴均《与宋元思书》之清新秀拔且情趣盎然：

> 风烟俱净，天山共色，从流飘荡，任意东西。自富阳至桐庐，一百许里，奇山异水，天下独绝。水皆缥碧，千丈见底，游鱼细石，直视无碍，急湍甚箭，猛浪若奔。夹岸高山，皆生寒树，负势竞上，互相轩邈，争高直指，千百成峰。泉水激石，泠泠作响；好鸟相鸣，嘤嘤成韵。蝉则千转不穷，猿则百叫无绝。鸢飞戾天者，望峰息心；经纶世务者，窥谷忘返。横柯上蔽，在昼犹昏；疏条交映，有时见日。

吴均传世三书，均以模山范水见长，钱锺书将其与郦道元《水经注》相比拟，以为"实柳宗元以下游记之具体而微"。钱氏所引《水经注》中写景文字，不少原有所本，并非郦氏之"命意铸词"。不过，南朝之文士与北朝之学者，其写景文字竟"不特抗手，亦每

---

① 参阅《文心雕龙》之《明诗》篇，以及王瑶《中古文学史论》之"玄言·山水·田园"章。

如出一手",这种比拟本身很有意思。① 起码说明一个问题:对山水的鉴赏与表现,正成为南北读书人共同的文化修养。

郦道元撰《水经注》,本无意为文,可千载之下,竟成为文学史家不能绕开的题目。郦氏《水经注序》自称,"余少无寻山之趣,长违问津之性",故其"访渎搜渠",基本上是纸上谈兵。但由于此书引录前人著述多达一百六十余种,其中颇有文采斐然的风土记、旅行记、山水志、博物志等;受其感染,郦氏本人的卧游,因而也多妙笔生辉。《水经注》卷三四之描述"巴东三峡巫峡长",常被文学史家引述;其实,卷四之写黄河中流砥柱,也颇见精彩:

> 自砥柱以下,五户已上,其间一百二十里,河水竦石杰出,势连襄陆,盖亦禹凿以通河,疑此阏流也。其山虽辟,尚梗湍流,激石云洄,澴波怒溢,合有十九滩。水流迅急,势同三峡,破害舟船,自古所患。

上考地名来历,下记河患治理,这里只是选录其对于河道及水流的描述。当然,作为地理学家,郦氏必须描摹千山万水,词汇之重复,几乎在所难免。

《四库全书总目提要》卷七〇论及杨衒之的《洛阳伽蓝记》时称:"其文秾丽秀逸,烦而不厌,可与郦道元《水经注》肩随。"后世的文学史家,也往往将杨、郦著作相提并论。可在我看来,二者仍然颇有差异:一写都市,一摹山水;一为追忆,一系卧游。更重要的是,杨著因感念兴废而捃拾旧闻,追叙佛寺时又多涉神怪,

---

① 参阅钱锺书《管锥编》,第 1456—1457 页。

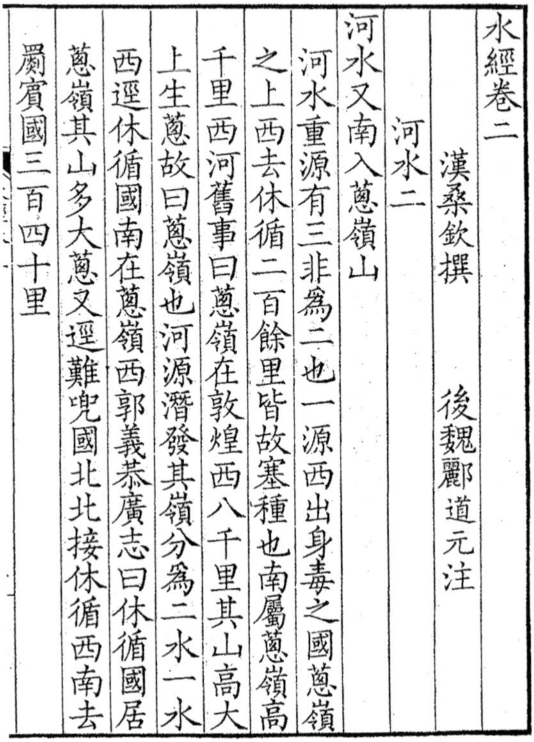

水經卷二

漢桑欽撰　　後魏酈道元注

河水二

河水又南入蔥嶺山

河水重源有三非為二也一源西出身毒之國蔥嶺之上西去休循二百餘里皆故塞種也南屬蔥嶺高千里西河舊事曰蔥嶺在敦煌西八千里其山高大上生蔥故曰蔥嶺也河源潛發其嶺分為二水一水西逕休循國南在蔥嶺西郭義恭廣志曰休循國居西蔓嶺其山多大蔥又逕難兜國北北接休循西南去罽賓國三百四十里

图2-5　康熙间项氏群玉书堂精刻本《水经注》书影

与中国小说的发展，关系更为密切，故留待下篇讨论。

值得注意的，倒是《水经注》开篇便大量引录的《法显传》，那是另一种味道的旅行记。现存宋刊《法显传》，又题"东晋沙门法显自记游天竺事"——后者更能显示此书的文类特征。西行求法十七年，游历约三十国，这在4世纪初的中西交通史上，本身就是个奇迹。法显归来后自叙其"乘危履险"，"言辄依实"。尽管传世文本系法显亲自编写，还是口述而由他人笔录，学界尚有争议，但这篇长达万字的万里远游"自述"，单是其文体，在文学史上便占有一席地位。作者一心礼佛，无意文章，自述历险时，极少雕饰，故显得生动自然。若沙漠中无路，"惟以死人枯骨为标志"等景观，绝非江南的"千岩竞秀万壑争流"所可比拟，另有一种撼人心魄的力量。偶尔也描摹山水，则笔墨简洁奇遒，不敢等闲视之：

> 葱岭冬夏有雪，又有毒龙，若失其意，则吐毒风雨雪，飞沙砾石。遇此难者，万无一全。彼土人，人即名为雪山人也……于此顺岭西南行十五日，其道艰阻，崖岸险绝。其山唯石，壁立千仞，临之目眩，欲进则投足无所。下有水名新头河，昔人有凿石通路施傍梯者，凡度七百度。梯已，蹑悬絙过河，河两岸相去减八十步。九译所记，汉之张骞、甘英皆不至。

这段话，大半被引入《水经注》。郦氏看中的，自然是其关于新头河的记载；而我却认定，即便是文章，二者亦可参照阅读。法显固然没有"俯视游鱼，类若乘空"那样的轻倩之笔，但其自述游历时的"现场感"，却也非"无寻山之趣"的郦氏所能企及。

第三章　古文运动与唐宋文章

唐代古文运动

宋代古文运动

赠序、墓志与游记

从公元581年隋文帝开国,到1368年明太祖朱元璋在应天府即皇帝位,又是一个八百年。以八百年的时间跨度来把握文学风尚与进程,无论如何是显得过分粗疏。而且,不同于上一个"八百年"之可以依文章体式而分为两汉辞赋、魏晋玄言与六朝骈俪;隋、唐、宋、元之文章风格,几难依朝代而为断。其间隋代国祚短暂,传世之作不多,只能作为从六朝文向唐宋文的过渡来叙述;元文则远不及元曲灿烂,而且多道从伊、洛,文慕韩、欧,很难说有自己独特的个性。于是,讨论这八百年文章,最终只落实为"唐宋古文"。

"唐宋古文"乃明清文人常常涉及的话题,与之相应的还有"辨理论事质而不芜"的"秦汉古文"。① 同为"古文",秦汉与唐宋其

---

① 方苞:《古文约选序例》。

实大有差异。前者只是被后世所"追忆"并"命名",无所谓与"骈文"对峙或竞争;后者则是自觉的文学运动,复兴"古道"外,取六朝"骈文"或科举"时文"而代之,乃是其主要的文学主张。这一点,清人看得很清楚。比如,李兆洛称:"自秦迄隋,其体递变,而文无异名。自唐以来,始有古文之目,而目六朝之文为骈俪。"包世臣则曰:"唐以前无古文之名。北宋科举业盛,名曰时文,而文之不以应科举者,乃自目为古文。"① 尽管唐宋两代,"骈文"仍有发展余地,"时文"更是举子博取功名的主要手段,但韩、柳、欧、苏之提倡并创作大量古文,确实更为辉煌。倘以文章论,称唐宋为"古文的时代",一般不会有异议。

问题是唐宋两代的社会形态、士风习俗、文化理想、学术传统等差异甚大,不要说诗与词、传奇与话本等不同体式,即便同写近体诗,唐宋趣味相去之远,足以成为中国诗史上的两大传统。将"唐宋文章"合而论之,是否过分委屈了文化史上很有建树的宋人?

对此,宋人似乎浑然不觉。南宋王十朋有过"唐宋文章,未可优劣"的提法,故只是"韩柳欧苏"相提并论;周必大编《皇朝文鉴》,自然是想为大宋文章争位置的了,可也不过慨叹:"此非唐之文也,非汉之文也,实我宋之文也,不其盛哉!"② 对于宋人来说,强调与韩柳为代表的唐代古文的历史联系,似乎更有意义,也更值得骄傲。最典型的手笔,便是突出欧阳修"发明韩愈"的贡献。陈善《扪虱新话》称:"韩文重于今世,盖自欧公始倡之。"张戒《岁寒堂诗话》也有类似的说法:"韩退之之文,得欧阳公而

---

① 李兆洛:《骈体文钞序》;包世臣:《艺舟双楫·零都宋月台古文钞序》。
② 王十朋:《读苏文》;周必大:《皇朝文鉴序》。

后发明。"韩愈作为"古文"的象征,或者说,作为古文"文统"关键的一环,在宋代受到普遍的推崇;而这一切,又与欧阳修的提倡密切相关——这些都是不争的事实。但如果像清人王士禛那样,再推进一步,说成"若天不生欧公,则公之文几湮没而不彰矣"①,又实在夸张得没有边际。

欧阳修借韩愈表达文学理想,韩愈因欧阳修的提倡而发扬光大——这其实正是唐宋文章同气相应互为因果的象征。关于唐宋两代诸多文人对"古道"与"古文"的共同追求,留待下面具体叙说;这里先借用王世贞的一段话,显示明人眼中作为文学运动的唐宋古文之间的"同构":

> 文至于隋、唐而靡极矣,韩、柳振之,曰敛华而实也;至于五代而冗极矣,欧、苏振之,曰化腐而新也。②

不管是"敛华而实",还是"化腐而新",此类朦胧的批评术语,均不足以描述唐宋古文运动;只是在强调"救文弊"这一点上,韩柳与欧苏的"同构"方才勉强成立。

即便详细描述这两次颇有差异的古文运动的酝酿与展开,也只能勾勒八百年文章的大致进程。理论主张与创作实践,本就大有缝隙;更何况并非所有才华横溢的作家,都乐意加入古文运动。毫无疑问,"运动"之外,仍有好"文章"。借若干文体如碑传、杂记、赠序等的崛起与成熟,或许可展现唐宋文章的另一侧面。

---

① 王士禛:《池北偶谈》卷一五"皇甫湜评韩文"则。
② 王世贞:《艺苑卮言》卷四。

第三章 古文运动与唐宋文章 | 117

图 3-1 韩愈

一　唐代古文运动

自苏东坡撰《潮州韩文公庙碑》，称韩愈"文起八代之衰，道济天下之溺"，后世谈论唐代古文运动，无不以韩氏为中心。其实，韩愈提倡并撰写古文的功绩，唐人刘禹锡、李翱等早有高度评价，只是均不若苏文有气势；故"东坡之碑一出，而后众说尽废"①。刘、李诸君之"推高韩公，可谓尽矣"，只是稍嫌抽象，不若苏文之高屋建瓴且定位明确。不只是"自东汉以来，道丧文弊，异端并起"，而且"历唐贞观、开元之盛，辅以房、杜、姚、宋而不能救"，这才显出韩愈"谈笑而麾之"，使文体"复归于正"之功勋卓著。贬斥"八代之衰"，乃唐宋以下古文家的共同思路；至于否定韩愈以前二百年的唐代文章，只能勉强解释为苏氏追求文章气势所采取的"叙述策略"。

关于"古文运动"的叙述，唐人宋人有别，但大都承认韩愈之前已有先行者。唐人梁肃所描述的唐文三变，甚至发生在韩愈登上文坛之前：

> 唐有天下几二百载，而文章三变。初则广汉陈子昂以风雅革浮侈；次则燕国张公说以宏茂广波澜；天宝以还，则李员外、萧功曹、贾常侍、独孤常州比肩而出，故其道益炽。②

---

① 洪迈：《容斋随笔》卷八"论韩文公文"则。
② 梁肃：《补阙李君前集序》。

宋人姚铉为其所编《唐文粹》作序，不曾采用"三变"说，但也提及陈子昂之"始振风雅"、张说之"雄辞逸气"，以及元结、独孤及等人"皆文之雄杰者"。如此说来，韩愈固然"超卓群流，独高遂古"，却并非前无古人。宋祁撰《新唐书·文艺列传叙》，将"三变"说改造为有唐一代文章的总结，韩柳等人之提倡古文，于是便成了唐文之第三变：

> 大历、贞元年间，美才辈出，擩哜道真，涵泳圣涯，于是韩愈倡之，柳宗元、李翱、皇甫湜等和之，排逐百家，法度森严，抵轹晋、魏，上轧汉、周，唐之文完然为一王法，此其极也。

唐文之变，并非始于韩愈，提倡古道，以及变骈俪为散体，乃是几代人努力的结果。不否认韩愈以其天纵奇才以及不屈不挠的斗志，成为古文运动的旗帜并代表唐文的最高成就；只是对于"元和之文始复于古""至韩柳氏起，然后能大吐古人之文"① 之类似是而非的说法，笔者颇不以为然。

古文运动从酝酿到成熟，风云际会，与事者的文学追求其实颇有差异；但在对抗六朝之文道分离，以及摒斥骈文之浮华靡丽这一点上，各家取得了共识。因而，追溯隋唐文人之重提明道宗经，以及尝试使用散体单行文体，也就成了描述古文运动发展的主要线索。之所以从隋代说起，就因为隋文帝之摒黜浮华、李谔之上书请求革正文体，以及大儒王通之提倡文章贯道，显示了其时朝野间已

---

① 参阅欧阳修《苏氏文集序》、穆修《唐柳先生集后序》。

有取六朝骈俪而代之的声音。尽管有人因文表华艳而被"付所司治罪","竞一韵之奇,争一字之巧"的风尚仍无改观,可以说是"积重难返"。几百年间形成的文学风气,非一朝一夕所能改变,即便朝廷严加奖惩也无济于事。更重要的是,革正文体的关键,不在破旧,而在立新。李谔《上隋高帝革文华书》力斥骈偶,本身却使用标准的骈文,不无反讽的意味;真正与六朝文风决裂的王通,其追摹经传刻意仿古,又使得文章缺乏生气。这种尴尬的局面,正是唐人所必须直接面对的。也就是说,倘若无法创造一种既实用又具有美感的新文体,那么所谓"革五代之余习"便只能是一句空话。在这个意义上,韩柳别开生面的古文,远比其理论提倡重要得多,因其"使一世之人新耳目而拓心胸,见异思迁而复见贤思齐"①。

欧阳修曾慨叹唐太宗一世英主,其致治"几乎三王之盛,独于文章,不能少变其体"②。此"不能"也,非"不为"也。李世民对"浮文"不以为然,鼓励直言极谏,本身也体现一种新的文体观;而以善谏著称的大臣魏徵,其《群书治要序》更明确反对"浮艳之词"与"迂怪之说"。只是政治家之批评浮靡文风,着眼点是文章有用,这最多只能催生"词强理直"的《十渐不克终疏》,而无法扭转整个文坛风气。初唐四杰也有一些提倡甄明大义、推行教化及抨击流行文风的言论,但王杨卢骆自身文章也讲骈偶藻绘,实在谈不上开一代新风。史家刘知幾对骈文流弊的批评,远比同时代人深刻;可《史通》主要思考的是史著的撰写,而"史著"本就不必"修短取均,奇偶相配"。

---

① 钱锺书:《管锥编》,第 1553 页。
② 欧阳修:《集古录跋尾》卷五《隋太平寺碑》。

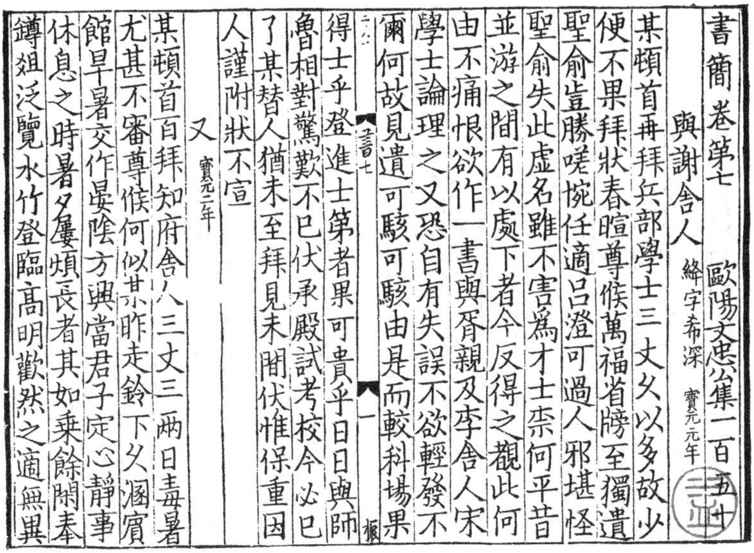

图 3-2　宋庆元二年（1196）周必大刻本《欧阳文忠公集》书影

唐人卢藏用、萧颖士等特别看重陈子昂，称其"文体最正"，独溯颓波，乃唐文变革的关键。陈氏不只明确批评当世"文章道弊""风雅不作"①，而且以其独特的文风震撼当世。始以豪侠子使气驰骋、后乃折节读书的陈子昂，从不以文人自居。学识广博且通达时变，此尚在其次；最主要的是，其人其文，始终保持类似战国策士的纵横之气。喜言王霸大略，再加上则天皇帝的奖励直言，子昂的章表书疏，大都雄辩率直，根本不屑于雕琢辞藻。与后世的古文家不同，陈氏"工为文而不好作"，甚至称"文章薄伎，固弃于高贤；刀笔小能，不容于先达"②。此说并非故作姿态，陈氏的志

---

① 陈子昂：《修竹篇序》。
② 参阅卢藏用《陈氏别传》、陈子昂《上薛令文章启》。

气与才情，近乎汉初的贾谊与晁错，但文章则显得气有余而力不足。可见所谓"工为文"，也只是相对于其时过分卑弱的文风而言。

从"国朝盛文章，子昂始高蹈"到韩愈"为一代文宗，使颓纲复振"①，其间百年，古文运动的发展，体现为理论的推进以及若干唐人特别擅长的文体如碑传、赠序等的逐渐成熟。后者不一定与古文运动直接挂钩，却是韩柳等人成功地创造新文体的前提。比如，与陈子昂约略同时的富嘉谟、吴少微，所撰碑颂不受徐、庾笼罩，以经术为本，"雅厚雄迈"，"时人钦慕之，文体一变，称为富吴体"②。同样以碑颂著称，开元年间则有并称"燕许大手笔"的张说、苏颋。张、苏都曾身居要职，承旨撰述。此类文章自然谈不上独抒己见，但用思精密，典则雅驯。其时玄宗好经术，群臣稍厌雕琢，此等"朝廷大手笔"及其所撰碑文墓志，为天下文人所讽诵，必然影响文章风气的转移。执政且能文，无疑比一介书生更易于影响文坛。曾居相位的陆贽与权德舆，都志在经世而不在垂文，只因其明练理性，通达人情，文章气势雍容弘博，而且极会议论。陆文虽属骈体，但不隶事，明白晓畅，更重要的是忠言直谏，委曲说尽，历来被视为文章经世的典范。

身居高位且以诰命、谏疏为主要撰述，其为人为文必如朱门大第，有气势，讲分寸，不走极端，因而也就难得有"令人竦观"的"新规胜概"③。希望文章有补于世，以及讲求学识修养，潜移默化中，也在"革五代之余习"。只是安史之乱前后崛起的萧颖士、李

---

① 韩愈：《荐士》；辛文房：《唐才子传》卷五。
② 参阅《旧唐书·文苑传中》《新唐书·文苑传中》。
③ 参阅皇甫湜《谕业》中对权德舆的评价。

华、独孤及、元结、梁肃、柳冕等，其复兴古道、革新文体的热情更高，主张更明确，其努力也更见功效。

开元、天宝间文人，经历大唐帝国的由盛入衰，颇多深抱悯时忧国之心，其文章革新，首先针对的即是此"颓风败俗"。从"救世劝俗"的角度立论，萧颖士等首先强调文章必须宗经明道。借用柳冕《谢杜相公论房杜二相书》的说法，便是"文章之道，不根教化，则是一技耳"。不满足于能文此"一技"，强调文与政通，文与道合，具体展开为对当世无关大道的"章句之学"的批判，以及对三代、秦汉之文的追忆。前者借儒学复古来获得思想资源，后者则是标示文章革新的趋向。区分"君子之儒"与"小人之儒"①，注重义理演绎而轻视章句疏解，不同于此前已经存在的因重文章而轻经术，这里强调的是如何汲取儒学的内在精神，使其有补于世。主张博究群经会通大义，自是有利于突破儒学教条，只是并非人人都像萧颖士那样"经术之外，略不婴心"②。古文家们心目中的"道"其实相当驳杂，多有渗入佛学或黄老之学者，旗帜鲜明地"辟佛""原道"，以建立相对纯净的儒学传统，还有待于韩愈的出现。

至于标举三代秦汉之文，很大程度取其文道合一，并以此批判魏晋以下文章的浮诞绮靡。这种将教化兴亡与文章盛衰直接挂钩的思路，根于儒家的诗教说；不过古文家出于对时局以及主导文体的强烈不满，对骈文淫丽之批判偏于道德责难，而且过分渲染"文采""意想"与宗经明道的对立，以至一笔抹杀屈原以下的文学传

---

① 柳冕：《与权侍郎书》。
② 萧颖士：《赠韦司业书》。

统。最典型的是柳冕《与滑州卢大夫论文书》中的一段话：

> 屈宋以降，则感哀乐而亡雅正；魏晋以还，则感声色而亡风教；宋齐以下，则感物色而亡兴致。

"信而好古"的古文家们，过分强调道德仁义礼乐刑政，只是将"文章"作为"世教"的工具，其所创作的散体之文，大都"言虽近道，辞则不文"①。像李华的《吊古战场文》、萧颖士的《赠韦司业书》、独孤及的《吴季子札论》那样或辞情并茂，或酣畅淋漓，或笔力廉悍者，在此期的古文中实为罕见。

　　这里有个例外，那就是与独孤及约略同时的元次山。"次山当开元、天宝时，独作古文，其笔力雄健，意气超拔，不减韩之徒也。可谓特立之士哉！"②欧阳修这段话，除了"独作古文"稍有不妥外，余皆可照录不误。元结颇有经世之志，其《文编序》也讲救世劝俗，更重要的是，其撰述辞意高古且多用散笔。说元结与独孤诸君的提倡古文心意相通，一点也不过分。只是元氏少发宣言，专心著述，其文学成就更为后人所赞赏。读元结文章，最容易感觉到的是其针砭时弊时之"危苦激切"，故前人多称其为"愤世嫉邪者"③。这自然没错，只是元结文章更值得重视的，是其上接先秦诸子、下开晚唐杂文的文学史定位。元氏所撰《大唐中兴颂》，历来有古雅雄刚之誉，有人甚至将其作为"唐之古文自结

---

　　① 柳冕：《答荆南裴尚书论文书》。
　　② 欧阳修：《集古录跋尾》卷七《唐元次山铭》。
　　③ 参阅李商隐《容州经略使元结文集后序》、湛若水《元次山集序》。

始"①的象征。但次山的文学才华,更体现在短小犀利、冷峻奇峭的杂文(若《时化》《世化》《处规》《丐论》等),以及若干新意迭出的厅壁记、山水记上——除了本身的成就外,更因其与此后韩柳的创作密切相关。

  古文运动之成功,与韩、柳的崛起大有关系。二君并称,被誉为唐文典范,却不属同一个文人集团。以"永贞革新"为例,韩愈同柳宗元所从属的二王八司马矛盾重重,甚至可以说是命若参商。"革新"很快就失败了,此后韩、柳官运不同,不再有直接的利害冲突。但就政治立场及为人处世而言,韩、柳的差异仍相当明显。正如宋人王应麟《困学纪闻》所说的:"韩柳并称而道不同。韩作《师说》,而柳不肯为师;韩辟佛,而柳谓佛与圣人合;韩谓史有人祸天刑,而柳谓刑祸非所恐。"另外,韩主保守,柳求改革;韩热心仕进,不免有些"戚戚于贫贱",且有言不顾行进退失据处;柳则更像失败的英雄,少有乞怜请罪转变立场的权宜之计,讲究为人与作文的统一。至于韩擅长碑传与赠序,柳则以寓言、游记最见精神,与各自的学识与才情相关,不必强分轩轾。后世之抑扬韩柳,所争多在儒学之纯正与否。宋人讲道学,韩之立场坚定自然大受赞赏;晚清以来主怀疑,柳之"是非多谬于圣人"因而转败为胜。这里不准备详细讨论韩柳及其所属文人集团的政治观念或哲学思想,只把目光锁定在其提倡并实践"文以明道"的努力上。

  与此前提倡古文的诸位先驱一样,韩愈也把复兴古道放在第一位。"愈之所志于古者,不惟其辞之好,好其道焉尔。""思古人而

---

① 董逌:《广川书跋·磨崖碑》。

不得见，学古道则欲兼通其辞。"① 将"古道"与"古文"绑在一起，而且强调先"道"后"文"，这是古文家的共同策略。不管是否出于真心，古代中国的读书人，都将兼济天下放在闭门著述之上。对于热心仕途经济的韩愈来说，著书立说乃不得已而求其次："未得位，则思修其辞，以明其道。"② 柳宗元在《寄京兆许孟容书》中，也有类似的说法。穷愁方才真正理解世态人情，方才可能一意著书，如此说来，正是仕途之不得意，成就了韩柳等古文家。最明显的例子是柳宗元：

> 宗元自小学为文章，中间幸联得甲乙科第，至尚书郎，专百家章奏，然未能究知为文之道。自贬官来无事，读百家书，上下驰骋，乃少得知文章利病。③

此非自谦之词，韩愈为柳宗元撰墓志铭，甚至称"然子厚斥不久，穷不极，虽有出于人，其文学辞章，必不能自力以致必传于后如今无疑也"。并非都如子厚仕途之坎坷，但韩柳及其友人之怀才不遇，却是其创作古文的基本动力。

就像韩愈《杂说》所感慨的，"千里马常有，而伯乐不常有"，"不平则鸣"乃中国文学史上永恒的话题。一来，自我感觉过于良好，乃中国读书人的通病，咏叹"士不遇"者，不一定真的"怀才"；二来，"欢愉之辞难工，而穷苦之言易好也"④，在文章中大

---

① 韩愈：《答李秀才书》《题欧阳生哀辞后》。
② 韩愈：《争臣论》。
③ 柳宗元：《与杨京兆凭书》。
④ 韩愈：《荆潭唱和诗序》。

鸣其"不平"者，也未必真的"不遇"。但韩柳诸君之"穷苦"与"不平"，却是实实在在的。这种抑郁不平之气，与其"明道"愿望结合在一起，使得文章理直气壮，义正词严。韩愈的《原道》《原毁》《师说》《进学解》等，除了宣扬仁义发抒忧愤，更动人心魄的，是其文之语言雄辩、气势磅礴。而这一切，很大程度得益于继承"道统"的自我承诺以及随之而来的神圣感与崇高感。其他古文家之"明道"，或许不像韩愈那么虔诚与狂热，但借助文章以获得并阐扬"圣人之道"这一共同思路，实际上大大提高了古文的地位，也增长了其钻研古文的热情。

"文"与"道"必须互相依赖，而且可以互相发明，这种说法与"文道合一"明显有异。此前提倡古文者，大都趋向于否定文章之独立性；韩柳之文章复古，却颇有由文及道的意味。在这个意义上，朱熹批评韩愈"只是要作好文章，令人称赏而已""全无要学古人底意思"①，虽然刻薄了些，却不无道理。比起宋代的道学家来，韩愈之阐扬儒学，似乎有点"动机不纯"——面对"圣人之道"与"文章之美"，韩之态度有点暧昧，时有徘徊不决的表现。这正是作为文学家的韩愈的可爱之处，其审美判断不时突破卫道热情，这才有了许多与"圣人之道"无缘而又十分精美的古文。

宋人秦观撰《韩愈论》，将古今文章分为五类，其中的"成体之文"乃集文体之大成，代表人物即为韩愈：

> 钩列、庄之微，挟苏、张之辩，摭班、马之实，猎屈、宋之英，本之以《诗》《书》，折之以孔氏，此成体之文，韩愈

---

① 朱熹：《沧州精舍谕学者》、《朱子语类》卷一三七。

之所作是也。

比起同时代其他作家来,韩愈确实更热衷于"含英咀华",以实现其"闳其中而肆其外"的艺术追求。《进学解》《答李翊书》《答刘正夫书》等,在在显示了韩愈对文章技巧的重视。如此"有意为文",与先秦诸子"入道见志之书"不同;其广采博收并尝试各种文体,与"立一家之言"的同时"立一家之文"的诸子也迥异。尽管《原道》一类文章,立意警辟,超拔流俗,很容易让人联想到孟子、荀子,但毕竟是以集之文,发子之理。章学诚《文史通义·文集》称:"周秦诸子之学,专门传家之业,未尝欲以为名。""两汉文章渐富,为著作之始衰。"但两汉以至魏晋,重诸子而薄文章仍是时尚,仍有不少文人学士致力于草创"立一家之言"的子书。唐人之批评六朝靡丽者,心中的榜样仍是诸子之文。但子书与文集的分离,乃不可挽回的大趋势。其学本无专门传授,强欲著子书以图不朽,还不如正心诚意,以奇伟之文传世来得名正言顺。韩愈建立道统,追慕古学,但不曾强著子书,而是以笔代文,以集为子,既纠正了六朝之过分浮靡,又避免了刻意复古反失古人立言本意之弊。

唐人好奇,落实在文章中,便是韩愈所表述的"惟陈言之务去""不袭蹈前人一言一句"[①]。黄宗羲《论文管见》对此的解释是:"所谓'陈言'者,每一题必有庸人思路共集之处缠绕笔端,剥去一层,方有至理可言。"这比只在字句之间打转者高明,可并不等于韩愈吐辞造语之精工不值得重视。实际上韩柳为文之奇崛、

---

① 韩愈:《答李翊书》《南阳樊绍述墓志铭》。

简古，首先便体现在此等腾挪无迹之巧思妙喻，以及抉发奥僻之古语、自铸精粹之新辞。这正是韩柳文章雄深雅健、猖狂恣肆的外在特征。韩柳文章之穷极变化，不循轨辙，更重要的是立意之新颖。像《封建论》这样的文章，需学有根基思有所得，非常人所能模拟；但一般碑传、赠序、书札乃至文赋等的出奇制胜，仍使人惊叹韩柳之才气横溢和用心缜密。有一点容易被忽视，那就是韩柳之"尚奇"，应该包括其热衷于新文体的尝试。最典型的例子是韩愈之撰《毛颖传》，时人多不以为然，柳宗元则"甚奇其书"，并出而为其辩解，称"俳又非圣人之所弃者"，此乃"息焉游焉而有所纵欤"。① 这种同气相应，恰好表现了韩柳二君对穿越文体边界的共同兴趣。

只读《答李翊书》与《答韦中立论师道书》，人们或许以为韩柳真的"非三代两汉之书不敢观"；可翻阅他们的文集，这一印象很难不改变。若《进学解》《乞巧文》等，虽有俳谐的意味，毕竟"古已有之"；至于韩之《毛颖传》《圬者王承福传》《石鼎联句诗序》，以及柳之《种树郭橐驼传》《宋清传》《河间传》等，无不透出时下流行文体"传奇"的影子。陈寅恪称唐代传奇与古文运动有密切关系，韩愈古文"乃用先秦两汉之文体，改作唐代当时民间流行之小说，欲藉之一扫腐化僵化不适应于人生之骈体文"②，确有见地。只是"传奇"对于古文的影响，不宜过分夸大，我同意韩愈自己的辩解：此等"驳杂无实之说"，"此吾所以为戏耳"。③ 天性

---

① 参阅柳宗元《答杨诲之书》及《读韩愈所著〈毛颖传〉后题》。
② 参阅陈寅恪《元白诗笺证稿》第一章、《金明馆丛稿初编》第294页。
③ 参阅韩愈《答张籍书》《重答张籍书》。

"尚奇"的韩愈,其实不太在乎文之古今与雅俗。作为文学旗帜,韩愈只提三代两汉文章;可作为个人阅读趣味,韩、柳都不只对叙述婉转想象奇特的传奇感兴趣,他们对辞藻华丽的六朝骈偶也颇有好感。提倡古文而不避骈俪,体虽散,时有排偶以振其气,此乃韩柳为文的诀窍。方苞讥讽柳宗元"杂出周、秦、汉、魏、六朝诸文家",其实正说到柳氏"读百家书,上下驰骋"因而思想文章闳放通达的好处;相比之下,刘熙载称"韩文起八代之衰,实集八代之成",更得要领——这里的"韩文",不妨释读为"韩柳文"。①

韩柳文章,各有所长,若论对古文运动的贡献以及对后世的影响,柳明显不如韩。此中奥秘,除韩之复兴儒学提倡古文,旗帜远比柳鲜明外;更与其"抗颜而为师",以及热心荐士有关。位高或名显者,多以接引后学为己任,此乃唐代政治文化一大特色;韩愈不过更加留意人才,所荐也较为成功而已。② 韩氏因高文而为诸生所宗,投书请益略经指教者,时人皆目为"韩门弟子"③,此对于其学说的传播以及古文运动的展开至关重要。柳之朋友刘禹锡、吕温、吴武陵等,也以能文见称于世,但各不因袭,不若韩之奖掖后进开启来学以建立"韩门"④。

李翱《韩文公行状》称:"自贞元末以至于兹,后进之士,其有志于古文者,莫不视公以为法。"后人因此将韩愈周围热心古文

---

① 方苞:《书柳文后》;刘熙载:《艺概》卷一《文概》。
② 参阅赵璘《因话录》卷三、洪迈《容斋四笔》卷五《韩文公荐士》。
③ 参阅《新唐书·韩愈传》、李肇《唐国史补》卷下。
④ 李翱对韩愈之荐贤"必须甚有文辞兼能附己"不大以为然(《答韩侍郎书》),以一己之趣味及需要来荐贤,这几乎是古今所有"伯乐"的局限。

者，统称为"韩门弟子"，可其中真正受业的门生并不多。如李观、欧阳詹与韩愈同登进士第，以古文相砥砺。前者主张"文贵天成"，"上不罔古，下不附今，直以意到为辞，辞讫成章"①，与韩愈"学古道则欲兼通其辞"的变革思路不大一样。只可惜二位不幸早逝，文章也无大成。樊宗师在世时，文章与韩愈齐名。韩撰《南阳樊绍述墓志铭》，既称其"惟古于词必己出"，又称其"文从字顺各识职"，颇令人费解。《千唐志斋藏石》收有宗师为其从祖所撰墓志铭，确是文从字顺，可以帮助我们理解韩愈的评价。可此乃樊氏少作，至于传世的《绛守居园池记》等，却是艰涩到无法卒读的地步。李肇《唐国史补》所说的"学奇于韩愈，学涩于樊宗师"，当指此类文章。

最为合格的"韩门弟子"，大概当推李翱、皇甫湜和沈亚之。李翱论文，主"文、理、义三者兼并"，尤重"创意造言，皆不相师"②，这点颇得其师真传。李氏《复性书》"穷性命之道"，开宋儒先路；而其性情之温厚通达，文章之澹雅优游，甚合宋人口味。只是宋人将其与韩愈并称，未免过分抬举。不同于李翱之平实恳切，皇甫湜更强调意新语奇。其《答李生第一书》称："夫意新则异于常，异于常则怪矣；词高则出于众，出于众则奇矣。"后人评论"韩门弟子"，于是多称翱得愈之醇正，湜得愈之奇崛。全十游韩门下十有余载的沈亚之，其着意好奇创作小说以及用力于真真假假的人物传记，恰好继承了韩愈不大为人关注的另一侧面。

中唐文章，还有以推进"新乐府运动"知名的元稹、白居易，

---

① 李观：《报弟兑书》《帖经日上侍郎书》。
② 李翱：《答朱载言书》。

曾受知于韩愈、刘禹锡的牛僧孺，以及对韩愈深表敬仰的杜牧等。这些作家的撰述，与韩柳之提倡古文，关系不甚密切。倒是晚唐出现的几位杂文家，可以作为唐代古文运动的尾声来叙述。最直接的例证，莫过于孙樵的自述"文统"：

> 樵尝得为文真诀于来无择，来无择得之于皇甫持正，皇甫持正得之于韩吏部退之。

就在这同一篇《与王霖秀才书》中，孙氏对其所得"为文真诀"有所陈述，那就是："储思必深，摘辞必高，道人之所不道，到人之所不到，趋怪走奇，中病归正。"孙文之追求"拔地倚天，句句欲活"，颇得韩文之奇崛。值得注意的是，孙氏生当乱世，一腔幽恨，除撰《读开元杂报》抚今思昔外，就是写作愤世嫉俗的杂文。

这种讽刺诙谐的杂文，在皮日休、陆龟蒙、罗隐手里，得到更加出色的表现。讲儒学，倡明道，主复古，以及对王通、元结、韩愈文章的极力推崇，足证皮、陆、罗三君确系唐代古文运动的后劲。皮日休自述为文"皆上剥远非，下补近失，非空言也"，而且特别标举隋末大儒王通之道德文章，可以想象皮氏对于诸子之文的向往。① 不只皮氏的《鹿门隐书》，刘蜕的《山书》、罗隐的《谗书》、陆龟蒙的《笠泽丛书》，都有继承子书传统以求立一家之言的意图。限于学力见识，皮氏诸君自成一子的愿望难以实现，倒是由此转化而来的杂说小品，忧愤极深，锋芒毕露，别有一番风味。

---

① 参阅皮日休《文薮序》《文中子碑》。

皮氏小品，以议论精辟见长。若"古之官人也，以天下为己累，故己忧之，今之官人也，以己为天下累，故人忧之"，又如"古之隐也志在其中，今之隐也爵在其中"，此类一针见血的隽语，《鹿门隐书》中比比皆是。只是皮氏尚有《请韩文公配飨太学书》之类闳论，可见其对世事尚未完全绝望。陆氏《甫里先生传》自述生平："先生性狷急，遇事发作，辄不含忍。"处绝望之世，懒得正面立论，于是多以寓言警世。后人称其"文似元道州"，我则更看重其与柳宗元的联系。同样为文"多所讥讽"，罗隐更喜欢以史论当政论。若《说天鸡》《妇人之仁》《三叔碑》等，或触时兴感，或妙语解颐，或借题发挥，均短小精悍，寸铁杀人。

二 宋代古文运动

唐宋两代的古文运动，相似之处不少，以至史学家叙述时常有二者"同构"之感。比如，都是借复兴儒学、摒斥骈偶来为古文运动开路；都是以三代两汉文章相标榜，甚至连推举作家的排列顺序也大致相同；还有，都是经过百余年的酝酿积蓄，最后由韩、欧这样极富个人魅力的文坛盟主来一锤定音。但仔细想想，这种"同构"只是表面现象，宋人之"运动"古文，自有其不同于唐人的内在发展逻辑。

宋代古文，在挑战时文、追摹秦汉这一点上，与唐代古文确实十分相似。可宋文在以唐文为榜样的同时，也以其为对话目标和竞争对手。当宋人称"唐宋文章，未可优劣""此非唐之文也，非汉之文也,实我宋之文也"① 时,不难见出其自立的"野心"。诗分唐宋,虽有诸多异议,仍为南宋以下无数批评家所津津乐道;至于文之唐宋并称,似已成定论,罕有提出异议者。但偶尔也有例外,就从金人王若虚《滹南遗老集》卷三五《文辨》中的一段话说起:

> 陈后山云:退之之记,记其事耳;今之记,乃论也。予谓不然。唐人本短于议论,故每如此。议论虽多,何害为记?盖文之大体,固有不同,而其理则一。殆后山妄为分别,正犹评东坡以诗为词也。且宋文视汉唐,百体皆异,其开廓横放,自一代之变,而后山独怪其一二,何邪?

明人吴讷《文章辨体序说》也曾就后山此语发表议论,强调韩柳记中已含议论,欧苏只是将其发扬光大。后者之极力弥合唐宋,正显出前者之卓识在于借"议论"凸现唐宋之别。王氏为宋人辩解,其理论依据是文章代变,至于"百体皆异"这一基本判断,则未详细论证。

论证宋人每种文体都与唐人有异,既不可能,也没必要。但若整体把握,像王若虚那样强调唐宋文章异调,明清两代仍有回响。明人屠隆之《论诗文》称:

> 秦汉六朝唐文有致,理不足称也;宋文有理,致不足称也。秦汉六朝唐文近杂而令人爱,宋文近醇而令人不爱。秦汉六朝唐文有瑕之玉,宋文无瑕之石。

---

① 参阅王十朋《读苏文》和周必大《皇朝文鉴序》。

清人刘大櫆《论文偶记》中之唐宋文比较，可与屠氏之说相发明：

> 唐人之体，校之汉人，微露圭角，少浑噩之象；然陆离璀璨，犹似夏商鼎彝。宋人文虽佳，而奇怪惶惑处少矣。

不像屠氏之褒贬分明，刘氏对唐文"峭硬"宋文"疏纵"并无绝对的价值判断，只是嫌后者略少古人厚重之气。

倘若将这几段话综合起来，不外情致与理趣、奇崛与平易、陆离与醇厚，这与诗分唐宋的说法颇有相通处。文分唐宋，远不如诗分唐宋界限清晰、影响深远；后者尚有许多例外，前者的欠缺自是不言而喻。如此立说，只是为了说明"宋文"并非只是"唐文"的附庸，自有其独立性格及价值。而在所有关于宋文特征的描述中，最为关键的当属"爱发议论"这四个字，因其关涉宋代的国体政事以及读书人讲学为文的风度神情。

自宋太祖杯酒释兵权并确定文教立国后，有宋一代，始终以重文轻武为基本特征。宋人对其时奖掖儒学，崇尚文士，骤擢高科至辅弼，使得文人"大有用武之地"甚感欣慰。① 后世论及此等"科场盛事"，更是无限感慨。清人赵翼便将有宋一代"名臣辈出，吏治循良，及有事之秋，犹多慷慨报国"②，归之于朝廷之厚待士大夫。皇上之优待文官或奖励武将，说到底是一种可供选择的统治术，没必要过分渲染；倒是不杀谏官，广开言路，对有宋一代之文化氛围有决定性的影响。据说宋太祖曾立碑于太庙夹室，上镌誓词

---

① 参阅欧阳修《归田录》卷一、叶梦得《石林燕语》卷六。
② 赵翼：《廿二史札记》卷二五"宋制禄之厚"则。

三行，其中最关键的竟是"不得杀士大夫及上书言事者"。但这毕竟只是一种理想的设计，对后世并无绝对的约束力。举个明显的例子，秦桧力主和议，遂兴文字之狱，不必当朝政敌，"第语言文字，稍触其忌，即横遭诬害"①。即便如此，宋人之好发议论，有时甚至是无所顾忌，与其时言路之相对畅通不无关系。

大概正是有感于"皇恩浩荡"以及任重道远，宋人之高谈阔论，可以说是"无远弗届"。最典型的例证，便是文人纷纷论兵。欧阳修《尹师鲁墓志铭》称："师鲁当天下无事时，独喜论兵。"这"独"字下得稍嫌武断。有宋一代，始终是"边鄙未甚宁"，关心边事于是成了读书人的分内事。即便杨亿，也都"若晓边事者"，只是"见利害不尽，设策画不精"，远不及尹师鲁之"早悟先识，言必中虑"。② 文人言兵，从梅尧臣、欧阳修、苏氏父子到辛弃疾、陈亮等，并非具体的战术设计，多为战略及时势。在这个意义上，言兵即言政。太平岁月则"论道"，国势衰微则"言事"，再加上这近乎业余爱好之"谈兵"，有宋一代文坛于是真的"议论纷纷"起来。救时弊者注重实用，讲道学者强调修养，谈天人者欣赏玄远，各家立说根基迥异，争辩乃至诟骂的结果，使得宋人的议论确实高出唐人一筹。理学家中尚有道问学与尊德性之争，更不要说文士与大儒之互相诘难了。宋人之长于怀疑，善于争辩，对其文章风格不能不产生深远的影响。

有宋一代，武备不修，文功却十分卓著。宋人对此十分自

---

① 参阅潘永因《宋稗类钞》卷一"君范"、赵翼《廿二史札记》卷二六"秦桧文字之祸"则。

② 参阅叶适《习学记言序目》卷四八"奏疏"则、卷五〇"策"则。

信，自诩"本朝五星聚奎，文治比汉唐尤盛"；现代史学家中也颇有持类似见解的，如称"华夏民族之文化，历数千载之演化，造极于赵宋之世"。① 说宋人之学识，普遍在唐人之上，这有点不公平。或许应该这么表述：唐人更欣赏才情，而宋人则突出学养。对比唐宋古文的两位主将韩愈与欧阳修，不难明白这一点。同是致力于复兴古道与古文，后者之兼及经学、史学以及金石学，可代表宋人之志趣。以道学精微论，欧或许不如韩；但如果讲学问渊博，韩肯定不如欧。宋人之学养趣味，可以其流行文体"笔记"作为象征。

笔记并非宋人始创，只是宋代史学发达，宋人性情优雅，笔记于是由注重志怪传奇转为强调日常见闻。明人对此有所论略：

> 唯宋则出士大夫手，非公余纂录，即林下闲谭。所述皆生平父兄师友相与谈说，或履历见闻，疑误考证，故一语一笑，想见前辈风流。其事可补正史之亡，裨掌故之阙。②

读读此类"意之所之，随即记录"的著述，明白其"或欣然会心，或慨然兴怀"的心态，以及"录之以备闲居之览也"的写作目的，方能真正理解宋人的性情与趣味。③ 至于皇上之调看，到底真是因

---

① 参阅刘克庄《平湖集序》以及近人陈寅恪《金明馆丛稿二编》（上海古籍出版社1980年版）第245页。
② 桃源溪父：《五朝小说·宋人小说序》。
③ 参阅洪迈《容斋随笔》卷首、罗大经《鹤林玉露》之《甲编自序》以及欧阳修《归田录》之《自序》。

其"煞有好议论",还是别有用心,不必深究。① 反正此类兼及记事、议论与考据,纵意而谈,涉笔成趣的著述,有宋一代格外发达,乃是不争的事实。宋代笔记发达,与宋人之学养丰富以及爱发议论,乃是互为因果的。

宋儒之讲学,对宋代文章之趋于平易也有深刻影响。以语录为文的,自然只是道学家;可注重议论效果,推崇平易畅达,则几乎是宋代文人的共同追求。罗大经《鹤林玉露》甲编卷五"韩柳欧苏"则比较唐宋文章,径从文字之难易入手:

> 然韩、柳犹用奇字重字,欧、苏唯用平常轻虚字,而妙丽古雅,自不可及,此又韩、柳所无也。

此前,朱熹已经再三强调这一点②,只是容易被误解为理学家的偏见。所谓"散文至宋人始是真文字",所谓"宋文平"与"宋文直",后人对宋代文章判断可能大相径庭,却都指向宋文"平易多于奇险"的文体特征。③ 似乎只是才高胆大,或者天性洒脱,故敢于随笔写出。其实,此等"平易",也是一种惨淡经营。《朱子语类》卷一三九和朱弁《曲洧旧闻》卷四,都曾讨论欧阳修之修改文章。文字风格由绚烂归于平淡,这在宋人是一种自觉的追求。这

---

① 洪迈《容斋续笔》卷首记当朝天子称其著述"煞有好议论",大有得意色;朱弁《曲洧旧闻》、王明清《挥麈三录》及周煇《清波杂志》则记欧阳修因皇上调看《归田录》而不得不曲为删改。

② 如《朱子语类》卷一三九之赞扬"欧苏全不使一个难字,而文章如此好",以及称"文字到欧曾苏,道理到二程,方是畅"。

③ 参阅王若虚《滹南遗老集》卷三七《文辨》、袁枚《与孙俌之秀才书》。

种追求，部分改变了韩愈对古文风格的设计。

不只是文字，更重要的是思想，宋文之寻求独立发展，必然对韩愈建立起来的"文统"构成挑战。宋人普遍推崇韩愈的"古文"，这点毋庸置疑；可同样不容忽视的是，宋人也在依据自己的趣味建设不同于韩愈的新"古文"。对于有宋一代文章的起承转合，范仲淹、欧阳修、陆游、朱熹、周必大等都有过精彩的表述，这里着重从对韩愈的继承与超越这一角度来评说宋代文章的发展。因为，对于宋人来说，"韩愈"始终是个无法绕开的话题。为了对抗束缚天下才俊的时文，从柳开开始，就有以韩愈为榜样复兴古道古文之"古文运动"，同是推崇韩愈，主张古文，又因或重道或崇文而分途发展。后世所称宋六家文，明显与程朱等理学文章有异。至于因国势危若累卵而不屑空谈义理，两宋之交，言事论政之文急剧增加。但其实此类讲求经世致用的文章始终存在，恰好与前述的文士之文、鸣道之文三足鼎立。宋人对此三类文章的差异可能了然于心，可具体表述时则概念相当模糊。这里暂时以流传较广的"文士之文""鸣道之文"和"言事之文"三者的推移，来把握这三百年文章的发展趋势。

关于有宋三百年文章发展趋势，《宋史·文苑传序》有个大致可信的叙述：

> 国初，杨亿、刘筠犹袭唐人声律之体；柳开、穆修志欲变古而力弗逮；庐陵欧阳修出，以古文倡，临川王安石、眉山苏轼、南丰曾巩起而和之，宋文日趋于古矣。南渡文气不及东都，岂不足以观世变欤？

南宋北宋文章风气的转移以及成就的高低，这里暂不涉及。至于古文运动从兴起到大获成功的描述，《宋史》的说法大致源于范仲淹的《尹师鲁河南集序》。唯一不同的是，范氏注重历史顺序，故述柳开力倡复古在先；而《宋史》强调逻辑结构，因而述杨亿承袭五代在前。

柳开在举世皆以时文取科名之际，起而提倡古道古文，实属难能可贵。只是其《应责》一文所标榜的"古其理，高其意，随言短长，应变作制"的古文理想，并未真正实现。称"其文多拗拙"，"但觉苦涩，初无好处"①，或许刻薄了些，柳开、穆修等不擅文章却是事实。叶适将宋初提倡古文者自身文章之缺乏魅力，归罪于其对着干的挑战心理："时以偶俪工巧为尚，而我以断散拙鄙为高。"② 如此"矫枉"，必然"过正"，难怪其"志欲复古而力弗逮"。

宋代古文革新的关键在于欧阳修，这点从古至今几无异议者。在描述欧文风靡天下之前，有几位先辈或同道必须评说。叶适曾慨叹王禹偁之文"简雅古淡，由上三朝未有及者"，只因无师友推崇，不大为人所称道；欧阳修倒是很能欣赏王氏，甚至称"想公风采常如在，顾我文章不足论"③。王氏对于欧文的影响，不只限于《朋党论》《五代史阙文》《黄州新建小竹楼记》等具体篇章，更重要的是其选择平易的而非艰涩的韩愈："吾观吏部之文，未始句之难道也，未始义之难晓也。"④ 大家为文，并非总是一副面孔；奇崛怪诞是韩愈，平易自然也是韩愈。王、欧之选择后一个韩愈，对于

---

① 王士禛：《池北偶谈》卷一七"柳仲涂集""柳开论文"则。
② 叶适：《习学记言序目》卷四九"记"则。
③ 参阅叶适《习学记言序目》卷四九、欧阳修《书王元之画像侧》。
④ 王禹偁：《答张扶书》。

宋文自身品格的形成，意义非同寻常。

对于先辈的追忆固然重要，同道的相互支持同样不可或缺。尹洙的"务求古之道"以及文章的"简而有法"，石介的抨击时文"雕篆刻伤其本，浮华缘饰丧其真"以及为文的无所讳忌，还有范仲淹针对其时"文章柔靡风俗巧伪"而提出的"救文弊"，都对欧阳修创作思想及风格的形成产生了正面的影响。① 还有一位不该忘记的同道兼竞争对手，那就是与欧阳修共撰《新唐书》的宋祁。同样学韩愈，宋氏偏于简古僻奥，与欧阳修取径大异。据说宋氏晚年承认竞争失败，可欣赏其文者仍不少，甚至有论者将欧、宋名声悬殊归之于弟子的宣传。②

欧阳修自称其蓄道德能文章得益于韩愈，时人及后人也将其与韩氏相比拟。苏轼称"欧阳子，今之韩愈也"，清人钱谦益也称"欧阳子，有宋之韩愈也"，可二人立说根基其实不同：前者表彰其"著礼乐仁义之实以合于大道"，后者则突出欧氏对韩愈"文从字顺"别有会心的领悟。③ 宋人都讲古文根于古道，可对"道"的理解天差地别。欧氏基本不谈心性，其言道注重时事政治以及个人的道德情操，难怪理学家只表彰其能文，而不承认其明理。④《读李翱文》及《五代史·伶官传序》历来以议论精微著称，以天下兴

---

① 参阅尹洙《志古堂记》、石介《上赵先生书》、范仲淹《上时相议制举书》以及欧阳修《尹师鲁墓志铭》。
② 《宋稗类钞》卷五"文苑"记欧、宋文辞之争；陈振孙《直斋书录解题》卷一七《宋景文集》则记宋之刻意摹古及晚年悔其少作；近人胡小石对宋名声不显别有新解，见《胡小石论文集续编》，上海古籍出版社1991年版，第181页。
③ 参阅苏轼《六一居士集叙》、钱谦益《再答苍略书》。
④ 《朱子语类》卷一三九对欧文甚多揄扬，卷一三〇则讥苏粗欧浅，并归因于"皆以文人自立"。

亡大志"易其叹老嗟卑之心",或者强调"忧劳可以兴国,逸豫可以亡身",境界固然高超,立意却说不上新奇。

欧文不以奇思妙想惊世,而以感慨遥深动人。李涂《文章精义》称"此老文字遇感慨处便精神",并非虚言。所谓"感慨",不外历史兴衰与个人生死,正是文人兼史家的欧氏所长。以"感慨"而非"思想"为主,好处是此种情怀千古不灭,缺陷则是极难显出自家本色。如果将欧文之风神与俊逸,追溯到魏晋文人对生命的领悟①,那么欧文创新的难度可想而知。

欧阳修学韩而又不为韩所限,其中一个重要原因,便是对于"诘曲聱牙"的摈弃。《记旧本韩文后》称少年时叹服韩文之"深厚而雄博",可欧文其实以情深意切、风神俊逸见长。大概是有感于时人之学韩过求险怪,欧氏更注重平易与自然。不只对石介的"昂然自异,以惊世人"不以为然,就连王安石的刻意简古也不赞许,原因是"孟韩文虽高,不必似之也,取其自然耳"。②

"取其自然",流弊则可能是直白无味。欧文另有法宝,那就是纡余曲折、感慨呜咽。苏洵《上欧阳内翰书》对欧文的概括,基本上为历代论者所接受:

> 执事之文,纡余委备,往复百折,而条达疏畅,无所间断;气尽语极,急言竭论,而容与闲易,无艰难劳苦之态。

欧文最为人所称道者,如《泷冈阡表》《秋声赋》《苏氏文集序》

---

① 参阅陈衍《石遗室论文》卷五。
② 参阅欧阳修《与石推官第一书》、曾巩《与王介甫第一书》。

《祭石曼卿文》《送徐无党南归序》等，文体虽异，主题却都是"感念畴昔，悲凉凄怆"。就这么一点思绪，作者不肯直接说出，而是一波三折，文章于是显得峰回路转，摇曳多姿。

欧氏为文，擅长迂回与抑扬，往往从极远说到极近，从正题转为反题。明明是疾恶如仇的檄文，却从年少时得闻高名落笔，而且似乎处处回护对方，最后方才表明其决绝与鄙夷（《与高司谏书》）；明明对方既无功名也无文章，却偏从宋太祖开国说起，借王师用武战场今古等大题目，掩饰萍水相逢而又必须作序赠别的尴尬（《送田画秀才宁亲万州序》）。

此等笔墨，与孟子的刚直凛然、韩愈的奇崛浑噩确是不同，难怪苏洵称其别立一家。后人颇有以"雄"与"逸"来区分韩、欧文章的[1]，而且多将韩置于欧之上；可实际上宋元以下，学作古文者多从欧文入手。如果只是当时风气，可以以欧氏的文坛盟主地位以及个人魅力来解释，可对于同样只从书本接触韩、欧的明清文人来说，为何主要选择欧文作为模仿对象？《朱子语类》卷一三九有言在先："韩文高，欧阳文可学。"韩文千变万化，往往出奇制胜，很难追踪与模仿；欧文多幽情雅韵，以涵养志趣见长，其变化与曲折思路清晰，比较容易把握。所谓文章各有体式，文人各有所长，而唯独欧公"得文章之全者"，"短篇大论施无不可"[2]，既说明其多才多艺，也显示其诗文之中规中矩，因而易于模仿。

宋人之追摹韩愈取径不同，其中一个重要标志，便是对于韩所激

---

[1] 如刘熙载《艺概》卷一《文概》称："昌黎文意思来得硬直，欧、曾来得柔婉。"刘大櫆《论文偶记》称："欧阳子逸而未雄，昌黎雄处多，逸处少。"

[2] 参阅罗大经《鹤林玉露》丙编卷二"文章有体"、苏辙《欧阳公神道碑》。

赏的扬雄的评价。欧阳修对扬之模拟古语颇不以为然，苏轼甚至直斥为以艰深文其浅陋；相反，曾巩、王安石则对扬推崇备至，或称学有所进于扬书便有所得，或抱怨今世学士大夫不足以知扬。① 撇开扬雄的政治态度与学术成就，单就文风而言，其简奥艰深乃是争论的焦点。主张平易畅达的欧、苏不喜欢扬文，反过来，喜欢扬文的曾、王必然艰深与拗折。同样取法昌黎，欧取其"文从字顺"，王则取其"陈言务去"。除了文风，欣赏扬雄者，更强调为文根于经术。清人朱彝尊称宋人文章"莫不原本经术，故能横绝一世"②，其实，文章"至宋而始醇"之类的判断，更适合于曾、王而不是欧、苏。

最能体现曾巩深于经术者，莫过于《战国策目录序》《宜黄县学记》《墨池记》一类文章。讲考据，有学问，但更重要的是由此引申而来的要言不烦的议论。曾氏为文，不大讲究文采，以自然淳朴、雍容大雅取胜，近于汉代的刘向，为明清两代的学者之文所追摹。相比之下，王安石文章的峭折与拗崛，显得有意为之。作为杰出的政治家，王氏《上仁宗皇帝言事书》那样义贯气通、纵横排荡的万言书，有宋一代无出其右者。至于《伤仲永》《读孟尝君传》《游褒禅山记》等，其识解高超、简古雅健固然令人叹为观止，而其中流露出来的兀傲与廉悍也不容漠视。借用王氏游山的比喻，"入之愈深，其进愈难，而其见愈奇"，王文不愧"奇伟瑰怪非常之观"；只是如此着意追求"险远"，往往令追踪者望而却步。

三苏文章，自然以东坡最负盛名。其实，苏洵之纵横上下出入

---

① 参阅欧阳修《答吴充秀才书》、苏轼《答谢民师书》、曾巩《答王深甫论扬雄书》和王安石《答吴孝宗书》。
② 参阅朱彝尊《与李武曾论文书》。

驰骋，以及苏辙的汪洋澹泊一唱三叹，也都大有可观。苏洵喜欢纵论古今，常有独到见解，只是大都走偏锋，这与其自视甚高而又困居下僚有关，也与其取法纵横家言的学术路数有关。在《上田枢密书》中，苏洵只提其文得益于"孟、韩之温淳，迁、固之雄刚，孙、吴之简切"，后人则很容易从《权书》《六经论》中读出纵横家的味道，称其熟读《战国策》当非空穴来风①。苏辙的学问文章，深受父亲及兄长影响，只是性情才气所限，峻削不如乃父，雄放不如乃兄，其冲和澹泊、稳健质朴，倒也足以自立。

嘉祐二年（1057）欧阳修知贡举，黜险怪奇涩而取平澹典要，此举对宋代文风的改革意义甚大。如果说此科所取之士，曾巩得其典要，苏轼则是合乎平澹。难怪同年欧阳修《与梅圣俞书》称："读轼书，不觉汗出，快哉快哉！老夫当避路，放他出一头地也。可喜可喜。"苏文给人第一感觉，确实只能用"痛快"来表述。东坡居士才气横溢，再加上熟读《庄子》与《战国策》，下笔时架虚行危，纵横倏忽，即便不欣赏其激切与雄辩，也不得不叹服其文字之畅快。其史论与政论（若《留侯论》《刑赏忠厚之至论》《教战守策》等）历来大受赞赏，因其天才縠然，颇具曲折变化之妙；只是时有"想当然耳"以及纸上谈兵之弊。真正使得东坡文章不朽的，是其包括书札、序言、杂记、铭赞、题跋等在内的各体杂文。比起中规中矩的策论，此等杂文更能显示东坡之才气与性情。《答谢民师书》中这段话，可作为东坡文章的最佳描述：

  大略如行云流水，初无定质，但常行于所当行，常止于所

---

① 参阅叶适《习学记言序目》卷五〇"论"则。

不可不止。文理自然，姿态横生。

若《日喻》《记承天寺夜游》《文与可画篔筜谷偃竹记》以及前后《赤壁赋》等，此类自出机杼、任意洒脱的文字，最大的特点是"不可重复"。严格说来，所有的好文章都是一次性的，但东坡为文的随意以及对规矩的蔑视，使得其更多仰仗个人的才气与性情，因而模仿者更难得其真髓。所谓"苏门四学士"或"苏门六君子"等，其学问文章其实各自成家。黄庭坚的题跋、陈师道的书札、张耒和秦观的议论，颇有几分苏文的神韵。但就总体而言，苏门后学难以为继。其中关节所在，依《朱子语类》卷一三九的说法，世人只知苏文之畅快与随意，而不识其气骨与学养，因而一学必然趋于机巧与轻佻。

与欧苏等"文士之文"的风神洒脱形成鲜明对照的，是其时逐渐形成的"明道之文"。理学家对古文的改造，也是宋代文章的一大关键。对此类鸣道之文的评价，历来聚讼纷纭。宋人叶适与刘克庄意见便截然相反：一称程氏兄弟发明道学，文字遂复沦坏；一说伊洛虽欠藻饰，《通书》《西铭》与六经并行。① 照理学家真德秀的说法，此等"片言只辞贯综至理"的著述，甚至非董仲舒、韩愈所能匹配；只可惜依此思路编纂而成的《文章正宗》，由于不近人情而无法风行天下。② 周敦颐的《爱莲说》、张载的《西铭》以及朱熹的《大学章句序》等，以其境界高逸、文体简洁而大受赞赏；可理学家的最大本事不在这里，而在于发明道学的同时，极力贬抑"专务悦人耳目"的文章。

---

① 参阅叶适《习学记言序目》卷四七、刘克庄《平湖集序》。
② 参阅真德秀《跋彭忠肃文集》及《文章正宗纲目》。

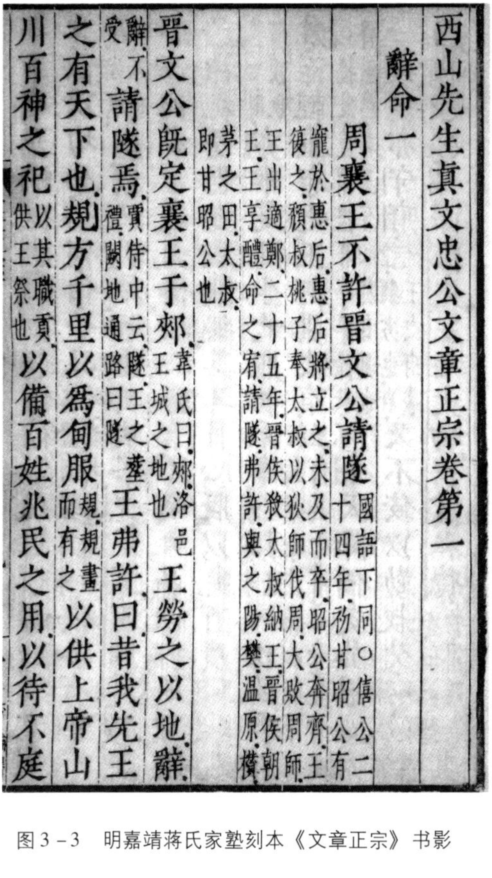
西山先生真文忠公文章正宗卷第一

辭命一

周襄王不許晉文公請隧 國語下同○僖公二十四年初甘昭公有寵於惠后惠后將立之未及而卒昭公奔齊王復之頹叔桃子奉太叔以狄師伐周大敗周師王出適鄭二十五年晉侯殺太叔納王晉侯朝王王享醴命之宥請隧弗許與之陽樊溫原攢茅之田太叔即甘昭公也

晉文公既定襄王于郟 韋氏曰郟洛邑王城之地也 王勞之以地辭 辭不受 請隧焉 賈侍中云隧王之葬禮闕地通路曰隧 王弗許曰昔我先王之有天下也規方千里以爲甸服 規規畫而有之 以供上帝山川百神之祀 以其職貢供王祭也 以備百姓兆民之用以待不庭

图 3－3　明嘉靖蒋氏家塾刻本《文章正宗》书影

程颐将溺于文章作为学者第一大弊，认定作文必然害道①，这与韩愈文以明道的思路大相径庭。实际上道学家在推崇韩愈的同时，普遍对其"倒学""倒做"不以为然，朱熹更是将这种不满表达得淋漓尽致："韩文公第一义是去学文字，第二义方去穷究道理，所以看得不亲切。"② 对于主张道乃根本、文是枝叶的理学家来说，不要说文以明道，即便文道双修也是歧途。此等高论，一方面彻底放逐了淫艳的骈俪，使得古文独霸文坛；但另一方面过分强调明道，使得文章质朴有余而韵味索然。其中朱熹之文明净晓畅，少理学腐语，颇得后人好评③；其语录尤为可读，思想通达外，更富有人情味。理学家之注重讲学，以及以语录为文，另外一个意料不到的效果，便是使得宋文日趋平易畅达。如此说来，理学对于古文发展，并非没有一点正面影响。

就像"明道之文"贯穿两宋，"言事之文"也不局限于抗战救亡。只是靖康之变后的言事，不可能再像范仲淹、司马光上书那样平实与恳切，更多的是慷慨与悲壮。宗泽的《乞毋割地与金人疏》和胡铨的《戊午上高宗封事》，都以不畏强暴、直言无隐见称。论者既然置个人生死于度外，自然语气愤激，无所忌惮，一改平常上书言事之谦恭与迂回。两宋之际，言事集中在战与和，进谏者主要倚仗意气与胆量。时局相对平定以后，言事更需学识与眼光。论兵论政合而为一，文章趋于纵横驰骋，大都气概恢弘，笔势浩荡，最典型的当属辛弃疾、叶适与陈亮。至于宋元易代，孤臣孽子或以身

---

① 《河南程氏遗书》卷一八《伊川先生语四》。
② 参阅《河南程氏遗书》卷一八、《象山语录》卷上、《朱子语类》卷一三七。
③ 参阅洪亮吉《北江诗话》卷三、刘熙载《艺概》卷一《文概》。

殉国（如文天祥），或隐居出世（如郑思肖、邓牧），其表达忠心发抒孤愤的文字，大都真切感人，只是更接近于独白而不是对策，故与此前的言事之文颇有区别。

三　赠序、墓志与游记

经过韩、柳、欧、苏等无数文人学者的努力，古文终于取代骈文而成为唐宋两代的主导文体。当"唐宋古文"作为一个神话被追忆和叙说时，所谓古文、时文之争逐渐隐退，而古文家在强调文以载道的同时所从事的各种文体实验，开始成为注目的焦点。章学诚《文史通义·诗教上》"至战国而后世之文体备"的说法，虽常被论者引述，可只适合于"追根溯源"。实际上，每代有创造才能的作家，都必然对现有文体构成提出挑战。唐宋古文之所以为明清文人所追慕，除了创作实绩，也包括其文体上的开拓与创新。

清人姚鼐《古文辞类纂》选录战国至清初古文七百余篇，分论辨、序跋、奏议等十三类，其中直接以唐代开篇的有赠序、传状、墓志（"碑志"之下编）、杂记。也就是说，在姚氏看来，以上文体或由唐人开创，或到了唐人手中方才真正成熟。这里必须考虑其不收经史的体例以及过分推崇八大家的偏见，若以之与刘勰《文心雕龙》中的《诔碑》《史传》诸篇相比照，唐人文体上的创新，可能集中体现在"赠序""杂记"以及"墓志"上。

将"赠序"作为独立的文体来述说，此乃姚氏的创见。明人吴讷《文章辨体序说》只是在谈论"序"时捎带提及此"惟赠送为盛"的文体，《古文辞类纂》则将其独立成类，并归功于唐人：

> 唐初赠人，始以序名，作者亦众。至于昌黎，乃得古人之意，其文冠绝前后作者。

所谓"古人之意"，指的是离别时的互相赠言。据说孔子曾问礼于老子，辞行时老子曰："吾闻富贵者送人以财，仁人者送人以言，吾不能富贵，窃仁人之号，送子以言。"① 除此或陈忠告或相勉励的"送人以言"，赠序还另有渊源，那就是由设宴饯别、饮酒赋诗而后所撰的"诗序"演变而来，后者不只是发议论，还可以纪事与抒情。只谈"得古人赠言之义"②，不足以勾勒文体的流变；将"诗序"考虑在内，"赠序"之"序"方才有着落。

若从"诗序"说起，王羲之的《兰亭集序》、孙绰的《兰亭集后序》、颜延之的《三月三日曲水诗序》以及王融的《曲水诗序》等，都不容漠视；只是这些描写宴集之作，不若潘尼《赠二李郎诗序》之"离别之际，各斐然赋诗"更接近后世的"赠序"。唐人的革新之处，在于不必宴集与赋诗，也能撰文赠别。这么一来，彻底切断与"序跋"的联系，"赠序"终于成为真正独立的文体。李白的《金陵与诸贤送权十一序》、任华的《送宗判官归滑台序》以及独孤及的《送李白之曹南序》等，都已完全脱离"诗序"，只是其述友谊，状离情，发感慨，祝平安，未免大同小异。更重要的是，即便以提倡古文为己任的独孤君，其文也喜用骈俪，余者可想而知。真正使这种酝酿于六朝且主要用于应酬的文体脱胎换骨的，只能是古文运动的主将韩愈。

---

① 司马迁：《史记·孔子世家》。
② 参阅吴讷《文章辨体序说》及林纾《春觉斋论文》之《流别论》。

韩愈赠序之作，美不胜收，以致后人虽极力追摹，仍有难以为继的感慨。关于苏轼推许韩愈《送李愿归盘谷序》为唐文第一，而且自叹无力仿作的说法真假莫辨；即便东坡居士真有此说，也只是一时戏语，当不得真。① 不过，韩愈赠序之神出鬼没、变化莫测，确实非同代或后世所能企及。柳宗元的《送薛存义之任序》虽无六朝积习，可文章平直无味，与其杂记寓言之幽深瑰丽不可同日而语。宋人学韩不遗余力，以赠序而言，也只能说欧阳修得其深情，曾巩得其渊雅，苏洵得其奇宕。因而，此处论述，以韩愈为主。

赠序说到底是一种议论，不同于一般的论辨与奏议之处，在于其锁定了具体的读者对象。这一虚拟的与受赠人之间的"私语"，使得其文充满人情味，而且因必须考虑对方的立场、地位以及与自己的关系，表述方式于是千变万化。"验人文字之有意境与机轴，当先读其赠送序；序不是论，却句句是论，不惟造句宜敛，即制局亦宜变"② ——林纾此说不无道理。比起正式"论辨"来，赠序更加灵活多变：可以论政论兵，也可以论文论艺；可以贴紧受赠人特点正面发挥，也可以突出自家立场以为勉励；可以单刀直入跌宕纵逸，也可以曲折委婉点到即止。

"赠序"所带有的应酬意味，本是这一文体的最大陷阱。韩愈得意之处，正在于化天险为通途，充分利用此文体必须更多考虑"拟想读者"的特点，发展出一套虚虚实实的写作手法。毕竟是赠别寄语，不好过于扫他人之兴，而自家立场又不能不坚持；这就必

---

① 参阅高步瀛《唐宋文举要》第 239 页对各家说法的分辨，上海古籍出版社 1982 年版。
② 林纾：《韩柳文研究法》，香港，龙门书店 1969 年版，第 22 页。

须靠变化语调、转换笔法来体现关系的亲疏与意见的违合。韩愈以继承儒家道统自居,但不避为道士、和尚撰写赠序,原因就在于其能让当事人初读满天欢喜,仔细品尝方才明白其暗含讽讥。《与浮屠文畅师序》固然最能体现韩愈的辟佛立场,可"禽兽夷狄"云云未免过于直接与刻毒,不如《送高闲上人序》及《送廖道士序》之褒贬毁誉变幻莫测,而且谑而不虐,甚有风趣。还有一些或碍于情面或关系时局的议论,不便直接说出,韩愈擅长将此等只可意会难以言传的思考,借赠序表达出来。《送董邵南游河北序》《送温处士赴河阳军序》都是谈论政局、寄托遥深的奇文,一以"燕赵古称多感慨悲歌之士"起笔,一以"伯乐一过冀北之野而马群遂空"开篇,都显得格外超忽突兀;其后的转折与生发,方才令人不敢等闲视之。曾巩的《赠黎安二生序》之曲折变化以及语带讥讽,颇得韩文韵味,只是其中的教训过于直白。

　　韩愈的赠序大处落笔,以议论高古著称,不大愿意牵扯个人私情。相反,宋人更喜欢从琐碎处说起,以显其体贴与亲近。欧阳修《送杨寘序》先说自己如何借琴自解幽忧之疾,后才进入正题:以说琴赠行,希望不得志的杨君好自为之。《送徐无党南归序》明明是纵论道德文章关系,以勉励即将远行的弟子,可文章最后竟是:"然予固亦喜为文辞者,亦因以自警焉。"将自己扯进来,目的是拉近与读者的距离,可见欧氏为人为文的谦恭与平易。突出交情,渲染离合,这其实符合赠别的古意;当然,其中也不无"高论"难得而"情谊"易求的策略选择。苏洵《送石昌言为北使引》从儿时琐事讲起,历数几十年间对石君印象的变迁,最后才归结到出使策略的设计。如此赠言,已非单纯立说,更多夹杂个人感慨。抒情色彩的浮现,使得此文体的弹性大为增加,只是难得再有韩愈的奇崛与高古。

　　赠序作为一种独立的文体，是以摆脱具体的宴集饯行场面描写为代价的。韩愈将赠序改造为发表议论的重要文体，可偶尔也会突出奇兵，掺杂一点场面描写与人物对话——只是这里的对话与场面都已由写实转为虚拟。《送杨少尹序》主体部分是两个送别场面的叠印，一来自史书，一源于想象；"古今人同不同，未可知也"，由此场面的对照方才推出作者的议论。此文虽系应酬之作，难得处在于其能极尽驰骤跳荡生动飞扬之妙。《送李愿归盘谷序》更是千古传诵的名文，以对话为主的结构也令人叹为观止。后世不乏学步者，如陆龟蒙的《送小鸡山樵人序》、谢枋得的《送方伯载归三山序》都以假托人物引语为文章主体——后者"七匠八娼九儒十丐"的说法广为人知——可明显偏于寓言警世，不若韩愈表现得自然得体。引入虚拟的人物与场面，使得此类文章也颇带"传奇"色彩。韩愈的好奇以及不时穿越文类的边界，最集中的体现当然是《毛颖传》《圬者王承福传》等，可赠序以及墓志中偶尔冒出来的"逸笔"，比如虚拟若干有趣的场面或对话，也很能说明韩愈的趣味。

　　与赠序一样，墓志作为一种文体，也是酝酿于六朝而成熟于唐代。近人陈寅恪曾以洛阳出土唐代非士族墓志"因袭雷同公式化之可笑"，说明其时文体革新之势在必行，"是昌黎河东集中碑志传记之文所以多创造之杰作，而谀墓之金为应得之报酬也"①。高度评价韩柳改造碑志文体的贡献，自是洞见，只是以若干墓志的因袭类同作为反衬，则不大妥当。首先，即便在韩愈以后，绝大部分墓志仍然"因袭雷同"，有能力请名家撰成传世文章的只能是少数。其

---

① 陈寅恪：《元白诗笺证稿》，上海古籍出版社1982年版，第3页。

次，墓志而假手文人润饰，乃后起的变异；公式化的叙述（包括其人世系、名字、爵里、行治、寿年、卒葬年月及其子孙大略等）方是古意，因其本来目的只是埋于圹前以防异时陵谷变迁。再者，着意将此应用文字改造成传世文章，并非起于韩柳，六朝文人已捷足先登；至于成功与否，另当别论。

不管是潘昂霄撰《金石例》、黄宗羲撰《金石要例》、叶昌炽撰《语石》，还是吴讷编《文章辨体》、徐师曾编《文体明辨》、姚鼐编《古文辞类纂》，都是碑志并称。不谈朝廷功烈，也毋论宫室庙宇，即使只限于为记赞死者而树碑表墓，也不便一概而论。立石墓上与埋之圹中，二者都是表示孝子贤孙不忘先德，可若论起源与体例，碑碣与志铭却颇有区别。勒石赞勋，源于周秦，两汉时已是碑碣云起，才士争秀，若蔡邕便以善作碑文名世。至于墓志，世传始于晋人颜延之。随着墓石的大量出土，汉魏以前没有墓志的旧说受到严重的挑战。[①] 不过，此等记录爵里、姓名、年月的圹中之石，只能说是后世墓志的滥觞，因其"无意为文"。魏晋时天下凋敝，再加上碑表私美，兴长虚伪，朝廷屡有立碑之禁。可法网虽严，私人立碑其实未尝禁绝，倒是导致志铭之文模拟碑碣，日趋繁冗。宋、齐以降，墓志方才成为文人驰骋才华的场所，其辞采华茂、用典精当，一如其时其他流行文体。

韩柳的贡献，在于改骈偶为散行，易夸饰为写实，以史传叙事之法志于前，以抒情押韵之语缀于后，一举奠定了新的墓志体例。清人章学诚《墓铭辨例》对此有过简要的描述：

[①] 参阅叶昌炽撰，柯昌泗评《语石　语石异同评》，中华书局1994年版，第226、239页。

> 六朝骈丽，为人志铭，铺排郡望，藻饰官阶，殆于以人为赋，更无质实之意。是以韩柳诸公，力追史汉叙事，开辟蓁芜，其事本为变古，而光昌博大，转为后世宗师。文家称为韩碑杜律，良有以也。

昌黎集中数志铭最多，而且也最能显示其神龙变化的风采韵味。后人可以据此归纳出若干墓志的书法体例，可仍然难以说清其魅力所在，更不要说如法炮制。① 此等"涉世之文，自当相体以裁衣"，故"铭金勒石，难言之矣"。② 不只韩柳，唐宋两代，热心于撰写墓志铭的大有人在，其取得的文学成就，也实在不容忽视。

唐人元结号称"大手笔"，其《大唐中兴颂》序曰："若今歌颂大业，刻之金石，非老于文学，其谁宜为？"墓志不同于碑碣，可同样刻之金石以求不朽，故也只能求之于"老于文学"者。孝子贤孙之所以恭请名家为祖先撰写墓志，目的无非是希望祖先因名家之文而不朽。唐宋人对祖先不朽的普遍企求，使得墓志迅速成为一种特别贵重的文体。以至翻开唐宋以下文人集子，墓志始终占据重要位置。不只子孙，死者本人也十分看重此"盖棺论定"——不只是评价高低，还有文章贵贱。宋人笔记《涑水记闻》《梦溪笔谈》《冷斋夜话》等均提及尹师鲁死时情状，最直接的还是范仲淹的自述。得知老友生命垂危，范氏中夜诣驿看望并告知："足下平生节行用心，待与韩公、欧阳公各做文字，垂于不朽。"范氏只记尹

---

① 元人潘昂霄《金石例》、明人王行《墓铭举例》均以韩文求墓志通例，可也都承认韩文有不少难以范围的"变例"。
② 章学诚：《章氏遗书》卷八《墓铭辨例》。

图 3-4　颜真卿书《大唐中兴颂》碑拓

"举手叩头"。另一当事人韩琦的记载更为传神:"师鲁举手叩头曰:'尽矣,某复何言!'"① 事后证明,此等安慰并非虚言,欧阳修所撰《尹师鲁墓志铭》确实名垂千古。唐宋文人往往以撰写墓志作为报答知己的最后,但也是最佳的手段,可想而知,此等金石文字在其眼中的分量。

尽管唐代有五品以上用碑,五品以下用碣,庶人只能用圹铭的规定,但没能严格执行。② 更重要的是,碑碣与墓志,虽有揭于外与藏诸幽的区别,但都可能传之久远。而这就足以满足世人"不朽"的想望。此等"雅俗共赏"的文体,于是显得格外"珍贵"。撰写碑志收入可观,关于"谀墓"的批评也随之出现。在所有文体中,碑志最容易获得"润笔";"润笔"的丰厚,对于文人的良知

---

① 范仲淹:《与韩魏公》;韩琦:《与文正范公论师鲁行状书》。
② 参阅《唐六典》卷四和叶昌炽撰,柯昌泗评《语石　语石异同评》第155页。

以及文章的精美构成严峻的挑战。因为，碑志本就只能称美不称恶，屈从孝子贤孙的要求，更难得"无愧色"之作。东汉蔡邕《郭泰碑》之"无愧色"，是以其他碑铭"皆有惭德"为代价的。①唐人对墓志的需求量更大，若以碑志著称，即便贬职在外，持金帛往求其文者仍大有人在，故《旧唐书·文苑传·李邕》称"时议以为自古鬻文获财，未有如邕者"。韩愈集中墓志特多，自然难逃物议。刘禹锡称愈"公鼎侯碑，志隧表阡。一字之价，辇金如山"，以及李商隐记刘叉持愈金数斤而去，且留下一句"此谀墓中人得耳，不若与刘君为寿"，恭维中多少隐含着讥讽。② 宋元以下，韩愈更是常因作文"谀墓"而遭攻击。当然，也有奋起为韩愈辩护者，如黄宗羲《金石要例·铭法例》便称昌黎深谙铭法，"非截然谀墓者也"。

碑志并非始于唐，后人之所以追摹韩柳而非蔡邕或庾信，就因后者或无美而诬称，或虚辞而不实。所谓"虽按其题，各人自具姓名，而观其文，通套莫分彼此"，此等六朝以及初唐碑志之痼疾，有待韩愈以史汉精神革故鼎新。③《文心雕龙·诔碑》早就说过："属碑之体，资乎史才。"墓志不同于碑传，大都是由无权修史者为无权入史者所作的文章，但在祈求传之久远这一点上，二者几无差别。因而，"可信"成了墓志的首要目标。韩愈革除六朝虚文，靠的主要是写实精神，而不是叙事本领。明人茅坤讥笑韩愈碑志"多奇崛险谲，不得史汉序事法"；姚鼐不以为然，理由是"金石之文，

---

① 参阅《后汉书·郭泰传》以及顾炎武《日知录》卷一九"作文润笔"则。
② 参阅刘禹锡《祭韩吏部文》、李商隐《李义山文集》卷四《刘叉》。
③ 参阅明人王行《墓铭举例》、吴讷《文章辨体序说》以及近人钱锺书《管锥编》第 1527 页。

自与史家异体"。① 在我看来，这两种说法都不得要领。就具体的叙事手法而言，墓志自然不同于史传，可讲求实录的史学精神，同样适应于二者。

宋代史学发达，欧、曾、王等人对这个问题的思考，明显比唐人深刻。曾巩在《寄欧阳舍人书》中对铭与史关系的分疏，可见其对这一文体的特征及其面临的陷阱有充分的自觉：

> 夫铭志之著于世，义近于史，而亦有与史异者。盖史之于善恶，无所不书。而铭者，盖古之人有功德材行志义之美者，惧后世之不知，则必铭而见之。

只能褒美而不能惩恶，此乃碑志的共同特征，而墓志出于子孙之请，为文者更难秉公立论。称其美而隐其恶，孝子之心可以谅解，可到了虽恶人也要勒铭的地步，墓志的"速朽"也就可想而知。曾氏于是以"不实"为此文体的最大弊端，并为墓志写作定了个极高的标准："蓄道德而能文章。"所谓"蓄道德"，落实在墓志写作中，首先是坚持史家的良知与眼光。出于虚荣或世俗利益的考虑，死者亲属要求对墓志"有所增删"的事，时有发生。王安石对此的答复，实在大快人心：

> 鄙文自有意义，不可改也。宜以见还，而求能如足下意者为之耳。②

---

① 茅坤：《唐宋八大家文钞·论例》；姚鼐：《古文辞类纂序》。
② 王安石：《答钱公辅学士书》。

对付此等无理要求，还有一个办法，那就是像苏轼那样，基本不为人铭墓。可这么一来，除了经济损失外，还有就是丢弃了这一大俗大雅的文体，也有点可惜。

在宋代文人中，欧阳修的墓志铭写得最为精彩，面临的挑战也最为尖锐。范仲淹、尹师鲁都是欧阳修之挚友，可欧精心为范、尹所撰墓志，竟未得其家属欣赏，或被替换，或被增删。在《与杜䜣论祁公墓志书》中，欧阳修对自家立场有明确的表述，其中不难见出欧氏为墓志所立标准，以及写作中可能碰到的难题：

> 修文字简略，止记大节，期于久远，恐难满孝子意。但自报知己，尽心于纪录则可耳。更乞裁择。范公家神刻，为其子擅自增损，不免更作文字发明，欲后世以家集为信，续得录呈。尹氏子卒请韩太尉别为墓表，以此见朋友门生故吏与孝子用心常异。修岂负知见者？范、尹二家亦可为鉴。更思之，然能有意于传久，则须纪大而略小，此可与通识之士语，足下必深晓此。

宋人对于友朋身后碑志行状特别重视，常有移书商榷务得其真者，一般来说，对方并无不快之意。全士范仲淹与吕夷简晚年是否解仇，兹事体大，不容随便抹杀；范家子孙之删损墓志，方才令欧阳修极为不满。此事之是非曲直，宋人多有分辨，这里不便展开。①不过其中提及的墓志"期于久远"，须"文字简略，止记大节"，

---

① 近人柳诒徵对此事有详细的钩稽，参阅其《碑传悬案》，《柳诒徵史学论文续集》，上海古籍出版社 1991 年版。

不该盲从孝子,而应"尽心于纪录",如果再添上《论尹师鲁墓志》提出的"其语愈缓,其意愈切",以及为尹作志,便似尹文,合起来便是欧氏写作成功的诀窍。后者,欧氏自称源于韩文。其实,欧阳修从韩愈那里学到的,远不只是模仿墓主文风。故谈论墓志作为一种文体的成功,还是得从韩文公说起。

宋人李涂《文章精义》称:"退之诸墓志,一人一样,绝妙。""退之墓志,篇篇不同,盖相题而施设也。"这或许是关于韩愈墓志成就最简单也最精确的概括。既能写出墓主性格,文章又富于变化,这确是韩愈所撰墓志的主要特征。

撰写墓志,本意是对死者表示哀悼,并论列其德善功烈,故文字必然庄重,体例也须谨严。后人常赞赏韩愈所撰墓志饶有古意,其实,翻新出奇、自我作古方是韩铭特色。单是叙事的"志"与抒情的"铭"如何搭配,韩氏就变化出许多新花样。或以志为铭,或有铭无志;或以友情开篇,或从祖先说起;或不书生卒,或省略葬地……愈撰墓志,真是百无禁忌,甚至还有"当面"教训死者的(如《太学博士李君墓志铭》)。大概是名气太大,求文不易,孝子贤孙们不敢也无暇加以挑剔,韩愈于是得以随心所欲。

"随心所欲"的关键,在于突出"文章"而淡化"功业"。墓志写作,"无其美而称者谓之诬,有其美而弗称者谓之蔽"①。前者指向史学精神,后者则涉及文章技巧。在亲属眼中,死者值得称道的功绩自是不胜枚举,而文章长度及结构所限,必须有所抉择。达官贵人的墓志尤其难写,就因为需要交代的事迹太多,很容易变成一篇流水账。韩愈的诀窍是大胆取舍,抓住最主要的特征,余者一

---

① 吴讷:《文章辨体序说》。

笔带过，甚至只字不提。《给事中清河张君墓志铭》着力渲染其骂贼死节，其他部分都是补充说明性质的闲笔。这种笔法深为欧阳修所喜爱，所谓"止记大节"，既出乎文学亦源于史学的考虑。若《胡先生墓表》只记胡瑗讲学，最后补上弟子盛且贤，没有任何多余的笔墨，因其立意在"师道"。为范仲淹撰神道碑铭，欧公也大胆取舍，并坦承其写作策略："及其世次官爵，志于墓，谱于家，藏于有司者，皆不论著。著其系天下国家之大者，亦公之志也欤！"

墓志之有所不著，除了文章结构，还必须考虑其与传记、行状与碑碣的区别。前者因藏诸圹中，篇幅不宜过长，文字必然趋于简古；又因其不必正襟危坐，可以变化神奇；还因为并非代表官方评价，不妨尽量渲染个人情谊。其间韵与散、情与事、例与变、公与私的调谐，无疑充满张力。若《柳子厚墓志铭》之不书官位以示关系亲近，若《李元宾墓铭》之语愈缓而意愈切①，或者像《贞曜先生墓志铭》《殿中少监马君墓志铭》那样因主人无甚政绩可述，转而感慨生死离合、咏叹变化穷达，文章因而呜咽欲绝，苍凉古逸。韩文的这些手法，均为宋人所继承。相对来说，欧阳修更长于抚今思昔，俯仰沉吟，琐琐细细而又波澜曲折，叙悲处确实最能显示欧文风神情韵（如《黄梦升墓志铭》，《张子野墓志铭》）。王安石则叙悲中夹杂议论，而且或欲擒故纵，或巉岩曲折，其顿挫吞吐，史显隽永高古（如《兵部员外郎马君墓志铭》《给事中孔公墓志铭》）。

一般来说，墓志以庄重典雅为本色当行，可也有突破常规，借鉴传奇手法，因而翻空出奇的。最有名的，当属韩愈的《试大理评

---

① 欧阳修对于墓志以不书官位见义及意深反而语简的自觉追求，参阅其《与黄渭小简》《论尹师鲁墓志》。

事王君墓志铭》。为"怀奇负气"的处士王适志铭,当然只能在"奇"字上做文章。录下几个"奇"与"狂"的细节,韩愈转而用大量篇幅描写墓主伪造文书骗娶侯女的趣事。这段描写,情节、人物、对话均极为生动,若独立出来,几乎就是一篇相当不错的传奇。难怪后人在赞叹其诡绝奇宕的同时,对其"类小说""失古意"颇表担忧。此等笔法确实不大好模仿,真有"末流效之,乃坠恶趣矣"的危险。① 也有艺高胆大、涉险不坠者,这里举欧阳修的《梅圣俞墓志铭》为例。在我看来,此文之立意、想象和描摹,与韩文异曲同工。以下是墓志的开篇:

> 嘉祐五年,京师大疫。四月乙亥,圣俞得疾,卧城东汴阳坊。明日,朝之贤士大夫往问疾者,骈呼属路不绝。城东之人,市者废,行者不得往来,咸惊顾相语曰:"兹坊所居大人,谁邪?何致客之多也!"

以不无夸张的探病场面,衬托梅氏在京师之声名,然后才转入关于墓主名字、才学、性情以及世系等具体情况的介绍。此种迂回夸饰的笔调,与古来金石文字之讲究谨严与简古不大协调,可很有韵味。可见,即便在素以高古著称的墓志文字中,唐宋人也无法完全拒绝传奇笔法的诱惑。

赠序主要用于议论,墓志着重在写人,唐宋古文纪事的功能,基本上由杂记来承担。关于叙事的起源以及各种具体的叙事手法,

---

① 参阅高步瀛《唐宋文举要》第 366、370—371 页所录各家对此文的评议。

宋元学者有过不少零碎但又相当精彩的论述①；只是作为一种独立的文体，"杂记"的得名却是晚近的事。明人吴讷、徐师曾仍只讲"纪事之文"的"记"，以夹杂议论者为变体；姚鼐为"杂记"正名，可也未曾仔细分疏。直到林纾，方才明确提出"综名为记，而体例实非一"：

> 然勘灾、浚渠、筑塘、修祠宇、纪亭台，当为一类；记书画、记古器物，又别为一类；记山水又别为一类；记琐细奇骇之事，不能入正传者，其名为"书某事"，又别为一类；学记则为说理之文，不当归入厅壁；至游宴觞咏之事，又别为一类。②

分类虽略嫌琐碎，但大致说清了"杂记"的基本面貌。作为文体分类的"杂记"，其实不足以作为描述唐宋古文的尺度。因其或属于碑，或类乎史，起源不同；或纯说理，或重纪事，体例不同；或亲历其地，或代人遥想，视点不同。描述唐宋古文家的贡献，不能不有所界定。

这里准备以"游记"为中心来展开论述，理由是：既然以"记"为名，最好以纪事为主；相对于小说家之作意好奇浮想联翩，作为古文的"记"当努力朝写实方向发展；写实需要亲历其地，作者的介入，容易使得文章元气淋漓。以此三点衡量，最合适的莫过

---

① 如李涂的《文章精义》、吕祖谦的《古文关键》、陈绎曾的《文筌》等。
② 参阅《文章辨体序说》和《文体明辨序说》各自的"记"则，以及姚鼐《古文辞类纂序》、林纾《春觉斋论文·流别论》。

于游记了。当然，这里还有个基本判断：酝酿于六朝的山水精神以及纪游文字，在唐代真正成熟，并对此后千年的文学进程产生了正面的影响。

六朝的纪游文字，一是文人的书札，一是学者旅行记。唐人仍继续此思路，若玄奘的《三藏法师传》明显追踪《法显传》，王维的《山中与秀才裴迪书》则可与吴均传世三书媲美。至于陶渊明的《桃花源记》本系"小说家言"，唐人以古文作记，也有亦步亦趋的，比如王绩的《醉乡记》和顾况的《仙游记》。厅壁记为唐人所擅长，可基本上局限于发感慨、立训诫，可以暂时搁置。倒是修庙宇与纪亭台，可能涉及个人经历与感触，略带游记意味，前者如颜真卿的《泛爱寺重修记》，后者则有白居易的《草堂记》为证。元结的《右溪记》《寒亭记》等，有山水，也有游历，与后世的游记已经相当接近，可文章最后一句"刻铭石上，彰示来者"，"乃为寒亭作记，刻之亭背"，证明作者属意的仍是金石文字。这一体例，使得其文必然趋于简古，且近乎骈偶，无意仔细描摹山水。唐人中喜山水、爱游历者比比皆是，但仍更习惯于写作山水诗，而不是游记。

真正使得作为重要文体的"游记"走向成熟的，只能是怀才不遇、孤愤幽渺的柳宗元。清人刘熙载在《艺概·文概》中称："柳州记山水，状人物，论文章，无不形容尽致；其自命为'牢笼百态'，固宜。"其实，要讲"状人物"，柳远不如韩；只有"记山水"，方才推柳氏独步。在为柳宗元撰墓志铭时，韩愈曾将柳文之必传，归之于主人政治上的极不得志。这一点，在山水游记中表现得尤为突出。正像韩愈假设的，子厚若"斥不久，穷不极"，必不能如此放恣山水，其为文也必不能如此幽深旷远。这不只是指其游记多系贬谪永州、柳州时所撰，更因其中的胸襟与感慨，非久居朝市中人所能道。

春风得意者也会徜徉山水,可那只是希企安逸与闲适,很难真正领略山水的情韵。柳文高于时人处,在于其蕴涵着抑郁与孤愤。《愚溪诗序》的"以愚触罪,谪潇水上",因而建愚溪、愚丘、愚泉、愚沟、愚池、愚堂、愚亭、愚岛等八处山水幽胜,且"以愚辞歌愚溪",如此寓言嘲世,近乎杂感。《钴鉧潭西小丘记》述过买小丘之后如何铲秽草伐恶木,使得"嘉木立,美竹露,奇石显",接下来方是文章立意的关键:

> 噫!以兹丘之胜,致之沣、镐、鄠、杜,则贵游之士争买者,日增千金而愈不可得。今弃是州也,农夫渔父过而陋之。贾四百,连岁不能售。而我与深源、克己独喜得之,是其果有遭乎?

前状小丘之胜景,后写弃掷之厄运,如此托物感慨,非常接近元结的《右溪记》。只是对于此等"无人赏爱"的山水,元结"徘徊溪上,为之怅然",柳宗元则"独喜得之",其中的差别意味深长。《始得西山宴游记》中有一句充满庄禅韵味的妙语:"心凝形释,与万化冥合。"在柳氏看来,只有进入此等物我合一的精神状态,"游于是乎始"。此等"同是天涯沦落人"的山水,远不只是观赏对象,更是千载难逢的"知音"。此种境界,使得柳文除了慨叹不遇,还别有体悟山水的幽怀。这才能理解柳氏为何抱着极大的热情,工笔细描其眼中充满灵性的山山水水。

柳文状物之工妙,历来为古文家所激赏。最常被引证的是《至小丘西小石潭记》中关于游鱼的描写:

> 潭中鱼可百许头，皆若空游无所依。日光下澈，影布石上，怡然不动，俶尔远逝，往来翕忽，似与游者同乐。

摹写鱼之游行，以见水之清冽，如此状物，可谓穷微尽妙。此数语似有所本，《水经注》卷二二状写洈水时有云："平潭清洁澄深，俯视游鱼，类若乘空矣，所谓渊无潜鳞也。"卷三七描摹夷水时又称："其水虚映，俯视游鱼，如乘空也。"可这最多只能说明"皆若空游无所依"一句的来历，至于"影布石上"的特写，以及由"怡然不动"而产生"似与游者同乐"的推想，仍属柳氏的独创。柳氏读书博杂，取径多方，其山水游记得益于《山海经》《水经注》等，一点也不奇怪。若抓住一两句相似的描写大做文章，抹杀柳文的独创性，实在不应该。清人陈衍在批评姚鼐之妄加比附时，有一句话说中要害："《山海经》系载此处行产之物，柳文乃记此时此处所见之物。"① 此等"皆就当日所目击者记之"的著述体例，正是柳文作为游记最值得称道的特征。"永州八记"各文韵味不大相同，或幽僻，或冷艳，或寂寥，或旷远；但在着力摹写、突出山水个性这点上，并无二致。而正是这种体贴入微、刻画尽致的写生本领，为宋人所无法企及。

宋人游记，自有其长处，但像柳文那样扎硬寨打死仗、如画工绘事曲尽物态的，即便欧苏也难以为继。还有一点，柳氏游记的幽深取径于"骚"，而宋六家文的旷达则得益于"庄"。宋人游记佳妙之处，不在"牢骚"与"刻画"，而在"潇洒"与"议论"。

任何时代都会有"不遇"与"不平"，只是宋人普遍不像唐人那

---

① 陈衍：《石遗室论文》卷四。

么抑郁悲愤。一方面，文人在宋代地位较高，待遇相当优厚；另一方面，也与其讲求道德修养有关。既然以治国平天下为志向，个人的得失荣辱不大好意思常挂嘴边。读读范仲淹《岳阳楼记》、欧阳修《丰乐亭记》、苏轼《喜雨亭记》、苏辙《黄州快哉亭记》等，都是题小而境大，一转便是国计民生、与民同乐等超越个人悲喜的壮语。是否真的因以天下之忧乐为先，故无暇"悲伤憔悴"，颇为值得怀疑；更为突出的印象是"超然物外"，借用苏辙对快哉亭的解释："使其中坦然，不以物伤性，将何适而非快？"宋人对心地坦然、胸次洒落的人生境界看得很重，甚至不无刻意追求的成分。这种"以适意为悦"，故"雨雪之朝风月之夕"皆能"乐哉游乎"的最佳范例，非东坡居士莫属。① 与这种"不以物喜，不以己悲"的怡然自得相表里，苏轼等人的游记也以散澹自然取胜。《东坡志林》之"记游"皆随意起讫，如行云流水，就因其得悟人生没什么"歇不得处"，故"月色入户，欣然起行"，以洒脱傲视韩愈之执著与功利。② 这里所说的宋代游记，以北宋六家及苏门弟子为主；宋末遗民凭吊古迹时的沉郁忧愤（如谢翱《登西台恸哭记》、佚名《游韩平原故园》）不在此例，因后者无心鉴赏山水，也不以撰写游记为荣。

宋人游记更喜欢渲染氛围、经营意境，而不太注重模山范水。若秦观《龙井题名记》、晁补之《新城游北山记》那样仔细记录游踪、描摹景象，让读者也都"恍惚若有遇"者，已属凤毛麟角。更重要的是，长于议论的宋人，并不满足于"观山则情满于山"，而希望借山水显示"学识"与"理趣"。后人常常提及宋人的以论为

---

① 参阅苏辙《武昌九曲亭记》、苏轼《超然台记》。
② 参阅《东坡志林》卷一之《记游松风亭》《记承天寺夜游》和《儋耳夜书》。

记，而对于其表达"理趣"的方法则很少考究。明人注意到韩愈的《燕喜亭记》已涉议论，故称记体之变由来有渐。① 其实，宋人游记之不同于唐人，除了喜欢发议论，还在于这种议论往往借助于考辨表达出来。韩柳记游时偶尔也会引入议论，不过那是直抒胸臆，不像宋人先来一番历史考据或金石辨析，而后才推出自己的见解。历来为人传诵不已的王安石《游褒禅山记》、苏轼《石钟山记》等，如果没有阅读仆碑及考辨《水经》的笔墨，必将大为逊色。实际上，游记中之议论，不可能真的"思深旨远"。此类文章的魅力，在于将常人心智就能领略的"理趣"，用不平常的手法表达出来："景"之中，凸现"论"；"文"之外，引入"学"。略带考据，使得此类文章避免了轻浮与滑腻，苦涩处透出幽深。

陆游的《入蜀记》与范成大的《吴船录》，在描述旅途所见山川风情、名胜古迹时，夹杂着大量的考辨与议论。更重要的是，这两部著作将唐人李翱开创的旅行日记推进了一步，形成一种排日记纂、可分可合的系列游记。这种注重录见闻、辨真伪的著述特征，与宋人强烈的史学趣味颇有关系。相对于单纯寻访古迹、考辨文物的旅行，随徽、钦二帝被俘北行或奉命出使金国，心情无疑更为沉重；记录沿途所见城郭依旧遗民忍泪的旅行记，当然也更有史学价值。两宋之际出现的《呻吟语》《揽辔录》《北行日录》等，或只剩残篇，或作者已佚，但其代表的家国兴亡之际游记的转型，仍值得关注。

南宋山水游记不太发达，与文人难得悠闲的心境有关。一百五十年间，并非总是烽火连天，但残山剩水的感觉，深深刺痛有良知的读书人。记取眼前风景，似乎还不及追怀往日繁华更容易引人入

---

① 参阅吴讷《文章辨体序说》和徐师曾《文体明辨序说》中关于"记"的论述。

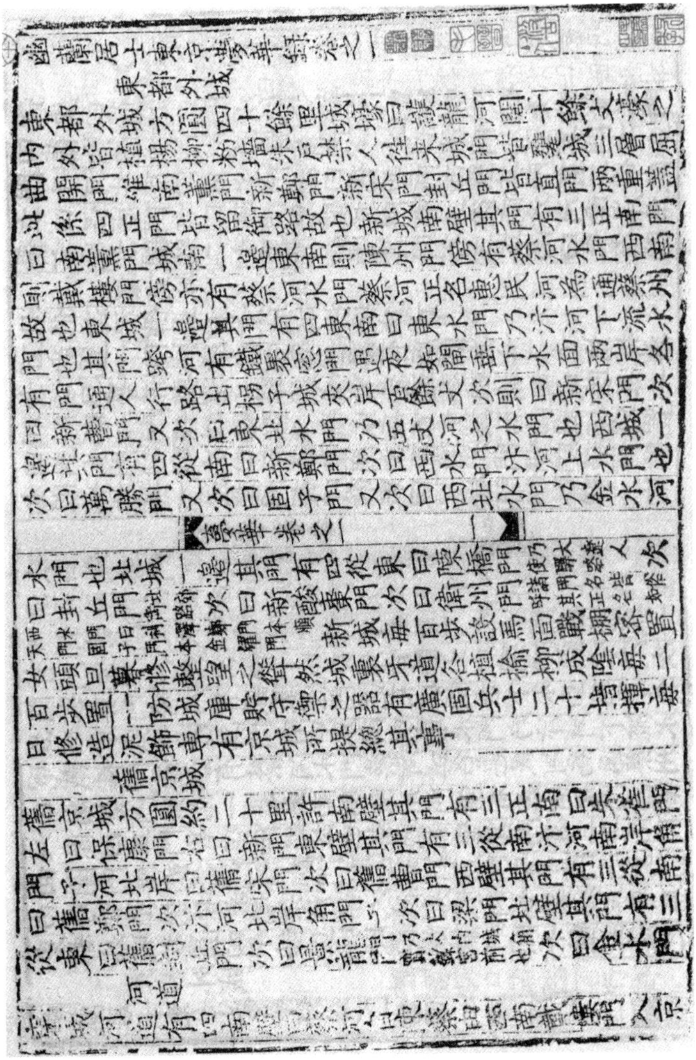

图3－5　元刻本孟元老《幽兰居士东京梦华录》书影

胜。将追忆、纪游与方志结合起来的思路，成就了孟元老的《东京梦华录》与周密的《武林旧事》。记录都市风情的著作不止这两部，但难得像孟、周那样饱含深情，而且文笔清新雅驯。

作为唐宋古文主体的赠序、墓志与游记，明清以下命运不大一样。虽然三者仍是文人最喜欢的文体，但相对来说，游记的发展前景，似乎超过墓志与赠序。

第四章　八股时代与晚明小品

　　八股文体
　　文必秦汉
　　独抒性灵
　　晚明小品
　　从山人到遗民

　　明清两代，以八股取士，文运兴衰自然与之密切相关。天下读书人为求功名，不能不潜心钻研"制艺"。举子学时文，固然大多将其作为"敲门砖"；只是多年修习，潜移默化，走出考场的文人学士，落笔时难免仍带"八股气"。时文自是不入高人眼，不断招来冷嘲热讽，可这丝毫无损其身价。只要八股仍是科举考试的主要科目，便必然影响一代文风。浸染其中不用说，即便是举旗反叛，也都隐然将其作为"对话者"。明清两代诸多才子之舞文弄墨，当然不能简化为对八股的皈依或反叛；但"独领风骚"五六百年的八股文，其对中国思想、文学的深刻影响，无论如何不该低估。

　　明人宋应星对朝廷以八股文章所取之士"遇寇逢艰"则束手无策大不以为然，其《进身议》中有一段话，明褒而实贬：

从古取士进身之法，势重则反，时久必更。两汉方正贤良，魏晋九品中正，唐宋博学弘词、明经、诗赋诸科，最久者百年而止矣。垂三百年，归重科举一途而不变者，则惟我朝。①

明清易代，科举不废，八股文运又延续了两百多年。不管后人如何评说，一种文体，借助于统治者的提倡而"风光"了好几百年，实在是个奇迹。周作人称"八股是中国文学史上承先启后的一个大关键"，不先明白八股文，"既不能通旧的传统之极致，亦遂不能知新的反动之起源"②，此说不无道理。别的文体（如小说戏曲）也与八股有瓜葛，但都不若古文与之"休戚相关"。如此说来，谈论明清散文，引进八股的阴影，便属题中应有之义。

一　八股文体

八股文体（又称"八比""制艺"或"制义""经义""时文"等）之溯源，历来众说纷纭。很大原因在于作为明清科举考试主要文体的八股文，并非只有单一的来源。清人刘熙载称"制义推明经意，近于传体"，近人朱自清也将"南北朝义疏之学"作为八股最古的源头，着眼点不在外在形式，而是其演释四书五经义理的内在思路。③制艺固然以八股为中心，但破题、承题、起讲以至大结等，更是其突

---

① 《宋应星佚著四种·野议》，上海人民出版社1976年版。
② 周作人：《论八股文》，《看云集》，开明书店1932年版。
③ 刘熙载：《艺概》卷六《经义概》；朱自清：《经典常谈》，第133页。

出的文体特征。"大结"借发挥经义陈述政见，可以追溯到古已有之的"策问"，只是文网日严、言路日窄，康熙时因可能触及时忌或暗藏机关而被废止。"破题""承题"不始于八股，唐赋、试律已有例在先。清人毛西河《〈唐人试帖〉序》中关于试律之法同于八比的论述，深得其中奥秘。① 至于此文体中心部分的"八股"，因其讲究对仗排偶，很容易让人联想到骈俪之文。是否真如阮元所言，《两都赋》"即开明人八比之先路"，尚有争议；但八股乃骈俪之支流余裔，或者说是"骈文的最下乘"，这点几乎众口一词。②

八股古称"代言"，其关键在于"代圣贤立言"。因而，从"起讲"起就必须站在所代圣贤的立场，发挥其该说而没说的"千言万语"（实际上字数有严格的规定）。张冠李戴固然不允许，今为古用更是大忌，挖空心思地在"四书""五经"中翻筋斗，迎合圣上意旨的同时还得符合古人身份，这就需要"设身处地"揣摩角色。刘师培讥明代以降，"代圣贤立言"的士人只知"描摹口角，以逼肖为能，尤与曲剧相符"。这段八股与曲剧的比附，尤其是破题即曲剧之引子、提比中比即曲剧之套数云云，发明权其实属于清人焦循。③ 此说颇新奇，然以八股通曲意则可，以八比之文出于金、元曲剧则嫌武断。理由很简单，就像唐人的试帖诗影响了明清的八股文，但两者的体制仍不能混同。更何况八股的直接源头乃宋人的

---

① 纪昀称此说"确论不磨"，周作人也以为"这实在说得明白晓畅，所以后人无不信服"。参见周氏《关于试帖》，《瓜豆集》，宇宙风社1937年版。
② 参阅钱锺书《谈艺录》（中华书局1984年版）第32页、瞿兑之《中国骈文概论》之"八股与骈文"章（《中国文学八论》，世界书局1936年版）。
③ 刘师培：《中国中古文学史 论文杂记》，第133页；焦循：《易余龠录》卷一七。

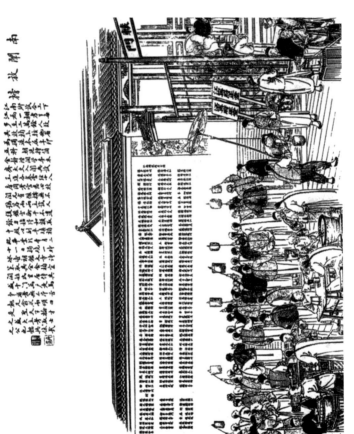

图 4-1 《点石斋画报》"南闱放榜"

经义。尽管顾炎武称"经义之文,流俗谓之八股,盖始于成化以后";可追根溯源,还是不能不从王安石的罢诗赋而以经义策论试进士说起。① 这一点《明史·选举志》说得很清楚:"其文略仿宋经义,然代古人语气为之,体用排偶,谓之八股,通谓之制义。"故商衍鎏对顾说的修订不无道理:"然则八股之法,实肇于宋绍兴、淳祐,定于明之洪武,而盛于成化以后者。"② 如果需要再添一句,那就是亡于清光绪三十一年,即公元1905年。此前虽已改试策论,但科举一日不废,八股阴魂仍在。

商氏本人系末代探花,对八股文运之升降有切身的感受。其比较历朝时文大家之得失以及文格如何随时势而变更,都非常人所能道。可八股毕竟属于科场,所谓"新科利器",只对渴望功名的举子有诱惑力,以之入集只能贻笑大方。五六百年间无数读书人为之呕心沥血的八股,竟留不下几篇好文章,单是这一点,便足以证明此文体之病入膏肓。时人对八股有过许多尖刻的批评,比如黄宗羲称"科举之弊,未有甚于今日矣",颜元说得更痛快:"八股行而天下无学术,无学术则无政事,无政事则无治功,无治功则无升平矣!故八股之害,甚于焚坑。"③ 论者直接针对的是朝廷以虚文取士,因而多在举子学问如何空疏、官吏治国如何无能上做文章,而不大涉及作为一种文体的八股之弊。傅山也谈八股,而且很有风趣:

> 仔细想来,便此技到绝顶,要他何用。文事武备,暗暗底吃

---

① 参阅顾炎武《日知录》卷一六"试文格式""经义策论"等则。
② 商衍鎏:《清代科举考试述录》,生活·读书·新知三联书店1983年版,第231页。
③ 黄宗羲:《明夷待访录·科举》;颜元:《习斋言行录》卷下。

了他没影子亏。要将此事算接孔孟之脉,真恶心杀,真恶心杀。①

可到底"文事"如何吃亏,仍然没有说出个子丑寅卯来。大概那些忧国忧民、以天下为己任的读书人,认定八股之害首先是摧残士气、戕害人才,至于流毒文坛尚在其次。这种想法自然在理。不过论题所限,这里还是希望集中探讨八股对于明清文运的影响。

黄宗羲总结有明一代文章,有几句痛心疾首的议论:"三百年人士之精神,专注于场屋之业,割其余以为古文,其不能尽如前代之盛者,无足怪也。"这里说的当然不是士子因准备举业而无暇为文,而是制艺对于古文的毒害。黄氏之不能同意时人对于归有光的推许,便因其"时文境界,间或阑入"②。

时文不等于科举,却是举业的关键。明清两代乡试会试内容变化不大,大都首场"四书",二场经文,三场策对。理论上三场并重,可实际操作起来重在首场。"四书"文本就简单,以之取士数百年,场屋可出之题士子早已预拟,用不着博学杂采也能顺利过关。顾炎武称举子不学,皆因朝廷"专重初场之过也";钱大昕建议调整考试次序,降低四书文的重要性。③ 一直到晚清,王先谦、康有为等都曾设想借突出策论来补救科举取士之弊。④ 实际上,时人及后人对科举的批判,主要集中在首场,即阐发四书文的

---

① 傅山:《霜红庵集》卷一八《书成弘文后》。
② 黄宗羲:《南雷文约》卷四《明文案序上》。
③ 参阅顾炎武《日知录》卷一六"制科"则以及钱大昕为《日知录》卷一六"三场"则所作的注解。
④ 参阅王德昭《清代科举制度研究》(中华书局1984年版)第二章以及张仲礼著,李荣昌译《中国绅士》(上海社会科学院出版社1991年版)第三章第二节。

"制艺"。

时文中有没有好文章，黄宗羲和袁宏道意见截然相反，这点暂不评议；不过，以所谓的"文学性"来评价时文，只能说是文人的"私心"或曰"积习"。时文乃朝廷选拔人才的特定手段，而不是文人逞才使气的地方。科举考试主要目的是诱使士子诵习儒家经书，倡导忠义廉耻之说，即所谓"抉经心而明义理，扶人伦而阐心性"；康有为、严复等力倡废除八股时，也承认当初立法者化民成俗的美意。① 在化民成俗的同时选拔治理国家的人才，这里的"人才"，既非刑名钱谷，也非诗文辞赋——前者有幕客书吏代劳，后者则无关治国安邦。因此，工诗文而久困场屋，不能一概埋怨考官"有眼无珠"。

"科第自科第，文章自文章"②，康有为一句大白话，道破科场奥秘。这并非落第者的自我安慰，朝廷需要的是官吏而不是文士，考试自然注重思想倾向与基本技能，也就是明太祖立《卧碑》时所规定的："说经者以宋儒传注为宗，行文者以典实纯正为主"；"炫奇立异者，文虽工弗录"。《明会典》卷七七《科举·科举通例》收录有明各代皇帝关于科举文体的训令，全都强调"平实"而力戒"浮华"，这对才情纵横的文士极端不利。如此说来，从立说到行文都有一定之规、不准"炫奇立异"的八股，出不了好文章，一点也不奇怪。文学史家诅咒八股，不是因其科场中的表现，而是读书人耳濡目染，很容易感染其酸气、腐气与死气。

---

① 参阅康有为《请废八股试帖楷法试士改用策论折》(《康有为政论集》，中华书局 1981 年版)、严复《救亡决论》(《严复集》，中华书局 1986 年版)。

② 康有为：《万木草堂口说》"文学"及"袁稿"节，《长兴学记 桂学答问 万木草堂口说》，中华书局 1988 年版。

八股乃凑合多种文体而成，其基本技法并非毫无道理，再加上千百万读书人熔铸经史、驰骋才智，不难做到"去蘩芜以归雅正"。可要说修辞立诚、抒情达意，实在勉为其难。首先，八股立说需根于题、原于经，个人才情只能在此范围内施展。表面上也都巧密灵便且义正词严，可惜剽窃古人、宰割圣贤，全非自家面目。所谓"代圣贤立言"，要求举子揣摩圣贤心意，而不是像圣贤那样独立思考。章学诚称乡会二试之发策决科，皆考举子之记诵，因在主事者看来，"本无缺事失理有待于士子之敷陈也"。故时文立说不同于诸子，切忌"自恣其说"，也不可"杂以百家之学"，只须绕着题目背诵圣贤之言。① 既无独立的思想，落笔时又得严守格式，文情两失，焉能有好文章？借用顾炎武的话来说，就是："文章无定格，立一格而后为文，其文不足言矣。"② 至于改试经义使得读书无多思想狭窄、注重骈偶使得雕琢字句浮华轻薄，这些尚在其次。明清两代文坛最主要的争执，始终围绕要不要发出"自己"的声音、能不能违背"公认"的义法来展开。用"畏首畏尾"来形容应举之文和在位之臣，或者用"奴"与"不奴"来区分两种书风、文风，虽系旁敲侧击，却也一语中的——顾亭林与傅青主其实都不曾卷入其时的文坛之争。③

---

　　① 焦循《雕菰集》卷一〇《时文说一》称："诸子之说根于己，时文之意根于题。"刘熙载《艺概》卷六《经义概》称："他文犹可杂以百家之学，经义则惟圣道是明。"
　　② 顾炎武：《日知录》卷一六"程文"则。
　　③ 参阅顾炎武《日知录》卷一六"诗文格式"则、傅山《霜红庵集·杂记三》。

周作人曾将"五四"文学革命看作"对于八股文化的一个反动"①，其实，明清文坛的许多争论，都可从回应"八股文化"的角度来解读。回应的方法千差万别，可以是颠覆，可以是补阙，也可以是对于"回应"的回应。八股毕竟是"流行"五六百年的重要文体，几乎所有读书人都曾与之格斗。即便今日常被提及的反八股斗士，也都曾在科举场中厮杀过，故其文集中不难找到对时文截然不同的评价。更何况一旦为人师表，不敢"误人子弟"，总该认真教习时文才是。顾炎武《日知录》中提及"父师交相谯呵"通经好古之少年，唯恐其"不得颛业于帖括，而将为坎坷不利之人"②。这种博取功名富贵之心，乃人之常情，没必要"几于不共戴天"——论文时极诋八股的章学诚，留别诸生时谆谆教诲如何积学习文准备举业；康有为上疏请废八股前不久，还在广州万木草堂大讲"八股亦不必废，作者能上下古今，何尝不佳"。③ 在科举制度取消以前，寻找一点不受时文污染的文章高手，只能说是近乎神话。

正如章学诚所说的，"时文之体虽曰卑下，然其文境无所不包，说理、论事、辞命、记叙、纪传、考订，各有得其近似"④。久困场屋、终日揣摩时文者，其文必浅陋；可初学者则不妨从中学习起承转合等结构技法，以及如何调谐骈散、沟通理路。清人关于"时

---

① 参阅周作人《中国新文学的源流》及其附录《论八股文》，人文书店 1932 年版。
② 顾炎武：《日知录》卷一六"十八房"则。
③ 参阅章学诚《清漳书院留别条训》、康有为《万木草堂口说》"文学"节。
④ 章学诚：《论课蒙学文法》。

文虽无与诗古文,然不解八股,即理路终不分明"① 的说法,并非无稽之谈。钱基博甚至指实梁启超文章之纵横跌宕,"有袭八股排比之调",严复文章之文理密察,"有用八股偶比之格"。② 可见,所谓某某文章蜕自八股、某某文章阑入时文之类的批评,仍须进一步分疏:关键在于如何挣脱时文的束缚,转化时文的眼光和理路,并找到属于自己的文体感觉。前后七子的文必秦汉、唐宋派的以古文为时文、公安派的为制艺辩解,以及桐城义法的由来等等,都涉及如何面对此明清两代"萃天下之精神,为之一的"③ 的八股文。

二 文必秦汉

焦循提及"有明二百七十年,镂心刻骨于八股",故八股文乃继楚骚、汉赋、唐诗、宋词、元曲后"立一门户",大可值得骄傲。此说根于其"一代有一代之所胜"的文学史观。将八股作为明代的代表性文体,想来非明人所愿意接受。至于称李梦阳、何景明、王世贞、李攀龙的自命复古乃"舍其所胜",反而弄得"寄人篱下"④,倒是点出前后七子与八股文的微妙关系,以及其为求独立

---

① 王士禛《池北偶谈》卷一三"时文诗古文"条称:"予尝见一布衣有诗名者,其诗多有格格不达,以问汪钝翁编修,云:'此君坐未尝解为时文故耳。'时文虽无与诗古文,然不解八股,即理路终不分明。近见王恽《玉堂嘉话》一条:'鹿庵先生曰:作文字当从科举中来。不然,而汗漫披猖,是出入不由户也。'亦与此意同。"
② 钱基博:《现代中国文学史》,岳麓书社1986年版,第409页。
③ 袁宏道:《潇碧堂集》卷一一《郝公琰诗叙》。
④ 参阅焦循《易余龠录》卷一五及《雕菰集》卷一〇《时文说三》。

反成附庸的尴尬处境。

　　自明太祖废胡俗复汉制、立学校兴科举，读书人颇受优遇。可这是以"莫谈国是"为交换条件的，也就是《卧碑》所规定的"天下利病，诸人皆许直言，惟生员不许"。不许问天下利病，只准代圣贤立言——赴考时孔孟程朱，立朝则当今皇上。全段精神俱在时文的举子，得官后很容易一出手便是台阁体。明初虽有宋濂、刘基等崛起于乱世之中，故能自抒胸臆，但很快便是三杨（杨士奇、杨荣、杨溥）的天下。在内在精神上，八股文与台阁体息息相通，都以努力取消自己的独立声音为基本特征。此等"应制""颂圣"之作，标榜"雍容典雅"，既可以点缀升平，又易于模仿复制，难怪其风行海内几十年。其后有立朝五十年，因"奖成后学，推挽才隽"而成一代宗师的李东阳。尽管王世贞和钱谦益都认定其推许唐诗对前七子很有影响[1]，但其文讲"操纵开阖"且"必有一定之准"[2]，风格仍是安闲平稳，只不过较三杨稍胜一筹。

　　真正对八股文和台阁体提出挑战的，是以李梦阳、何景明为代表的前七子。黄宗羲《明文案序下》有一段关于前后七子的论述，常被后世论者所引用：

> 自空同出，突如以起衰救弊为己任。汝南何大复友而应之，其说大行。夫唐承徐、庾之汩没，故昌黎以六经之文变之；宋承西昆之陷溺，故庐陵以昌黎之文变之；当空同之时，韩、欧之道如日中天，人方企仰之不暇，而空同矫为秦汉之

---

[1]　参阅王世贞《艺苑卮言》和钱谦益《列朝诗集小传》"李少师东阳"条。
[2]　李东阳：《怀麓堂全集文后稿》卷三《春雨堂稿序》。

说，凭陵韩、欧，是以旁出唐子窜居正统，适以衰之弊之也。其后王、李嗣兴，持论益甚，招徕天下，靡然而为黄茅白苇之习。曰"古文之法亡于韩"；又曰"不读唐以后书"，则古今之书，去其三分之二矣；又曰"视古修辞宁失诸理"，六经所言唯理，抑亦可以尽去乎？百年人士染公超之雾而死者，大概便其不学耳。

批评明人空疏不学而又好为高论，这点并非黄氏的独创，清初此类议论甚多。在描述前后七子追踪秦汉的主张与实践时，黄氏没能解释何以同是为了"起衰救弊"而复古，唐人、宋人获得成功，而明人则失败。单是一句"招徕天下"不足以罪人，韩愈何曾不是广收门徒号令四方？照黄氏的思路，韩文公复古是挽狂澜于既倒，前面有"八代之衰"垫底；李、何等人则没有这种权利，因其时"韩、欧之道如日中天"。这一判断明显有误，其时真正"如日中天"的是八股文与台阁体。成、弘间多台阁雍容之作，"诗道旁落"，"真诗渐亡"，文章则"陈陈相因"，"千篇一律"，正是基于此，清人才称许梦阳之"振起痿痹"。① 文必秦汉、诗必盛唐之类的主张，固然流弊丛生，但毕竟使得百年来"镂心刻骨"于时文的读书人，知道"四书"外尚有古书，八股外尚有古文。更何况李、何等人奇崛古奥的文风，对其时过于典雅平熟的流行文体来说，也算一帖苦口的良药。

论文讲"法式"，就像学书需从临帖入手一样，本也不无道理；

---

① 参阅沈德潜《明诗别裁集》、朱彝尊《静志居诗话》卷一〇、《四库全书总目》卷一七一"《空同集》"则。

至于"法式"秦汉而不是唐宋,不过举第一义以高自标榜。仔细分疏,前后七子并非只是"独守尺寸",也有不少讲格调求变化、注重才情学识的说法,可世人记得的则是其"文必秦汉"之类大而无当的口号。当初以此风靡天下,独霸文坛,后世则因此大遭讨伐。这与其推倒一切的思路、唯我独尊的意气以及语不惊人死不休的论说风格有关。所谓"西京之后,作者勿论矣"(李梦阳),"文靡于隋,韩文振之,然古文之法亡于韩"(何景明),"秦汉以后无文矣"(李攀龙),"文必西汉,诗必盛唐,大历以后书勿读"(王世贞),全是些"振聋发聩"或曰"大言欺世"的漂亮话。《艺苑卮言》里此类横扫千古因而痛快一时的漂亮话甚多,王氏晚年表示悔此少作;可当初不以此等口吻"是古非今",也就谈不上"声华意气笼盖海内"了。①

《明史·文苑传·李攀龙传》中有一段关于后七子成名经过的描述,寥寥二十六字,相当传神,颇能概括明代文坛的风气:

> 诸人多少年,才高气锐,互相标榜,视当世无人,七才子之名,播天下。

"才高气锐"者,代不乏人,只不过难得像明人那么公开地"视当世无人"而已。说到底"视当世无人"也只是幌子,要不该是狂傲不羁、各不依附才是,为何有那么多"靡然成风"?看来"互相标榜"才是关键。文人喜标榜,自古皆然,然而于明为烈。除了各种揣摩时文切磋举业的文社、诗社,还有诸多泛加品题的"七子"

---

① 参阅《列朝诗集小传》丙集、《明史·文苑传·王世贞传》。

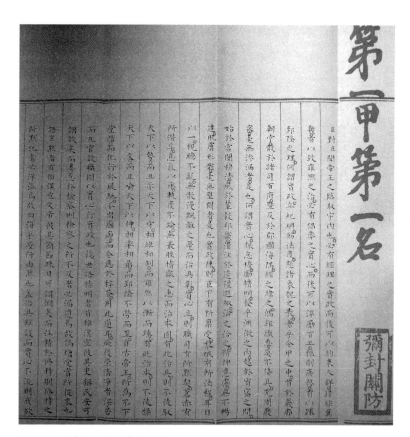

图 4-2 明代赵秉忠殿试状元卷

"四杰"之类,都是为了追赶或创造"时尚"。结盟立社与互相标榜均与制造风气有关,故明代文坛多一呼百应、靡然成风的怪事。看看他们如何共举义旗自立门户,后来又如何互相排挤削名除籍(最典型的是王世贞削谢榛名于七子之列),不难明白文学口号背后的权力意志,也容易理解为什么明人那么喜欢走极端。郭绍虞称李梦阳开启盛气凌人压倒一切的批评风气,"颇带一些法西斯式作风",其流弊使得"一部明代文学史,殆全是文人分门立户标榜攻击的历史"①,虽略为言重了些,但不无道理。

这是个文学口号远比其创作实践显赫的时代,沸沸扬扬的家法之争、门派之别,掩盖了作家的个人风格及其艰苦的艺术追求。黄宗羲撰《明文案序上》,感叹有明一代文章,有名篇而无名家。其实,更大的灾难在于文坛上旗帜鲜明,后人远远望去,只见"派"而不见"人"。

前后七子的拟古,应该说各具面目,黄宗羲和钱谦益都有若干精彩的分疏;可作为一个流派,后人只注意其尺尺寸寸固守秦汉规矩,以及割缀古语、剽窃声句、聱牙戟口、以艰深文浅陋等等。这与当事人初揭义旗时的理想相差十万八千里——即便夹杂个人意气,梦阳等人毕竟是作为八股文和台阁体的革命者而登上文坛的,为何落到这般境地?

回到黄宗羲涉及而不曾直接面对的问题:为什么同是复古,唐宋人成功而明人却失败?法与变、古与今、理与情,这些都是文学史上永恒的话题,无所谓绝对的是与非。前后七子之所以创作成绩

---

① 参阅郭绍虞《中国文学批评史》(上海古籍出版社1979年版)第349页、《照隅室古典文学论集》上编第513页。

不大，个人才情固然有关，但更重要的是其模拟秦汉，以及模拟时只袭声口不问学说的文学取径。

八股文和台阁体的最大弊病不在平熟呆板，而在没有自己的声音。摘下"代圣贤立言"的面具，这固然很好；可倘若找不到自己的声音，文章照样还是"言之无物"。

嘲笑韩愈文以载道，或者批评宋儒以理为诗，这都不成问题。可动辄诋人"宋学"的李梦阳们，哪来的思想资源？模仿秦汉之文，而又不愿涉及诸子百家丰富且深邃的思想学说，所谓"复古"便只剩下雕琢词句了。李攀龙《赠王序》谓"视古修词，宁失诸理"，王世贞《赠李序》则曰"六经固理薮，已尽，不复措语矣"。袁宗道于是追问：既"强赖古人无理"，又"不许今人有理"，何以立说？① 在公安派看来，先秦诸子文章之所以光照万世，后人废它不得，就因为其"见从己出，不曾依傍半个古人，所以他顶天立地"。撇开各家各派自得之理，只揣摩古奥词句，探其病源，"不在模拟而在无识"。因"无识"，故只能"募缘残溺，盗窃遗矢""顺口接屁，倚势欺良"。②

公安派以扫荡"复古妖氛"而崛起，其立论不免矫枉过正，且带意气之争。不过批评前后七子将"学问"与"言语"分离因而无法自立，却是击中要害。不要说韩愈的"文起八代之衰"是和"道济天下之溺"结合在一起，即便公安派之与王学左派挂钩，也是前后七子所望尘莫及的。将一个文学运动限制在"法式"层面，并与思想、学说完全隔绝，其命运可想而知。不读唐以后书，已经

---

① 袁宗道：《白苏斋类稿》卷二〇《论文下》。
② 参阅袁宏道《与张幼于》和袁宗道《论文下》。

眼界相当狭隘，再加上读书不求义理，更难避思想浅陋之讥。论者之所以批评拟古诸君"不学"，针对的并非具体人事（如王世贞其实读书甚多），而是这种文学主张所必然带来的流弊。

拟古诸君眼界之窄与见识之浅，除了源于其对经史价值的误解，更因其对当代文化及新文体的漠视。韩柳古文的成就，与其借鉴唐代小说笔法有关；而前后七子生当小说艺术已经相当成熟的明代，却对其毫无兴趣，实在令人遗憾。李贽及公安派诸君思想通达，趣味广泛，也表现在其对待小说、戏曲、歌谣等"不登大雅之堂"文体的强烈兴趣上。

至于同样推崇秦汉文章，前后七子取法其上，为何反不及唐宋派诸君？这是个相当有趣的问题。唐顺之对此有个大致合理的解释：

> 汉以前之文，未尝无法，而未尝有法，法寓于无法之中，故其为法也，密而不可窥。①

后人都说秦汉文章好，可妙在何处说不清，就因为秦汉之文原无规矩绳墨可言，出入神化，难以揣摩。硬要从中找出可以直接模仿的"法"来，很可能就是"决裂以为体，恒钉以为词"。韩、柳、欧、苏创立开阖起伏、经纬抑扬之法，使得后人有章可循，故易于模仿。明末艾南英将秦汉之文比喻为远隔大海的蓬山绝岛，而韩、欧则是到达绝岛的舟楫。渡海而不借舟楫，高则高矣，就怕难以如愿。

---

① 唐顺之：《荆川先生文集》卷一〇《董中峰侍郎文集序》。

之所以直接模仿秦汉文难得成功，在艾氏看来，主要是"秦汉去今远矣，其名物、器数、职官、地里、方言、里俗，皆与今殊"①，依样画葫芦，再好也只是假古董。其实名物器数倒在其次，方言俚俗的韵味尤其难以领略。古今语言变迁，千载之下，追踪并模拟六经、《左》《史》的口吻声调，谈何容易！对于明人来说，唐宋文不若秦汉文隔阂，故还能于抑扬顿挫种种神情上揣摩。这就决定了直接模拟秦汉文者，仅成貌似，反而是取径唐宋上追秦汉，还能得几分神韵。

三　独抒性灵

前后七子剽袭秦汉以致艰深钩棘不可卒读，自身文学成就不高，但由此可引出许多有趣的话题。比如，唐宋派与公安派的文学主张，都是对于"文必秦汉"的反动。只是前者与清代桐城派大有渊源，留待下章论述，这里先从更具挑战性的公安、竟陵说起。

谈论公安三袁的文学主张，不能不涉及其精神先驱李贽。尽管焦竑之反拟古、徐渭之主独创、汤显祖之重灵性，都对三袁的文学观念有影响，但三袁终生师事的唯有李卓吾。中郎初识卓吾在万历十九年（1591），时年方二十四，正奔波举业，尚未有独立思想。第二年登进士第，第三年共伯修、小修至龙湖求师问学。兄弟三人中受卓吾影响最深的当属中郎，小修为其兄长所撰行状，对此有过准确且精彩的描述：

---

① 艾南英：《天佣子全集》卷五《答陈人中论文书》。

先生既见龙湖，始知一向掇拾陈言，株守俗见，死于古人语下，一段精光不得披露。至是浩浩焉如鸿毛之遇顺风，巨鱼之纵大壑。能为心师，不师于心；能转古人，不为古转。发为语言，一一从胸襟流出，盖天盖地，如像截急流，雷开蛰户，浸浸乎其未有涯也。①

中郎本人也有不少关于卓吾的诗文书信，《锦帆集》中《与李宏甫书》最见性情："幸床头有《焚书》一部，愁可以破颜，病可以健脾，昏可以醒眼，甚得力。"

卓吾思想启悟中郎处甚多，其中关系文学批评最深的，自然是"童心说"，以及由此开发出来的对于"发于情性，出乎自然"的"天下之至文"的追求。自王阳明提倡个人良知，动摇程朱理学的正统地位；泰州学派攻击道学圣教，更开启了怀疑反叛的思潮。将其时的思想反叛和文学革新挂钩，最重要的文献便是李贽的《童心说》。针对世上通行的"以假人言假言，而事假事、文假文"，李贽标榜"绝假纯真"的"童心"：

天下之至文，未有不出于童心焉者也。苟童心常存，则道理不行，闻见不立，无时不文，无人不文，无一样创制体格文字而非文者。诗何必古选，文何必先秦！降而为六朝，变而为近体，又变而为传奇，变而为院本，为杂剧，为《西厢记》，为《水浒传》，为今之举子业，大贤言，圣人之道，皆古今至

---

① 袁中道：《珂雪斋文集》卷九《吏部验封司郎中中郎先生行状》。

文,不可得而时势先后论也。①

李贽对其时尚气壮如牛的赝古之士大不以为然,断言那些"依于理道合乎法度"者,"皆不可以语于天下之至文也"。批评拟古,非自李贽始;李贽的重要性在于提出作文可以不讲"结构之密,偶对之切",而只管"夺他人之酒杯,浇自己之垒块,诉心中之不平,感数奇于千载"②。强调自家心境与性情,追求胸有郁积一吐为快,再加上文体代变的眼光,这些都直接启迪了公安派的"性灵说"。

公安三袁,名声最大的自然是老二中郎。不过老大伯修从"时有古今,语言亦有古今"的角度论证前后七子拟古之荒谬,提倡"有一派学问,则酿出一种意见,有一种意见,则创出一般言语"③,对公安开派有创始之功。老三小修在世时间最长,眼见中郎发抒性灵之说风靡海内且出现流弊,一方面重申乃兄论文主旨,另一方面强调"天下无百年不变之文章"④,以"末流"与"作始"的相因相革,论证文学革新的必要性与可能性,等于为公安文论作历史定位。得此殿后,中郎学说方才发扬光大。

中郎论文,也是从反驳复古之说起步的。讥笑"袭古人语言之迹而冒以为古"者,为"处严冬而袭夏之葛者也",那是因为中郎心目中有个"代有升降,而法不相沿,各极其变,各穷其趣"的文学史观。其时嘲讽拟古的不止中郎一家,中郎特出之处在于嬉笑怒骂的同时,提出建设性的文学主张:"信腕信口,皆成律度","独

---

① 李贽:《焚书》卷三《童心说》。
② 李贽:《焚书》卷三《杂说》。
③ 袁宗道:《白苏斋类稿》卷二○《论文上》《论文下》。
④ 袁中道:《珂雪斋文集》卷一《花雪赋引》。

抒性灵，不拘格套"①。这两句话几乎成了公安派的"注册商标"，此外的千言万语，都不过是其引申发挥。论及文学与时代时强调"变"，论及社会与个人时主张"真"，论及学问与自然时突出"韵"与"趣"。前两说受卓吾影响很深，只不过态度更坚决、表述更精彩而已。关于"韵"与"趣"的陈说，方才显出作为文学家的袁宏道的独特思考。

摆脱拟古、冲破束缚以后的文学，该往何处去？单是一句"真人"与"真文"，不足以服人，也不足以标示路向。拈出既是生活态度，又是文学风格的"韵"与"趣"，终于使得公安派的文学革命具备某种方向感。即在追求生活的艺术化的同时，寻求艺术的生活化——理想的榜样便是陶渊明与苏东坡。晋人的玄远、宋人的潇洒，再加上一点代代相传的名士风流，便成了袁宏道等人追求的"闲适"。世上最难得的莫过于"韵"与"趣"，学道固然不能无韵，为文也不能无趣。可"韵"与"趣"非烧香拜佛或冥思苦想所能强求，就因为其"得之自然者深，得之学问者浅"②。以"无心""自在"来解说韵与趣，尚留卓吾印记。不过，这种旷逸任达、率性而行的生活态度与文学风格，已经逐渐从叛逆转为适世。也只有这样，公安派才可能从理论转为创作、从高文转为小品。

钱谦益论及袁宏道的文学贡献时称："中郎之论出，王、李之云雾一扫，天下之文人才士始知疏瀹心灵，搜剔慧性，以荡涤模拟

---

① 袁宏道：《瓶花斋集》卷六《雪涛阁集序》、《锦帆集》卷二《叙小修诗》。
② 袁宏道：《解脱集》卷三《叙陈正甫会心集》、《未编稿》卷二《寿存斋张公七十序》。

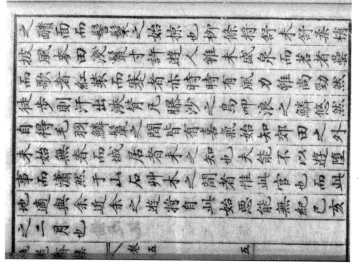

图 4-3 明万历勾吴袁氏书种堂刻《瓶花斋集》书影

涂泽之病，其功伟矣。"钱氏着眼于文学思潮，而且是选诗而非衡文，故只强调中郎"荡涤模拟"之功。中郎文远胜于诗，如从中国散文发展立论，中郎小品之"韵"与"趣"更值得仔细评说。钱氏算是第一个对公安文学作出公正评价的史家，指陈流弊时也相当严厉："机锋侧出，矫枉过正，于是狂瞽交扇，鄙俚公行，雅故灭裂，风华扫地。竟陵代起，以凄清幽独矫之，而海内之风气复大变。"① 除了对文学雅俗之评价颇有偏差外，钱氏的立说高屋建瓴，至今仍大致可信。

矫枉过正以致流弊丛生，既是革命者很难避免的陷阱，也与中郎之喜欢惊世骇俗，甚至游戏笔墨有关。《与张幼于》中有一段自述，言及其"立言亦自有矫枉之过"：

> 世人喜唐，仆则曰唐无诗；世人喜秦、汉，仆则曰秦、汉无文；世人卑宋黜元，仆则曰诗文在宋、元诸大家。

如此"信口而谈"，效果极佳，也能震撼一时；可此等"机锋"容易模仿，很快地满街都是类似的"警句"。小修抱怨世人误解中郎"以意役法"的革命意义，不从"极其韵致穷其变化"因而一洗格套陋习着眼，而只是"取先生少时偶尔率易之语，效颦学步"。作为补救，小修提出"学其发抒性灵，而力塞后来俚易之习"②。可"兼重格调"云云，只是表明公安派自我调整的意愿，实不足以成为一面新的文学旗帜。这才给竟陵派另立门户，标举"凄清幽独"留下余地。

---

① 钱谦益：《列朝诗集小传》丁集中"袁稽勋宏道"条。
② 袁中道：《珂雪斋文集》卷二《阮集之诗序》、卷三《袁中郎先生全集序》。

竟陵人钟惺、谭元春以评选《诗归》而驰名天下，其影响主要在诗而不在文。不过，钟、谭两篇《诗归序》在强调发掘古人之"幽情单绪"的同时，左右开弓，既批拟古派的滞熟，也骂公安派的轻浮，可作为一时文学风气转变的表征。其中钟氏的说法更为直接：

> 今非无学古者，大要取古人之极肤极狭极熟便于口手者，以为古人在是。便捷者矫之，必于古人外自为一人之诗以为异，要其异又皆同乎古人之险且僻者，不则其俚者也。则何以服学古者之心！①

明知"因袭有因袭之流弊，矫枉有矫枉之流弊"，钟、谭想用读书养气期在必厚来寻求超越。② 如此立说没有什么不妥，可就是缺乏理论上的洞见与锋芒。再加上限于学识与才情，竟陵派诗文过求幽独而成僻涩，为立孤峭而坠魔障。其文学史上的作用，主要是为公安派领导的文学潮流画上句号。后人论及晚明文学时，常将公安、竟陵连在一起褒贬，除了后者也讲性灵外，更重要的是其理论与创作均未能真正独立，基本上是在为前者"补阙纠偏"。

四　晚明小品

明代文坛或标举唐宋，或追踪秦汉，六经子史、韩柳欧苏，轮

---

① 钟惺：《隐秀轩文戊集》之《诗归序》。
② 参阅《隐秀轩文往集》之《与王稚恭兄弟》和《谭友夏合集》卷八《诗归序》。

番上阵领风骚。可真正使得明代文章独具面目的，不是"文起八代之衰"的韩文公，而是天才纵横的东坡居士。尽管袁中道也说"苏长公之才，实胜韩柳，而不及韩柳者，发泄太尽故也"①，可实际上没有谁比公安派更倚重苏轼的文章了。可以这么说，公安三袁"信腕信口，皆成律度"的主张之得以推广，很大程度得益于东坡文章的独特魅力。

东坡诗文受宠，早在三袁崛起之前。不过此前的推崇东坡，主要在其疏宕犀利的策论大有益于时文。所谓"苏文熟，吃羊肉"，陆游《老学庵笔记》已有记载；明清类似说法更多，最有名的是王世贞辑录《苏长公外纪》时所撰之序：

> 今天下以四姓目文章大家，独苏公之作最为便爽，而其所撰论策之类，于时为最近，故操觚之士，鲜不习苏公文者。

明人评点苏文且公之于世者数以百计，就因为"苏氏家法"便于揣摩，考场上"以古文为时文"，容易出奇制胜。

明人眼中东坡之由"以绝人之资，刳心经术"转为"肆笔而书，无非道妙神奇"②，李贽起了很大作用。万历二十八年（1600），卓吾依据其"快心却疾"之立意，"批削旁注"《坡仙集》。③ 此书问世当即风行海内，尤其是其兼收书柬、志林、杂作等以显示东坡人格魅力的思路，一改时人对苏文的理解。加上此后

---

① 袁中道：《珂雪斋文集》卷二《淡成集序》。
② 参阅焦竑《澹园续集》卷一《刻两苏经解序》、《澹园集》卷一四《刻苏长公集序》。
③ 李贽：《续焚书》卷一《与袁石浦书》。

公安性灵说的渲染,东坡形象日渐潇洒脱俗,文章也随之更加亲切自然。小修《答蔡观察元履》中对"率尔无意之作"的强调,可作为明人心目中东坡形象及文章转变的关键来把握:

> 今东坡之可爱者,多其小文小说,其高文大册,人固不深爱也。使尽去之而独存其高文大册,岂复有坡公哉?

日后风气转移,钟惺批评这种专录"小牍小文"而摒弃"论策奏议"的选家,乃是"不察其本末";可当初李贽、三袁之所以如此阅读,与其说是为了全面评价苏轼,不如说是为了张扬自己的文学主张。这才能理解为何小修笔锋一转,讨论起游记、小札、戏墨、尺牍乃至"片语只字"能否入文集来。① 正是在李贽、三袁的鼓噪下,高人韵士的欣赏趣味,迅速从"高文大册"转为"小文小说"。

此类颇具风韵的"小文",何人何时最早将其定义为"小品",尚待考定。不过由李贽评选苏文所引发的"小品热",除催生出一大批以小品命名的文集(著作如朱国祯《涌幢小品》、陈继儒《晚香堂小品》、王思任《文饭小品》,编选如陆云龙《皇明十六家小品》、卫泳《古文小品冰雪携》),更重要的是改变了时人的文体等级观念:不再追求代圣贤立言因而"庄严整栗"的大典,而宁愿欣赏并创作更能体现一己性情因而"短而隽异"的小品。这种对正统文学观念的反叛,既体现在将边缘性文类(如游记)推向中心,也体现在打破原有的文类划分(如尺牍之无所不能)。只有到了这种境地,所谓"独抒性灵,不拘格套"才可能真正实现。

---

① 参阅袁中道《答蔡观察元履》和钟惺《东坡文选序》。

如果品评隽永的"小文",不妨从先秦说起;可谈论作为一场文体革命的"小品",应该限制在晚明(讨论的作品不妨延续到清初)。晚明小品的韵味很容易把握,但晚明小品的特征很难描述。作家们向往挥洒自如,不屑于遵守原有的文类规则,甚至有意穿梭于不同文类之间。这种追求法外法、味外味、韵外韵的小品,一旦坐实为某体某文,难免"一说便俗"之讥。这里只是选择几个特殊角度,略加评说。

晚明小品中,最为后人称道的是山水游记。首先是钟情于山水,乐而忘返;落笔为文不过是事后追忆,或曰"卧游"。"山水"对于远离朝廷的小品作家来说,绝不仅仅是"描写对象",而是安身立命之处,寄托了其人格理想与审美趣味。隐于山水、游于山水、融于山水——没有山水也就没有公安、竟陵的性灵与小品。在晚明诗文中,"朝市"与"山水"构成两种不同的生活理想,讲"情"讲"韵"讲"趣"者,毫无疑问只能选择后者。"世路中人,或图功名,或治生产,尽自正经,争奈天地间好风月、好山水、好书籍,了不相涉,岂非枉却一生。"不管出于何种动机,这批隐士或准隐士都必须相信,江村散步"绝胜长安骑马冲泥"。① 不讲仕途经济,自有清风明月读书声。读书洗凡尘,黄山谷早就有言在先;袁中道强调的是:"吴越山水,可以涤浣俗肠。"这就难怪乃兄不惜以生命殉山水:"恋躯惜命,何用游山?且而与其死于床笫,孰若死于一片冷石也?"② 如此痴迷沉醉,方才能领略山水之性情,

---

① 参阅陆绍珩《醉古堂剑扫》、屠隆《在京与友人书》。
② 袁中道:《珂雪斋近集》卷一《东游日记》;袁宏道:《潇碧堂集》卷一三《开先寺至黄岩寺观瀑记》。

也才能写出山水之风韵。

山水情韵离不开名士风流,不知不觉间山水一转而为情人,也就是黄贞父《姚元素黄山记引》所说的,"我辈看名山,如看美人"。以中郎为例,写西湖则"山色如娥,花光如颊,温风如酒,波纹如绫,才一举头,已不觉目酣神醉。此时欲下一语描写不得,大约如东阿王梦中初遇洛神时也";写虎丘则"如冶女艳妆,掩映帘箔";写满井则"鲜妍明媚,如倩女之靧面,而髻鬟之始掠也"。以美女喻山水,好处是情景交融,缺点是容易流于轻佻。林纾斥其拂西施履迹而"魂销心死"的《灵岩》为"以香奁之体为古文",除了"载道"苦心可以不论外,确实说到了此类小品的特征。①

张岱跋《寓山注》,极赞赏作者笔墨之妙与闻见之真,甚至拉出三位写山水的圣手来垫底:

> 古人记山水手,太上郦道元,其次柳子厚,近时则袁中郎。读注中遒劲苍老,以郦为骨;深远冶淡,以柳为肤;灵巧俊快,以袁为修目灿眉。立起三人,奔走腕下。近来此事,不得不推重主人。

祁彪佳的《寓山注》述其卜居筑屋,以及为桥为榭为径为峰之经过,确是一组好文章。但要说让三圣手"奔走腕下",祁其实远不如张——焉知张岱不是借此表明自家之文学野心?

将中郎定为古今善写山水三人之一,固然没错,但晚明善写山

---

① 参阅袁宏道《初至西湖记》《满井游记》《灵岩》以及林纾的《春觉斋论文·忌轻儇》。

图 4-4 明何英《钓台图》

水的小品作家实在太多。中郎游西湖诸文自是隽永，伯修《西山五记》和小修《游西山十记》笔下的北地风光，一点也不比江南山水逊色。三袁游记"分题合咏"的结构方式，明显来自柳宗元的《永州八记》。是"小品"，又能成"长篇"，这种"系列游记"，在晚明非常流行，几乎每个名家的文集里都能找到，而且大都表现不俗。作为变体，《寓山注》加进了居室亭榭，《帝京景物略》则突出岁时风物；可"纪游"的叙述角度，以及鉴赏山水名胜的眼光，使得其整体看是园林、方志著作，分开读却是一则则"短而隽异"的小品。

以文章论，晚明的山水游记大多可观，人物传记则参差不齐。这与史官作传源远流长，不大容易有所突破有关。值得注意的是各种各样的"畸人传"，明显渗入笑话和小说笔法，因而大有可观。借自传抒写胸襟，或者为圬者种树之流立传，陶渊明、柳宗元均有例在先。若钟惺《白云先生传》以"自隐于诗"开篇，以"自今入市门，见卖菜佣皆物色之，恐有如白云先生其人者"结尾，虽也有味，但嫌过于沉重，不如中郎等人所作空灵。中郎《拙效传》以狡者得祸而拙者无过立意，近乎庄子寓言；可具体描述则类似笑话，如写四仆之一戚之拙："戚曾刈薪，跪而缚之，力过绳断，拳及其胸，闷绝仆地，半日始苏。"引入笑话，使原先庄严得近乎僵硬的传记文体顿时改观，变得笑容可掬起来。不再是录行状，而是写性格，"传记"与"传奇"因而相差无几。当然，这与所传之人非"达官贵人"有关。

晚明文人喜欢为市井隐逸、风尘侠女、黄冠缁衣立传，并非为了补正史之阙，而是标榜一种不同于"世路中人"的生活理想。着意强调其"痴"其"愚"其"迂"其"癖"，目的是为了与世人之

"假"形成鲜明的对照。小修《回君传》中传主之嗜酒，乃"耳目一，心志专，自酒以外，更无所知"，这远比世人之"杯虽在手而意别有营"更得人生真谛。表面上是借人物之"有瑜有瑕"，写出真正的人生百态，以"实录"精神取胜，其实小品所要表彰的，正是其"瑕"。以世人心目中的"瑕"为"瑜"，仍是传奇手法。张岱《家传》之《附传》中有一句话，可移用来概括晚明小品之写人："言其瑜则未必传，言其瑕则的的乎其可传也。"

这里的"瑕"，主要是指异于常人的"痴"与"癖"。而为"癖"平反，恰好是公安诸君的一大心愿。张岱《祁止祥癖》中的名言"人无癖不可与交，以其无深情也；人无疵不可与交，以其无真气也"，其立意来自中郎如下一段话：

> 嵇康之锻也，武子之马也，陆羽之茶也，米颠之石也，倪云林之洁也，皆以癖而寄其磊傀俊逸之气者也。余观世上语言无味面目可憎之人，皆无癖之人耳。若真有所癖，将沉缅酣溺，性命死生以之，何暇及钱奴宦贾之事？①

认定有"癖"者往往有"韵"有"趣"，"玩物丧志"的背后是保持一己之真性情。晚明文人的反叛性格，主要体现在蔑视正统，自居"畸人"（徐文长）、"赘人"（陈眉公）、"愚公"（虞长孺）与"病居士"（张大复）；落笔为文，便是这般无关载道方近风雅的"畸人传"。

最能体现晚明文人直抒性灵的文体，还属尺牍、序跋与杂记。

---

① 袁宏道：《瓶史》第十《好事》。

这些都是古已有之的文体，只不过晚明文人兴之所至，随意挥洒，将其发挥到淋漓尽致的境地。苏黄的尺牍、序跋历来被奉为不可企及的神品，晚明小品步趋其后，因有意为文而略少天趣。但文无定格，随物赋形，或记事，或言理，或抒怀，大都能做到公安派所标榜的"从自己胸臆流出"。此类文章，无视文体的规定性，纵横驰骋，变化莫测，情之所至，自能感人。借用中郎《叙小修诗》中一段话来描述：

> 有时情与境会，顷刻千言，如水东注，令人夺魂。其间有佳处，亦有疵处，佳处自不必言，即疵处亦多本色独造语。

晚明文人求做真人，推崇"本色独造"，为人为文均不避"疵处"，故其尺牍多率直而少幽深，其序跋多新奇而少板滞，大率以性情真挚、文字流走取胜。

所谓"率真则性灵现，性灵现则趣生"，照陆云龙的说法，"趣近于谐"。中郎之被人褒贬，其实在"谐"而不在"趣"。[1] 中郎虽有引笑话入传记的尝试，而且也不乏俚率与游戏之作；可要说嬉笑怒骂皆成文章，当让越人王思任。思任号谑庵，"聪明绝世，出言灵巧，与人谐谑，矢口放言，略无忌惮"[2]。其《题李卓吾先生小像赞》，无意中显示其师承："西方菩提，东方滑稽"，"是非颠倒，骂笑以嘻"。晚年刻《悔谑》据说是以志己过，谁知满口柴

---

[1] 关于"趣近于谐"的说法，参见陆云龙《叙袁中郎先生小品》；沈德潜《明诗别裁》卷一〇称"公安兄弟意矫王、李之弊，而入于俳谐"；李慈铭《越缦堂读书记》（咸丰辛酉九月初七）则称其"几同谐谑"而时有"幽隽之语"。

[2] 张岱：《琅嬛文集》卷四《王谑庵先生传》。

胡，谑毒益甚。《弈律》虽系游戏文章，但很见其风格与才情。拒绝马士英入浙，以小品笔调"上疏"，竟喊出传诵一时的"吾越乃报仇雪耻之国，非藏垢纳污之区也"。以诙谐之笔写浩然正气，也是晚明文学一绝。

五　从山人到遗民

公安派提倡独抒性灵，不拘格套，应该是与"未作破题，文章由我；既作破题，我由文章"① 的八股截然对立才是。可恰恰是李贽和公安三袁，为制艺讲了不少好话，甚至暗示其可能成为有明一代文章的代表。这种表面上的矛盾，或许隐藏着晚明小品发达的某些秘密。

李贽《焚书》卷三有一篇《时文后序》，以名臣辈出、文章灿然来为国家以之取士的时文辩解，与平日的叛逆口吻大相径庭。细细玩味，卓吾强调的是千古文章不同制，反对世人以时势先后定文体高低。这与《童心说》中主张《水浒传》与"今之举子业"皆可能成为"古今至文"一样，都是注重文体之变以及役法而不役于法的"童心"。为了突出"童心"，李贽故意贬低文体的重要性；专与时论作对，李贽又故意捧不登大雅之堂的"时文"，而冷落人人叫好的秦汉"古文"。

袁宏道力主代有升降而法不相沿，从这个角度来肯定属于明人的民歌和八股，这与李贽的思路很接近。可中郎还有别的发挥，比

---

① 刘熙载：《艺概》卷六《经义概》。

如,称"诗与举子业,异调同机者也";举子为求功名而钻研时文,"不为新奇不可得";二百年来士子"伸其独往者仅有此文",故千百年后时文或许反而不朽。①"时文不朽"的预测大概只能落空了,有意思的是其求新、求变、求真,以及自出手眼、"伸其独往"的文学追求。

不过,也不该忘记中郎少年科举得意、中年主试陕西的经历。或许正是这一点,使得他对八股文之是否束缚才情,与蒲松龄、吴敬梓的理解大不同。小修曾为其兄作行状,其中述及求学一段,后被《明史·文苑传》和《公安县志》所吸纳:

> 总角,工为时义,塾师大奇之。入乡校,年方十五六,即结文社于城南,自为社长。社友年三十以下者,皆师之,奉其约束,不敢犯。时于举业外,为声歌古文词,已有集成帙矣。

明代的文社与诗社不同,后者主要流连诗酒,前者则是切磋举业。别人一旦跃过龙门便不再谈论制艺,中郎却仍耿耿于怀。晚年撰《张茂才时艺小引》,虽说过读坊刻时文"辄昏昏然如酲者之在枕也",但并非表示鄙薄,而是强调时文趣味随时变迁。这种趋新求变,在中郎看来,正是时文的魅力所在。

借"时文"之"时"大做文章,以八股之"趋时"来对抗"卑今之士"的"拟古",既是一种策略,也与袁中郎喜欢颠倒时论的言说风格有关。机锋侧出,信口雌黄,现场效果极佳,只可惜流弊丛生——最直接的影响,便是使得后人怀疑其立说的真诚。至

---

① 参阅袁宏道《郝公琰诗叙》《叙竹林集》《诸大家时文序》等文。

于其关于时文的"发言",大致可信。只是单从"独抒性灵"之类的文学口号,不足以解读这一奇特的姿态。换一个角度,从公安诸君对出版与流行文化的关注,或许更能说明问题。

明代没有书籍审批制度,只要有钱,可以随意私刻,而且刻工低廉,纸墨易得,出版业空前繁荣。所谓"数十年读书人,能中一榜,必有一部刻稿;屠沽小儿,身衣饱暖,殁时必有一篇墓志",固然使得"祸及枣梨"成为文人尤其是官吏的通病,可书籍的流通对于普及文化功不可没。① 更重要的是,文人与书商的结合,对改变明代文学走向起了很大的作用。

《四库全书总目提要》批评隆庆、万历以降,士人或清谈诞放,或绮语浮华,接下来便是:"著书既易,人竞操觚,小品日增,卮言叠煽。"② 这段话无意中点出小品发达与书业繁荣的关系。证以卓吾评选《坡仙集》之畅销、各种小品专集和丛书之泛滥,以及中郎身前身后之著作纠纷,可见此言不谬。没有书商的推波助澜,晚明小品不可能如此迅速占领大江南北,并形成一时的文学风尚。

同样大大得益于出版业的,还有小说、戏曲和时文。明代官刻不必计较成本,自然注重经史等所谓的"正经书";坊刻必须追求商业利益,读者面广、销售量大的小说戏曲因而成了主角。还有一种畅销书不该遗漏,那便是八股文。每年都有那么多寻求功名的读书人苦攻时文,很难设想精明的书商会放弃这一市场。坊刻举业书,至嘉靖、隆庆、万历而极盛,甚至出现"书坊非举业不刊,市

---

① 参阅清人蔡澄《鸡窗丛话》、近人叶德辉《书林清话》卷七《明时刻书工价之廉》(中华书局 1987 年版)。
② 《四库全书总目》卷一三二"《续说郛》"则。

肆非举业不售，士子非举业不览"的局面。① 顾炎武曾论及坊间程墨、房稿、行卷、社稿四类举业书的刊刻，其中尤以十八房进士之作的"房稿"最为畅销：

> 至一科房稿之刻，有数百部，皆出于苏杭，而中原北方之贾人，市买以去。天下之人，惟知此物可以取科名，享富贵，此之谓学问，此之谓士人，而他书一切不观。②

吴敬梓《儒林外史》第十三、十八回中"操选政"者之风光以及"选业"之发达，可为顾说作一形象化的注脚。

泛滥于市肆、流行于民间的时文、小说与戏曲，同为赝古之士所不耻。而在与出版业大有关联的李贽以及公安三袁看来，这些"不古"而且"流行"的文体，充满生机与活力。晚明小品从立意到体制，都与时文、小说、戏曲有很大差别，但同样"不古"且"流行"。

这与晚明小品的制作者与欣赏者多为"山人"有关。山人古已有之，何以明季特盛？最直接的解释是明中叶以后商品经济发展，江南城市日渐繁荣，加上富商巨贾之附庸风雅，使落第举子、失意文人得以凭借诗文书画的一技之长谋生。与其从"冠带"与"布衣"的外在身份，不如从"世俗"与"风雅"的生活趣味来理解山人的追求。实际上，自称或被目为"山人"者，身份、地位相当

---

① 参阅明人李濂《纸说》和近人张秀民《中国印刷史》（上海人民出版社1989年版）第471页。
② 顾炎武：《日知录》卷一六"十八房"则。

复杂，只有求"雅"的心态相通。明代最有名的山人陈继儒，其《太平清话》中有一段关于理想生活方式的描述，很能代表这批人的趣味：

> 凡焚香、试茶、洗砚、鼓琴、校书、候月、听雨、浇花、高卧、勘方、经行、负暄、钓鱼、对画、漱泉、支杖、礼佛、尝酒、晏坐、翻经、看山、临帖、刻竹、喂鹤，右皆一人独享之乐。

这种"优雅"与"闲适"，不只需要时间和金钱，还需要很高的文化修养。话也可以反过来说，山人固然高雅，可不入仕途、不事农桑，哪来的生活资料？还以陈眉公为例，《岩栖幽事》自述其不能像古隐者那样躬耕渔樵，"乃可能者唯嘿处淡饭，著述而已"。以书画著述为生，不见得就比拼搏科场猎取功名低贱。只是相对于有固定收入的士大夫，山人更需要互相标榜和自我宣传，故而其"高雅"不免略带夸张。后世将其剌取清言、掉弄机锋骂为"亡国之音"，实在言重了；不知道这种邀誉扬名，乃是其依赖于文化市场的生存方式决定的。

明代山人很少真的长居山中，而是"大隐隐于市"。山人中有卖文为生，傲然独立的；也有奔走权势，巧相逢迎的，本不可一概而论。可自从蒋士铨《临川梦》嘲笑"翩然一只云间鹤，飞去飞来宰相衙"，《四库全书总目》卷一八〇讥刺"下则厕食客之班，上则饰隐君之号"，山人的独立人格受到普遍的质疑。山人并非不食周粟的伯夷、叔齐，焉能与官府断绝来往？至于说"形同商贾"，那正是山人借以摆脱正统意识形态的动力。这些不官不商的读书人，成了明末出版界主要的生产者与消费者，尤其是其喜欢山水田园、多识草木虫鱼、关注民风民俗、寄情琴棋书画、欣赏小说戏曲的知识结构与审美趣味，对晚明的思想文化乃至文学艺术产生了巨大的影响。

明代山人的声名远扬，与书业繁荣密切相关。出版追求时尚，山人自然不能置身度外。"时尚"制作的成功，意味着山人"孤芳自赏"形象的破灭。"小品"与"山人"，在明末的文化市场上迅速崛起，可无数次的模仿也使得其生命力迅速衰退。袁宏道已经预感到对"新奇"的模仿之可怕："近日有一种新奇套子，似新实腐，恐一落此套，则尤可厌恶之甚。"① 效颦者的大量涌现，使得盛极一时的晚明小品潜藏着深刻的危机。早年的"芽甲一新，精彩八面"②，已经变成一种"新奇套子"，难怪后人批评其强作清言，好逞小慧。

明清易代，读书人的生活方式发生巨大的转折，于天崩地裂之际焚香鼓琴，或者钓鱼喂鹤，已经不大可能了。即便勉强为之，也都没了当初的那份闲情。"山人"已逝，"小品"的味道自然也不能不变。其中遗民心事对明清之际文章风格的调整，起了决定性的作用。不见得都参与抗清，但就那么一点"故国之思"，也使得落笔为文时，意绪苍凉。还是小品，还有奇情异采，还能议论风生，可风格已经由空灵一转而为沉郁。真应了老话所说的国家不幸诗家幸，这种易代之际地老天荒的感觉，使得晚明小品焕发出最后的光辉。

---

① 袁宏道：《瓶花斋集》卷一〇《答李元善》。
② 陈继儒：《文娱录叙》。

图 4-5　明陈继儒《云山幽趣图》

明亡后隐居不仕、自号"朱衣道人"的傅山,还在写洁癖写豪饮、写老道写怪厨,可笔锋一转,写起"先我赴义死"的《汾二子传》来,笔带调侃,但已无轻佻之气。明亡后弃家为僧、释名木拂的叶绍袁,在其记隐居山中三年生活的《甲行日注》中,写尽遗民黍离麦秀的感慨,其文字之简洁清丽与心境之苍凉,让晚明日记有了压卷之作。明亡后浪迹江湖、曾直接参与抗清斗争的归庄,晚年与"骚客酒人道流名僧"游山,撰写传诵一时的《寻花日记》。这种"惟当乱世,故得偷闲山中"的无奈感,与陈继儒辈沉醉于候月听雨之雅趣大不同。这些洒脱之中隐含悲苦的游记,时人认定其可用《东行寻牡丹舟中作》来解读:"乱离时逐繁华事,贫贱人看富贵花。"①

同样经历国破家亡的惨痛,披发入山著述明志的张岱,回首平生之繁华靡丽,撰写《陶庵梦忆》《西湖梦寻》《琅嬛文集》等绝代之作,总算为有明一代文章画上一个精彩的句号。关于张岱集晚明小品之大成的说法,最早见于其挚友祁豸佳对《西湖梦寻》的评论:

> 余友张陶庵,笔具化工,其所记游,有郦道元之博奥,有刘同人之生辣,有袁中郎之倩丽,有王季重之诙谐,无所不有。其一种空灵晶映之气,寻其笔墨又一无所有。②

张岱本人也曾介绍其师承,可与祁氏的说法相参照。《祭周戬伯

---

① 参阅钱谦益《有学集》卷四九《归玄恭看花二记》。
② 祁豸佳:《〈西湖梦寻〉序》。

文》自述创作经历,提及古文知己王季重、山水知己刘同人和祁彪佳;《琅嬛诗集序》自承初学徐渭和袁宏道,继而转学钟惺和谭元春,最后,"涤骨刮肠",方才洗出自家面目。以上诸家,大致分属公安、竟陵,难怪后人论及张岱,多称许其兼有两派之长。

张岱长于纪游,其笔墨之清新空灵,确与中郎有相似之处。可张文从不逞才使气,娓娓道来,更觉韵味无穷。其《西湖七月半》《湖心亭看雪》等,可谓千古绝唱。偶有奇崛的句法,但主要靠的是诗人体贴入微的观察,以及米家山水般高古的意境。如此洗尽铅华,不事雕琢,与作者遥思往事、忏悔佛前的创作心境有关。"独往湖心亭看雪""酣睡于十里荷花之中",此等雅事,落在中郎、眉公笔下,总不免带有自我夸耀的意味;不若饱经沧海的张岱,淡然一笑,与痴汉韵友共享天地之精灵来得洒脱。都写山水,"梦忆"与"游记"不同,后者主要是写生纪实,前者则梦魂萦绕中早已物我合一,故抒情色彩很浓。

张氏读书、著书多且杂,但说不上是学问家。《夜航船序》自称记取"眼前极肤极浅之事",目的不过是"勿使僧人伸脚",此说大致可信。"少为纨绔子弟,极好繁华"的张岱,对鲜衣美食、华灯烟火、梨园鼓吹、花鸟古董等有特殊兴趣,等到"国破家亡避居山中",追忆逝水年华,如梦如烟。① 其对民俗文化的兴趣,远比撰写《帝京景物略》的刘同人广泛。真正让张岱迷恋的,不是名

---

① 参阅张岱《琅嬛文集》卷五《自为墓志铭》。

胜古迹,而是都市风情①。《陶庵梦忆》描写诸多唱戏放灯、扫墓竞渡、说书品茶的场面,既是妙文,也是绝好的社会文化史料。所述之事,或与《武林旧事》《梦粱录》相近,但文章趣味以及随处流露出来的洒脱性情,毕竟带有公安"性灵"和竟陵"幽深"的印记,非宋人周密、吴自牧所可比拟。

---

① 周作人《〈陶庵梦忆〉序》(《泽泻集》,北新书局)有一句话说得很好:"张宗子是个都市诗人,他所注意的是人事而非天然,山水不过是他所写的生活的背景。"

第五章　桐城义法与学者之文

选本的魅力
古文与时文
桐城文章
学者之文

　　明清易代，对读书人的刺激实在太大了。以至清人之讲学论文，大都隐然以明人为"前车之鉴"。清初学者检讨前朝覆灭教训，带有明显的政治意图；乾嘉以后则主要着眼于文化建设。有感于明人学问空疏、文字轻佻，清人文章风格可能迥异，但都强调"言之有物"，而且以"雅正""淳厚"或者"奇崛"为高。"性灵"的旗帜，在诗坛还能偶尔飘扬，在文界则几无立锥之地。就连最接近公安文学观念的袁枚，也是论诗主性灵，论文则大讲德行等"探本之言"。表面上袁中郎文集是乾隆年间被禁毁的，但早在此前，主持风雅者已将其作为"亡国之音"来批判。

　　不只晚明小品遭此厄运，前后七子的模仿秦汉也没能得到好评；读书不求义理，只是雕琢字句，这在讲求"博学于文"的清人看来，实在小家子气。从顾炎武、黄宗羲的文与道、文与学合而为一，到戴震、姚鼐的义理、考据、辞章不可偏废，清人为学为文大都讲究会通与综合。尽管"文"与"学"之间的轻重缓急，各派主张其实大不相同，可都留有余地，不像明人之好走极端。重见解而轻文辞的章学诚，曾区分"著述之文"与"文人之文"；而认定"文章之道别有能事"的方东树，则分别"作者之文"与"致用之文"。① 二者都讲文、学兼修，可具体立论却截然相反。撇开门户之见，清代文章与学术思潮联系之密切，使得"著述之文"未必不潇洒，而"文人之文"也未必没见识。清代文章的演变，不妨从"文""学"的会通与冲突这个特定角度来把握。

时文与古文的对峙与沟通，仍然是清代文章的一大课题。桐城派遭到的最强烈批评，便是"以时文为古文"。一生精力尽瘁于八股者，必然见识浅陋、语言陈腐，但"捐除俗务，惟古人是归"的前提是早得科名，故年轻时"以搏象之力为时文"乃明智之举。袁枚自承苦攻时文时，"不作诗，不作古文，不观古书"；而一旦得仕，则"真与时文永诀"②。此乃经验之谈，八股作得好的文人，反而可能尽早与八股诀别。可八股不是一件想穿就穿、想脱就脱的外衣，即便只是一种基本技能训练，仍然深刻影响着此后的阅读趣味。唐宋八大家的独领风骚，以及桐城派的光大门户，其中一个重要原因，便是其趣味与八股文章有相通之处。

---

① 参阅章学诚《文史通义》卷五《答问》、方东树《仪卫轩文集》卷六《切问斋文钞书后》。

② 袁枚：《小仓山房续文集》卷三一《与俌之秀才第二书》。

一　选本的魅力

明代文坛旗帜林立，可真正对清人有正面影响的，是当初并不怎么风光的归有光以及唐宋派。归氏对其时自谓欲追秦汉、实则"以琢句为工"的文学风尚甚不以为然，尤其反感时人争相附和主文坛之"妄庸人"①。不喜今世之文而独好《史记》，这点并不稀奇；推崇唐宋文章，则明显与师法秦汉的王世贞辈相颉颃。钱谦益称归氏学太史公书能得其风神脉理，并记徐渭、王世贞将其比诸欧阳修②，可见明清之际归氏文名已渐著，但使得归有光成为有明一代文章代表，还有赖于桐城派所建立起来的"文统"。姚鼐辑《古文辞类纂》，唐宋八大家后，明代录归有光，清代录方苞和刘大櫆，已经"以为古文传统在是也"；再添上姚本人，便是方东树等人所捍卫的与"道统"平行的"文统"。③ 归氏成了桐城派上接唐宋八大家的中间环节，难怪其文章在清代备受推崇。归有光的文章自有其价值，但其影响如此之大，与桐城派的选择、诠释大有关系。

所谓归文"原本六经"云云，那只是门面话，归有光真正下工夫钻研的是《史记》。其《史记评点》虽只施圈点而未加评语，但颇能显示司马迁的微言大义以及精神意脉，实系精心结撰之作。远尊司马迁、近学欧阳修，此乃归氏以及唐宋派诸家的共同取向。这

---

① 参阅归有光《项思尧文集序》《与沈敬甫书》等。
② 钱谦益：《列朝诗集小传》丁集中"震川先生归有光"条。
③ 参阅方东树《答叶溥求论古文书》。

图 5-1 归有光

种选择决定了归氏为文,长于叙事而短于议论,多委婉缠绵之笔,而少刚直奇崛之气。若《项脊轩记》《先妣事略》《寒花葬记》《筠溪翁传》等,叙家庭及朋友间琐细事,情景逼真,极有韵味。以三五细节写活一个人物,力求于平淡处见真性情。表面上不讲字斟句酌,大有信笔写来不事雕琢的意味,实则着意于积蓄情感、渲染氛围,其抚今追昔不胜感慨处尤为动人。黄宗羲称其写妇人"一往深情,每以一二细事见之,使人欲涕"①,实则以细节显风韵见真情,乃归有光为文的秘诀。此等笔法,除了上承司马迁和欧阳修,很大程度属于引小说入古文。

以古文名家而"尚不能出小说家伎俩",这在讲求笔墨雅驯的

---

① 黄宗羲:《南雷文案》卷八《张节母叶孺人墓志铭》。

清人眼中,起码是个毛病。可严格说来,不只归有光、侯方域有此倾向,方苞也"难辞其咎"。作者本人或许不曾留意当时已蔚为奇观的小说,可深研《史记》的结果,描摹人物时笔法与小说家极为相似。黄宗羲就曾指出"小说家伎俩"同样源于太史公,古文家没必要画地为牢:

> 叙事须有风韵,不可担板。今人见此,遂以为小说家伎俩。不观《晋书》、南北《史》列传,每写一二无关系之事,使其人之精神生动,此颊上三毫也。史迁《伯夷》《孟子》《屈贾》等传,俱以风韵胜;其填《尚书》《国策》者,稍觉担板矣。①

归氏追怀往事、哀悼亲友的文章之所以动人,文笔清纯淡雅倒在其次,关键在擅长捕捉最能体现人物性情的细节。在这一点上,归氏无意中沟通了小说与古文。出于傲慢与偏见,此后的古文家仍不愿与难登大雅之堂的小说结缘;可归有光开了个很好的先例,不妨借途太史公——实际上,《史记》也确是中国叙事文学之祖。

归有光不只沟通了小说与古文,也沟通了时文与古文。归氏以八股名家,清人论证时文之价值时,常以之为例。这其实是归氏不幸之处——其文章之格局小、气势弱,正源于此。章学诚称归有光"所以砥柱中流者,特以文从字顺,不汩没于流俗",可惜不能"闳中肆外";原因在于其制艺乃"百世不祧之大宗",用时文眼光

---

① 黄宗羲:《南雷文定三集》卷三《论文管见》。

读《史记》,故只学得"疏宕顿挫"①。其五色圈点《史记》,不能说毫无所得,只是趣味近于时文,且开后世描摹浅陋之习,为大雅所不取。晚清蒋湘南鄙薄桐城文章之以时文为古文,追根溯源,指斥归有光、唐顺之、茅坤因工于功令文而大讲"伸缩剪裁法",使得真正的古文失传。其结果是:

> 诸君子以八家之法为功令文,故其功令文最古;诸君子遂以功令文之法为古文,故其古文最不古。②

桐城中人也有对归氏古文中的时文气息颇为不满者,不过表述可就委婉多了。比如,刘开称归氏学《史》《汉》、欧、曾有得,文章可传,"然不能进于古者,时艺太精之过也";吴敏树也感叹归氏老困场屋,且因授业关系无法一意古文,"借使归氏不生于明,而出于唐贞元宋庆历之间,无分其力,而穷一生以成其文,岂在李翱、曾巩之后哉!"③

同样蔑视七子之拟古,力主取法唐宋,同样工于八股,故以时文为古文,唐顺之、王慎中、茅坤的文章远不如归有光隽永有味,但理论主张却比归氏鲜明。唐氏论文主"本色","直写胸臆""瑜瑕俱不容掩"云云,自是针对赝古之士;但重点落在发掘唐宋文之"开阖首尾经纬错综之法",以及力求出新意于绳墨之余、法度之

---

① 章学诚:《文史通义》卷三《文理》。
② 蒋湘南:《七经楼文钞》卷四《与田叔子论古文书》。
③ 刘开:《与阮芸台宫保论文书》;吴敏树:《归震川文集别钞序》。

外,这与抹杀一切规矩的公安派又自不同。① 王、茅二位也有批评"互相剽裂"、标榜"自为其言"的言论,但其特出之处主要在于由主秦汉转为主唐宋。前者的口号是"学马迁莫如欧,学班固莫如曾"②;后者所编《唐宋八大家文钞》风靡海内,对普及韩、柳、欧、苏更是起了极大作用。

其实,单就理论而言,唐宋派没有多少深刻的见解,也谈不上淋漓尽致的发挥;唯一的长处是找到若干唐宋文章的"法度",为后人的学步指明了途径。值得注意的是,这种眼光与趣味,不是靠论文而是靠选本体现出来。编选本可以借古人文章寓自家见解,而且选本的流行往往在名家专集之上,成功的选本对文学进程的影响极为深远。因此,"凡是对于文术,自有主张的作家,他所赖以发表和流布自己的主张的手段,倒并不在作文心,文则,诗品,诗话,而在出选本"③。最能印证鲁迅这一名言的,莫过于唐宋派诸君的实践。唐顺之《文编》六十四卷,取由周迄宋之文分体排纂,其标举脉络窥探法度,颇有精意,难怪学唐宋者以此编为门径。茅坤所编《唐宋八大家文钞》流传更为广泛,除确立"唐宋八大家"之名外,更因其选录、评点大致恰当,有益于初学,几百年家弦户诵不绝。至于归有光之《史记评点》,后与方苞同名著作合刻,成为桐城派古文家的枕中秘籍。这种借选本传播文学主张的做法,对桐城主将姚鼐、曾国藩之编撰《古文辞类纂》和《经史百家杂钞》,无疑有直接的启示。

---

① 唐顺之:《荆川先生文集》卷七《与洪方洲书》、卷一〇《董中峰侍郎文集序》。
② 王慎中:《王遵岩先生文集》卷二〇《寄道原弟书十六》。
③ 鲁迅:《选本》,《鲁迅全集》第七卷,第136页。

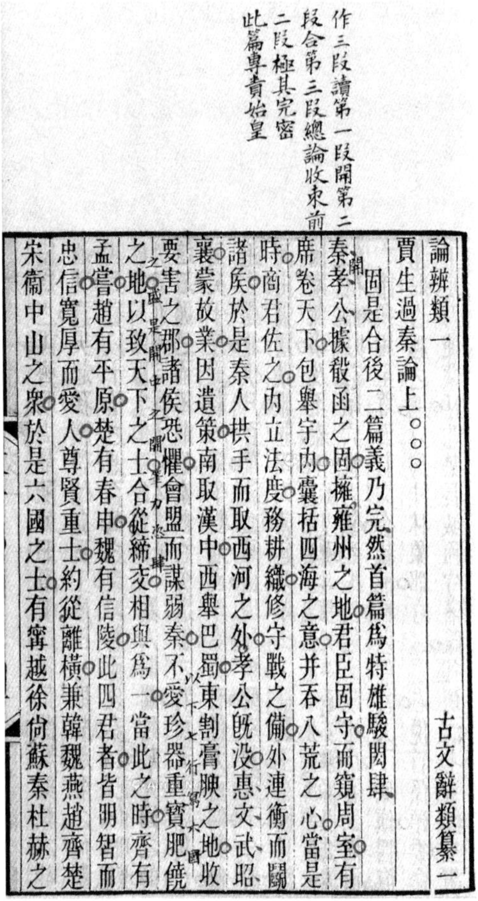
作三段讀第一段開第二段合第三段總論收束前二段極其完密
此篇專責始皇

論辨類一　　古文辭類纂一

賈生過秦論上

固是合後二篇義乃完然首篇爲特雄駿閎肆

秦孝公據殽函之固擁雍州之地君臣固守而窺周室有席卷天下包舉宇內囊括四海之意并吞八荒之心當是時商君佐之內立法度務耕織修守戰之備外連衡而鬬諸侯於是秦人拱手而取西河之外孝公既沒惠文武昭襄蒙故業因遺策南取漢中西舉巴蜀東割膏腴之地收要害之郡諸侯恐懼會盟而謀弱秦不愛珍器重寶肥饒之地以致天下之士合從締交相與爲一當此之時齊有孟嘗趙有平原楚有春申魏有信陵此四君者皆明智而忠信寬厚而愛人尊賢重士約從離橫兼韓魏燕趙齊楚宋衞中山之衆於是六國之士有甯越徐尚蘇秦杜赫之

图 5－2　清道光间刻本《古文辞类纂》书影

选文并非易事，倘无独立见解与渊博学识，漫施圈点于字句之间，只能招来方家的嘲笑。黄宗羲批评茅坤只知文章之转折波澜，经史之功甚疏，更不懂"所谓精神不可磨灭者"。王夫之说得更刻薄："有《八大家文钞》而后无文。"理由是此等"钩锁之法"，不免"拘牵割裂"，引童蒙入荆棘。还是章学诚的说法公道些：古文法度隐而难喻，归有光取《史记》之文五色标识，茅坤以疏宕顿挫之法解八大家文，对门外汉"未尝不可资其领会"，"特不当举为天下之式法尔"。① 以选本学文，本就容易被选家缩小了眼界；再加上依照"脉理"读书，难得自家深入体会，往往只懂"规矩方圆"而不会"心营意造"。将本是为文末务的"义法"，作为"传授之秘"，考科举尚无大碍，以之著述则过于琐屑拘泥。

事实上，这些选本的主要读者以及功用，正是在时文上。选文古已有之，但于一篇之中圈点勾勒，以显其精神筋骨所在，不说"始自前明中叶选刻时文陋习"，也与时文颇有关系。② 宋人吕祖谦的《古文关键》、楼昉的《崇古文诀》、谢枋得的《文章轨范》等，都是以古文服务于举业。吕选之兼取唐宋而独标韩、柳、欧、苏、曾、王，已隐然建立"古文正统"；而旁批掷抹以显文章笔法句法，更开后来的评点之学。不只楼、谢之书从此脱出，明清诸多古文选本也与之息息相关。选家眼光有高有低，评点有粗有细，本不该一概抹

---

① 参阅黄宗羲《答张尔公论茅鹿门批评八家书》、王夫之《夕堂永日绪论·外编》、章学诚《文史通义》卷三《文理》。
② 浦起龙称圈点始于明中叶或嫌武断（《读杜心解·凡例》），钱仲联否认评点与时文相关也并非恰当（《梦苕庵清代文学论集》，齐鲁书社1983年版，第80页）；因作为反证的刘辰翁恰好注重古文与时文的关系，只是宋元之时文与明清之八股不大相同而已。

杀；可市场需求实在太大，浅学之士也能靠大讲"规矩"与"法则"吃饭，操选政者之大受贬斥一点也不奇怪。包世臣称"凡为三百年来选家所遗者，大抵皆出入秦汉而为古人真脉所寄也"，未免过于刻薄；但说归有光、唐顺之、茅坤"心力悴于八股，一切诵读皆为制举之资，遂取八家下乘，横空起议、照应钩勒之篇，以为准的"①，却也大致属实。为举业而选八家，必然择其近时文且门径显豁容易模仿者。即便从八家扩展到《左传》《史记》，只要"绳以举业之法"，并加圈点评注，同样泯灭古文真脉。这一点连承继桐城衣钵且编有《经史百家杂钞》的曾国藩也深为忧虑："仆尝谓末世学古之士，一厄于试艺之繁多，再厄于俗本评点之书，此天下之公患也。"②

尽管"选本"屡受高人雅士的激烈攻击，仍然风行海内。理由很简单，读书人需要入门书，好的选本确实能给初学者指点迷津。茅坤乃时文高手，不选《三科程墨》而编《唐宋八大家文钞》，可见眼光不俗，但此编"大抵亦为举业而设"。既为初学示法，必然尺尺寸寸，以求合于程式，所谓"以机调摹唐宋，而唐宋又为窠臼"，几乎是不可避免的。更可怕的是，"时文结习，深锢肠腑，进窥一切古书古文，皆此时文见解"。③虽然也讲宗经求道之类的大话，唐宋派的选本与圈点重在文章的奇正转折与绳墨布置。如此注重古文笔法，科场中确实能有上乘表现。引起非议的不是这种"以古文为时文"，而是"时文结习深锢肠腑"所必然带来的后果："以时文为古文"。这点在关于桐城文章的不同评价上，表现尤为明显。

————————
① 包世臣：《艺舟双楫》卷一《再与杨季子书》。
② 曾国藩：《谢子湘文集序》。
③ 参阅《四库全书总目》卷一八九《唐宋八大家文钞》则、章学诚《文史通义》卷五《古文十弊》。

二　古文与时文

桐城乃清代最大的文派，前后绵延二百多年，传人遍及全国，其规模之大、影响之深、评价之分歧，在中国文学史上首屈一指。桐城作为一个文学流派，道统上尊崇程朱，文统上继承唐宋八大家，讲"义法"，讲"神气音节"，讲"神理气味格律声色"，自有一套看家本领。才气有大小，学识有高低，同是桐城文章，也可能风格迥异，但大都能做到清通畅达、雅驯简洁。至于其弊病，也正出在这"义法"与"雅驯"上。

文派以"桐城"名，因其创始人戴名世、方苞、刘大櫆、姚鼐等都是安徽桐城人。《南山集》案发，戴氏被诛杀，客观上使得他的文章流传不广，对文派形成影响不大；再加上避忌，清人为桐城溯源时不大愿意将其列入。方宗诚等编《桐城文录》，将戴氏附录于方苞之后，已是相当大胆。戴、方二位文学观念相近且关系密切，故近人研究桐城文章，多将其相提并论。

桐城立派，实始于姚鼐。其《刘海峰先生八十寿序》借他人之口，称颂方、刘为代表的桐城文章，顺便追忆从刘学文之经过，明显有举旗立派的意图。私淑桐城的曾国藩，将这一层意思说穿，强调姚在桐城派的中心地位：

> 乾隆之末，桐城姚姬传先生鼐，善为古文辞；慕效其乡先辈方望溪侍郎之所为，而受法于刘君大櫆及其世父编修君范。三子既通儒硕望，姚先生治其术益精。历城周永年书昌为之语

图 5-3 姚鼐

曰："天下之文章，其在桐城乎！"由是学者多归向桐城，号"桐城派"，犹前世所称"江西诗派"者也。①

曾氏对姚氏推崇备至，列其为古今三十二圣哲之一；可为求均匀对称，将其与许慎、郑玄同列，而不与韩、柳、欧、曾并称，实在高估了姚氏的经学成就。② 一般的说法是，方、刘、姚三家"皆足继唐宋八家文章之正轨，与明归熙甫相伯仲"；至于说三家为儒"足以衷老庄之失"，为文"足以包屈宋之奇"，已属派中人的高自标榜，不足为训。③ 不过，方东树、曾国藩等的极力鼓吹，对建立桐城门户，乃至虚拟与"道统"相对应的"文统"，还是起了很大的作用。一时间，俨然天下文章，独尊桐城。

树大自然招风，桐城立派带来许多尖刻的批评，其中最要命的是钱大昕《与友人书》中的两段话：

> 盖方所谓古文义法者，特世俗选本之古文，未尝博观而求其法也。法且不知，而义于何有？

> 若方氏，乃真不读书之甚者。吾兄特以其文之波澜意度近于古而喜之，予以为方所得者，古文之糟粕，非古文之神理也。王若霖言灵皋以古文为时文，却以时文为古文，方终身病之。若霖可谓洞中垣一方症结者矣。④

---

① 曾国藩：《曾文正公诗文集》卷一《欧阳生文集序》。
② 参阅曾国藩《曾文正公全集》之《圣哲画像记》。
③ 参阅方宗诚的《桐城文录序》和方东树的《刘悌堂诗集序》。
④ 钱大昕：《潜研堂文集》卷三三《与友人书》。

钱氏并不否认方苞文章之波澜意度略近韩、欧，比世俗冗蔓之作强多了；可他指出方氏的不读书、依靠选本谈古文义法、以时文为古文等，都可作为对整个桐城派的批评。如果再考虑到这一批评背后的汉宋之争，以及方、姚浓厚的理学气味，基本上涵盖了此后对桐城文章的非难。而在这一切争议中，桐城与时文的牵连是关键所在，不能不仔细辨析。

清人对于时文，大都又爱又恨。偶尔贬斥八股，说不上多么清高圣洁，因其很可能转眼又苦心钻研去了。桐城派中多八股名家，八股名家也有大骂八股的时候。比如戴名世就曾大骂"讲章时文其为祸更烈于秦火"，方苞也称"害教化败人材者无过于科举，而制艺则又甚焉"，管同劝人"姑置时文"而"留心于实学"，吴德旋则明确提出古文之体"忌时文"。① 相反，与桐城绝无干系的作家，也有从"文章境界"角度，为士子借时文求功名辩解的。比如，魏禧和袁枚就曾说过，不中举游宦，无法历山川之形胜、大邑之风会，也不能近海内英豪、受切磋而广见闻，故其文章必眼界狭小且带"乡野气"。王夫之干脆将科场文字之蹇劣，与仕宦后因阅历渐广而取精寄远之佳作相比照，认可时人以八股为"敲门砖子"的说法。② 鄙视八股，而又必须学好八股，这种尴尬的处境，使得清人论及时文，常有言不由衷或前后矛盾之处。

桐城之受非议，不在于其着力于时文，那是天下读书人的通病，或曰"必由之路"；而在于一本正经为此"敲门砖子"辩护，

---

① 参阅戴名世《赠刘言洁序》；方苞《何景桓遗文序》；管同《答某君书》；吴德旋述，吕璜述《初月楼古文绪论》。

② 参阅魏禧《送新城黄生会试序》、袁枚《与俌之秀才第二书》、王夫之《夕堂永日绪论·外编》。

硬要说时文如何不可轻视,如何可以流传千古。邵长蘅称"明之天下盖皆千百辈八股之士穿蠹而破碎之也",姚鼐却偏说八股得士,"使明久而后亡"。① 除了从"维持纲纪"立论,桐城诸家更多强调时文也能"穷理尽事","斯亦文章中之一奇也";甚至谓"一代文章之兴,安知不出于是"。② 戴名世、方苞和姚鼐的文集中,都收有不少为时文选集或稿本撰写的序言,虽也说说时文乃末技浅术、当求学于时文之外等门面话,可明显对时文技艺很有兴趣,也很有体会。借用方苞引其兄长的话来说,就是"时文尤术之浅者,而既已为之,则其道亦不可苟焉"。戴、方、姚诸君于是对沉湎于八股者多有赞许,并屡次以唐顺之、归有光为例说明时文通古文,且有永久价值。③

可要说桐城诸子甘心以时文自限,那又实在是冤枉。戴名世《自订时文全集序》中有一段话,说得相当沉痛:"呜呼!余非时文之徒也,不幸家贫,无他业可治,乃以时文自见。"方苞《刘巽五文稿序》也对自己"授经自活"故不能"尽弃时文之学以治古文",颇表不安。长于时文而又不屑于"以时文自见"的戴、方二君,都把引古文入时文作为不二法门。前者对腐儒老生重模拟、讲避忌、"以格言文"的"时文之法"大不以为然,力倡"救之以古文之法";后者奉乾隆之命编作为举业准的的《四书文选》,除讲义理学识外,也强调"沉潜反覆于周秦盛汉唐宋大家之古文"。④

---

① 参阅邵长蘅的《试策二·人才》和姚鼐的《赠钱献之序》。
② 参阅方苞《杨千木文稿序》、戴名世《有明历朝小题文选序》、姚鼐《陶山四书义序》。
③ 参阅方苞《储礼执文稿序》、戴名世《答张氏二生书》、姚鼐《陶山四书义序》。
④ 参阅戴名世《甲戌房书序》《小学论选序》和方苞《进四书文选表》。

时文之弊,有目共睹;即便皇上也不希望举子只是以之为"弋取科名之具"。故乾隆除《钦定四书文》外,还有《御选唐宋文醇》,也是希望读书人眼界稍为开阔,不要只认制艺八股试帖诗赋,最好还能"以古文为时文"。可见戴、方对时文的改造,表面对八股不恭,其实与朝廷的意图相一致。

自朝廷以时文取士,千百万学子苦心经营,才高胆大者为求能于法度中显自家面目,往往出入经史、追踪秦汉。时文高手中不乏擅长古文者,就因为"以古文为时文"乃成功的秘诀,不待提倡已经蔚然成风。从唐顺之、茅坤到戴名世、方苞,"即古文以讲八比,未始非探本之论"。韩、柳、欧、苏有助于时文,但时文无法推出韩、柳、欧、苏,这一点馆阁诸臣心里明白。《四库全书总目》论及《御选唐宋文醇》,有一段话说得很通达:

> 然论八比而沿溯古文,为八比之正脉;论古文而专为八比设,则非古文之正脉。此如场屋策论,以能根柢经史者为上,操文柄者亦必以能根柢经史与否定其甲乙。至讲经评史,而专备策论之用,则其经不足为经学,其史不足为史学。

应该再添一句:"其文不足为文学。"储欣讥茅坤选文"便于举业",馆臣称两家"相去不能分寸";而方苞代撰《古文约选序例》,照样强调其"用为制举之文,敷陈论策,绰有余裕"。这或许是一种宿命:为救时文之弊而选的"古文",必须有暗合时文处,方才"有用";而能"便于举业"的古文,已经不是秦汉文章的本来面目。这种以时文之眼读古文,实际上是将古文"时文化",最典型的例子便是《唐宋八大家文钞》之类选本的流行。韩、柳、欧、苏本各具面目，可一经选家精心排列，仿佛真的遵循共同的"义法"——而且这"义法"还通于时文。对于求捷径、讲实用的举子来说，所谓"古文"，就是茅、方诸家"选本"。

批评时人以"俗下选本"为古文，故仍"为讲章陋习所牢笼"①，这点好理解。方苞明明博学，钱大昕为何骂他"不读书"？汪廷珍的解释是："议其不精并非议其不博。"② 此说大可怀疑。或许借用此前万斯同论读书的一段话，更能说明这个问题：

> 唐宋之八家宜读矣，而八家以外之文集何可不读也？……于文但师八家之轨范，而不知八家以外之为何人，由世之不学者视之，彼固可谓之读书矣；由君子之善学者视之，与未尝读书者何异？③

如此说来，问题不在阅读之精粗与知识之广狭，只要跳不出举业的牢笼以及八大家的窠臼，便谈不上独立的思想学识；而没有独立的思想学识，"与未尝读书者何异"？对于清人来说，"不读书"是个非常严重的指控；只有从心存框框故无法独立角度，才能理解这一指控。

读世俗选本，趣味囿于唐宋八家，必然眼界狭隘；以通于时文的"义法"读古文、写古文，桐城文章也就难以撇清与八股千丝万缕的联系。朝廷以八股取士，于学于文都有轨式规绳，说穿了，无非道德主程朱，文章讲醇正。既是朝廷取士，以巩固主流意识形态为第一要

---

① 章学诚：《清漳书院留别条训》，《章学诚遗书·佚篇》，文物出版社1985年版。
② 汪廷珍：《实事求是斋遗稿》卷四《复阮定甫先生书》。
③ 万斯同：《石园文集》卷七《与钱汉臣书》。

务，这点并不奇怪；有趣的是，康熙、雍正、乾隆三代皇帝都曾"训正文体"，提倡"清真雅正"，相信儒家文章关乎教化的说法，故力戒"浮靡之词""艰深之语"与"荒诞之谈"，表面理由是取其"有用"，更深层的考虑则是"最防荡轶"。① 不希望所取之士有太多独立的意识与横溢的才气，故八股的要旨在于辞理醇粹、平正通达。之所以说桐城文章在内在精神上与八股相通，正是在这一点上。

桐城诸家追求以文求道，文道合一。学问三事中，"考据"实非所长，"义理"与"辞章"的统一才是其努力方向。方苞对柳宗元"言涉于道多肤末支离"以及归有光之文"有序"而非"有物"颇有微词②，可见其对自家文章"义理"之自负。桐城文家大都不满足于写出"有序"的文章，而希望真的做到"文以载道"。其力诋"汉学"之琐屑猥杂、无补于道，表面原因是重"义理"而轻"考据"，究其实则是"一遵程、朱之法"——其骂"蠹学"，诛"叛道"，以黄宗羲、颜元、戴震等为假想敌，都并非单纯的学派之争。③ 宋明理学自有其价值，清代的汉宋之争也不是三言两语能够说清的。只是桐城诸家讲"义理"，根基甚浅，徒有无限的卫道热情。更可怕的是，这种误把理学语录当"道"来捍卫，不准别人"胡思乱想"的独裁心态，发展到诅咒所有"欲与程朱争名"者皆"身灭嗣绝"，真是"识见何其鄙陋，品性又何其卑劣"④。独尊程

---

① 参阅康熙《训饬士子文》、雍正《谕厘正文体》和乾隆《训正文体谕》。
② 《方苞集》卷五《书柳文后》《书归震川文集后》。
③ 参阅《惜抱轩文集后集》卷一〇《安庆府重修儒学记》、《方苞集》卷六《再与刘拙修书》、方东树《汉学商兑序》。
④ 参阅《方苞集》卷六《与李刚主书》、《惜抱轩文集》卷六《再复简斋书》以及周作人《秉烛谈·谈方姚文》（上海北新书局1940年版）。

朱、见识不高而又立场坚定,这倒是合乎八股取士的要求。

桐城立派的根基在方苞的"义法",后学虽也有嫌其拘谨而救之以音节、补之以神韵者,但无关大局。"义法"本太史公语,溯源于《易》之有物与有序,具体的例证则见诸方苞为果亲王和乾隆皇帝所编的两部古文、时文选。编《古文约选》时强调其可"用为制举之文",进《四书文选》时又力主取材三代追踪秦汉——可见方苞颇有借其"义法"沟通古文与时文的意图。六经虽为古文根源,但无法骤至,学得不好便成"伪体";不如以两汉唐宋"义法"显著者作为模仿对象,由韩柳上窥《左》《史》,由《左》《史》以入六经。约选古文时,不要说"天骨超俊"者不录,"奇崛高古"者不录,就连多有收录的韩、柳、欧、苏也都因"义法多疵"而被"略指其瑕"。如此高不可攀的"义法",其实一点也不神秘,在《进四书文选表》中,方苞将其概括为"清真古雅而言皆有物"。"言皆有物"乃千年老调,"清真古雅"则甚合皇上"训正文体"的旨意。所谓"文之清真者,惟其理之'是'而已""文之古雅者,惟其辞之'是'而已",大致说出"义法"之玄妙;可对于"中材之士",反倒不及其"章妥句适、脉理清晰"八字诀好懂。桐城古文自有变化,但大都过分讲求"规矩",因而缺少纵横奇逸之气。这种"章妥句适、脉理清晰"的桐城文章,可圈可点处多多,可就少了点奇宕的真气与激情。而这,与其祖师爷标榜的兼通古文与时文的"义法"大有关系。

八股既然是明清两代的流行文体,又是读书人谋求功名的"必由之路",其影响同时代古文的写作,几乎是不言而喻的。后人之所以对桐城与时文的关系格外敏感,并非桐城以外者不受时文污染,而是桐城之独尊程朱、讲求义法,以及推销选本的"韩柳欧苏",使得"以时文为古文"不只可行,而且"合理"。清人蒋湘南称桐城派乃唐宋八家与时文联姻的产物,周作人更指实八大家古文便是八股文的长亲①,如此描述,颇为深刻;只是不该忘了皇上厘正文体的旨意以及选本的文化功能——在我看来,正是透过这两者,八大家方才得以格外走红,桐城派也才得以独领风骚。

三 桐城文章

尽管时人对桐城文章有许多尖刻的批评,但谁也不会否认桐城乃有清一代最大的文派。一为文派,便成门户,虽说易于震动流俗滥得虚名,可也招来许多诟骂。因此,立派者理直气壮,追踪者则进退维谷——唯恐自家面目完全被文派的"门户"所淹没。被列为桐城重要成员的吴敏树,便曾辩驳"文派"之说;而揭桐城之帜以号天下的林纾,也大谈"夫桐城岂真有派"。② 其实,桐城文派的存在,并不意味着桐城文章只有一副面孔。许多集合在桐城旗帜下的作家,还是颇具自家面目的;更何况两百年间文派亦随风会,风格多有变迁。

倘以文章风格论,桐城三宗方、刘、姚自是主干;姚门四大弟子梅曾亮、管同、方东树、姚莹等,对桐城文派的形成及推广大有贡献。桐城诸君为求清真雅正,弃韩愈的奇崛而取欧、归的平易,

---

① 参阅蒋湘南《游艺录》卷下《论近人古文》、《周作人回忆录》(湖南人民出版社 1982 年版)第 638 页、舒芜《周作人的是非功过》(人民文学出版社 1993 年版)第 213—227 页。

② 吴敏树:《与筱岑论文派书》;林纾:《春觉斋论文·述旨》。

图 5-4　清末人绘曾国藩像

末流才气薄弱，难免寒涩枯窘之讥。湘乡曾国藩私淑姚鼐，取其俊洁雅驯，闳以汉赋之气体，以救桐城拘谨之弊。曾门也有四弟子，张裕钊、薛福成、黎庶昌、吴汝纶都兼擅事功与文章。所谓"天下文章在曾幕"的说法，已经暗示自曾文正出，"桐城文章"即被"湘乡文章"所取代。此前，尚有"阳湖古文"，间接受之于刘大櫆，而又不为桐城门户所限；其"闻见杂博，喜自恣肆"[1]虽为章太炎所不屑，毕竟别具面目，同样值得一说。

---

[1] 《章太炎全集》第四卷，上海人民出版社 1985 年版，第 121 页。

自从桐城开派，方、刘、姚三宗比较便成了有趣的话题。一般说来，方苞深于学，故论文主义法；刘大櫆优于才，故论文重品藻；姚鼐才学俱佳且以识胜，故力倡义理、辞章、考据三合一。同样认可桐城三宗，因个人才性、趣味及承传等关系，也会有所褒贬抑扬。比如，方东树受业姚鼐，自然也是"于三家之中又喜称姚氏"者，对方苞文章之矜慎拘束、不能宏放略有微词；吴敏树鄙视姚鼐之树旗立派，故宁愿表彰"厚于理深于法而或未工于言"的方苞文章；吴汝纶针对时局动荡文风趋于闳肆，重新提倡学粹才敛之"醇厚"，故明显地扬方抑刘。① 这些褒贬未必十分精当，但也大致说明了三家之别。

方苞乃桐城开山，其"义法"之说是整个文派的根基。关于"义法"，最完整的解释在《又书〈货殖传〉后》：

> 《春秋》之制义法，自太史公发之，而后之深于文者亦具焉。"义"即《易》之所谓"言有物"也，"法"即《易》之所谓"言有序"也。"义"以为经而"法"纬之，然后为成体之文。

"义"既包括事理寓意，也包括褒贬美刺，古今论文者罕能置之不顾；容易引起争议的是"言有序"的文章法度。方苞偏重记事之文，故强调"义法最精者莫如《左传》《史记》"。之所以说"最

---

① 方东树：《书惜抱先生墓志后》《书望溪先生集后》；吴敏树：《与筱岑论文派书》；吴汝纶：《与杨伯衡论方刘二集书》。

精",因其"变化随宜,不主一道"。① 韩愈法度森严固然值得模仿,而史迁文无定法、神龙变化更令人向往。如此讲"义法",兼及常法与变法、死法与活法,自是通人之论,谁都不会反对。可落实到具体语境,不能不有所侧重。明末文体杂乱,或芜蔓繁冗,或纵横怪异,或放恣佻巧,入清后多遭非议。方苞为补偏救弊而讲求"义法",其实不能不偏于"常法",也就是由藏才敛气而趋于"澄清无滓"。这一点从其对柳宗元、归有光的批评可明显看出。二人都是方氏极为推崇的古文大家,可仍然遭"辞繁而芜,句佻且稚""近俚而伤于繁"② 的讥评,余者可想而知。后人赞赏方氏之为文气味高古,或者讥笑其才弱故能醇而不能肆,都与其去繁辞求雅洁有关。

方苞为文情真意切,且大都篇法完具,雅饬可诵。《狱中杂记》以治狱之弊来统驭全篇,杂而不乱,散而有序,且冷峻中见其哀悯,颇能显示方氏文章风格。但在我看来,望溪先生最有心得的还是写人。《与孙以宁书》中,方氏提出写人除注意虚实详略的笔法外,更讲"所载之事,必与其人之规模相称"。以此义法剪裁取舍,人物传记变化万千,如《陈驭虚墓志铭》之记逸事与《孙征君传》之著大节,都大有讲究,而且也都恰如其分。写奇人,记逸事,必然重细节,多渲染。《余石民哀辞》之卒前数日购宋儒书危坐寻览、《田间先生墓表》之当众溲溺御史,都还只是传记中的"波浪"与"点缀"。《左忠毅公逸事》最为感人之处,在垂危的左光斗怒斥探狱的史可法。场面描写如此"绘声

---

① 方苞:《古文约选序例》《书五代史安重诲传后》。
② 方苞:《书柳文后》《书归震川文集后》。

绘色",本与小说笔法无异;作者在结尾处补充交代"狱中语"来历,再加上语言不曾过分剑拔弩张,总算与"小说家言"拉开了距离。不过,于此也不难看出,为求人物描写生动,一不小心便会带上"传奇色彩"——古文与小说的距离,并不像桐城诸君设想得那么遥远。

方苞的"义法"兼及有物与有序,刘大櫆则对"文章能事"更感兴趣。《论文偶记》将世人喋喋不休的"义理、书卷、经济"一笔带过,而专注于大匠运斤之手段。讲文贵奇、文贵高、文贵简等,虽有见识,毕竟都是老话。刘氏特异之处在突出文章的音节与神气:

> 凡行文多寡短长,抑扬高下,无一定之律,而有一定之妙,可以意会,而不可以言传。学者求神气而得之于音节,求音节而得之于字句,则思过半矣。

不管是模仿唐宋,还是追踪秦汉,都有个入手处问题。讲"熟读涵泳",讲"音节神气",甚至"语以字句",一般人可能"笑以为末事",可这实际上比只是高谈"精神"或"法度"高明。文之最精处为神气,但神气不可见;不从字句求音节、从音节求神气,则学古也就成了一句空话。刘氏文章气肆才雄,波澜壮阔,兼集庄骚左史、韩柳欧苏,与其师事的方苞之雅洁大不相同。这与他平生怀才不遇,故多悲愤郁积有关。《马湘灵诗集序》中"湘灵被酒意气勃然",作者则"泣涕纵横不自禁",一点也不"温柔敦厚"。《答吴殿麟书》也是发泄自古才士厄于巉岩、"无由自见其美"的愤懑,文中兼用奇偶,音调铿锵,辞采华丽,以才气横溢取胜。至于像

《张复斋传》《樵髯传》《章大家行略》等借一二细节写人而栩栩如生，那是桐城派的看家本领，也是其学《史记》真有所得处。

桐城文派的建立，姚鼐为功最高。溯源以建文统，讲学以立门户，姚氏不愧为桐城之集大成者。其义理、考证、文章三者兼收且相济，区分阳刚、阴柔两种文章风格，以及提出"神理气味格律声色"八字诀，都是承继方、刘而又有大发展，桐城文论至此自成体系。① 而《古文辞类纂》体例严谨，选文精当，上自秦汉，下迄方、刘，既是学古文的最佳入门，也是桐城文派的最好宣传。至于姚氏本人文章，所谈义理全无新意，不及方氏之深于经，也不及刘氏之郁于气。弟子们非要强调姚氏之"诠经注子""发挥义理"②，实在囿于门户之见，误将其师的理想作为成就来表彰。不只"义理"不新鲜，"考证"也非姚氏所长，集中考郡县、辨周书，只是条理清晰、文字流畅可取，根本不入专门汉学家眼。其实，姚氏也只是以三事兼备并举来为古文争地位，而且希望借"义理"与"考证"来充实改良文章。从"文章"角度来评价姚鼐的考证，方才能理解其"精诣"与"卓识"。姚门弟子喜欢谈论方、刘才学各有所偏，而姚氏则文理兼至；这种吹捧，无意中暴露了姚氏文章的毛病。或许太希望集大成了，"见人一长，辄思并之"③，自家面目反而不大清楚。总的来说，姚氏写人、记游、论学之文，平淡自然，简洁精微，以阴柔而不以阳刚取胜——尽管其《海愚诗钞序》更推崇"文之雄伟而劲直者"。

---

① 参阅姚鼐《述庵文钞序》《复鲁絜非书》和《古文辞类纂序》。
② 参阅管同《公祭姚姬传先生文》和陈用光《姚先生行状》。
③ 参阅姚永朴《文学研究法》所引王鸣盛语，第188—189页。

文章卓然足称雄才者，不只依赖才气，也关乎身世与地位。曾国藩非常佩服归有光之文不事雕饰而足昭物情，唯一的遗憾是其未能"闻见广而情志阔"①。曾氏当然明白这不是能力或志趣，而是其没有"早置身高明之地"。倘若归有光、姚鼐一心追求雄奇之气、阳刚之文，反倒让人担忧。这篇化柔为刚、雄厉喷薄的"大文章"，只能由"文治武功"的中兴大将曾国藩来完成。曾氏论学则于姚鼐的义理、辞章、考据外，添加"经济之学"；论文则于《史》《汉》、韩柳外，补上庄骚汉赋，这些都显其气魄之不凡，非桐城寻常书生可比。曾氏虽自称粗解古文由姚鼐启之，但其文章气势实非姚氏所能规模。吴汝纶和薛福成都曾论及桐城末流才气薄弱，能平易而不能奇崛，有待曾氏出而振之。② 薛氏的说法尤其精彩：

> 文正一代伟人，以理学经济发为文章，其阅历亲切，迥出诸先生上。早尝师义法于桐城，得其峻洁之诣。平时论文，必导源六经、两汉，而所选《经史百家杂钞》，搜罗极博，《文选》一书，甄录至百余首。故其为文，气清体闳，不名一家，足与方、姚诸公并峙，其尤峣然者，几欲跨越前辈。

这段话大致说清了曾氏与桐城诸公的联系与区别。只是如此调奇偶以取气势，需有曾氏那样的"阅历"与"经济"做后盾，方能作成俊迈遒劲之雄文。否则，很容易成为虚张声势的"庙堂文章"。

---

① 曾国藩：《书归震川文集后》。
② 吴汝纶：《桐城吴先生全书》之《与姚仲实》；薛福成：《庸庵文外编》卷二《寄龛文存序》。

同样兼好骈散杂取百家、取法桐城而又不为桐城所限的，此前还有以恽敬、张惠言为代表的阳湖派。张、恽学文，只是间接受之于刘大櫆①，而且自恃才高，不屑谨守方苞之"义法"。所撰古文，喜恣肆，多纵横气，笔调恢弘而芜杂，迥异桐城文章之雅驯简洁。阳湖只能算是桐城逸出的旁支，不像湘乡文取而代之，成为第二阶段桐城的代表。

四　学者之文

清代文章，并非桐城一枝独秀。能文者或不屑依门立派，或不愿自命文人，故都不若桐城之声名显赫。"天下文章"，并非均"出于桐城"，这点不难证明。只是桐城以外文章，不主一家一派，不易说清其来龙去脉。章太炎鄙薄近人之"少文"与"不学"，故其评论桐城文章，语调相当刻薄；可对"吐言成典"的戴震、"记事甚善"的章学诚、"文质相扶"的汪中，都大有好感。至于断龚自珍为"伪体"，除了学派水火，更因不满其时少年多嗜怪异淫丽之龚文。②刘师培同样推崇文、学合一，除章氏已提及的戴、汪外，又补充了一串名单：侯方域、黄宗羲、全祖望、朱彝尊、王士禛、庄存与、孔广森等，尤其是论及文变与学术之关系，对桐城大不恭：

---

① 参阅张惠言《书刘海峰文集后》和恽敬《上曹俪笙侍郎书》。
② 章太炎：《校文士》，《民报》第十号，1906年12月。

> 然考其变迁之由，则顺、康之文，大抵以纵横文浅陋。制科诸公，博览唐宋以下之书，故为文稍趋于实。及乾、嘉之际，通儒辈出，多不复措意于文，由是文章日趋于朴拙，不复发于性情，然文章之征实，莫盛于此时。特文以征实为最难，故枵腹之徒，多托于桐城之派，以便其空疏；其富于才藻者，则又日流于奇诡，此近世文体变迁之大略也。①

章、刘都鄙薄"不学"的桐城文章，而推崇"雅驯可诵"的学者之文。这里隐含着另外一种"文章观"：即便只是讨论"文学"，学者的"著述之文"也不容忽视。

清人治学为文，均讲求综合，最通行的说法是义理、考据、辞章三者互补互动。这种理想的设计很难真正实现，于是有了退而求其次的以"学"或以"文"为主来统合三者。章学诚将此三门简化为"学"与"文"，袁枚则劝人选择"文苑"或"儒林"，"从一而深造"，就因为其认定"理不虚立"。② 这么一来，又回到了那句老话：文非学不立，学非文不行。大家都讲文、学兼修，可毕竟术业有专攻，于是，学者讥文人"不学"，文人讥学者"不文"。其实没这么简单。纵观有清一代，学者远比文人理直气壮，其中一个重要理由是："文章乃雕虫小技。"清代学者大多不善为文，可一旦有此才气与性情，出手必比纯粹的文人大方且精彩。这与其读书多，不为时尚所限有关。黄宗羲曾明确表示这种自信：

---

① 刘师培：《论近世文学之变迁》，《国粹学报》第二十六期，1907 年 3 月。
② 参阅章学诚《答沈枫墀论学》、袁枚《答友人某论文书》。

> 余尝谓文非学者所务，学者固未有不能文者。今见其脱略门面，与欧、曾、《史》《汉》不相似，便谓之不文，此正不可与于斯文者也。①

这段话可用来解读有清一代能文而不以文名的"学者之文"。相对于追踪唐宋八大家的桐城文章来说，能文的学者之所以被目为"不文"，就因为其"脱略门面"，不屑于模仿韩、柳、欧、苏。

历来为人称道的清初三家侯方域、魏禧与汪琬，其实仍带明人习气，才情多而学识少，文章畅达有余而深厚不足。侯氏的《李姬传》《马伶传》，以及魏氏的《大铁椎传》等均文字简洁，叙事生动，明显借用小说笔法。此等文字，虽为今人所激赏，却非古文正宗，也不为时人所接受。此三家之模仿唐宋、讲求事理，大致体现了清初文章之由纵横而渐归淳厚、由浮华而渐入雅驯的发展趋向。其模仿唐宋，接续唐顺之、归有光之迹，本与桐城主张相近；可因其轨辙未正，文章不纯，不为桐城所推崇。至于"积理"与"练识"，魏禧等只是表达了一种愿望；比起同时代或后世诸多学者之文来，侯、魏、汪之"事理"实在贫乏得可怜——说到底此三家仍是"文人之文"。

明清之际三人思想家顾炎武、黄宗羲、王夫之对八股文的尖锐批判，对有明一代文章或剽窃古人或信笔扫抹的强烈不满，对"文须有益于天下"以及合文、学而为一的提倡，都对扭转文坛风气起了决定性作用。黄氏《论文管见》中"不必文人始有至文"的说法，更可看做清代"学者之文"的自觉。实际上，黄宗羲也以能文

---

① 黄宗羲：《南雷文案》卷二《李杲堂文钞序》。

著称于世。追求经、史、文三者合一,黄氏毕竟以史学成就最为辉煌。正如全祖望《梨洲先生神道碑文》所述,黄氏"多碑版之文,其于国难诸公,表章尤力",而文章"不名一家","扫尽近人规模字句之陋"。史家本就长于叙事,黄氏且工文辞,再加上表彰的是千古不灭的忠义之魂,不难想象此类碑版的魅力。这里不妨套用其《明文案序上》的一句话:"凡情之至者,其文未有不至者也。"倘"一往情深",街谈巷议也能成为至文,何况此等寄托遗民心事的血性文章。

继承并发展此种表彰英烈的碑版之文的,是黄氏的私淑弟子全祖望。描述易代之际诸多忠义隐逸、奇人侠士,以及开一代新风的学术大师,全氏目光深邃,笔墨酣畅,不讲结构藻采,但求凸现人物特征。叙述传主立身处世之凛然大节,同时穿插若干琐碎的遗言逸事,以显其全人格,这种笔法,合于史也深于文。与桐城文章的过求简洁而有点小家子气相反,全氏之文往往失之芜杂,但一往情深,且元气淋漓。大致喜欢史学、注重节义或讲求文章大气者,都会弃方、姚而取黄、全。比如,清人平步青与近人梁启超就都极端推崇全祖望的古文。①

既能体现清代学术之博大精深,又能显示学者之文的独特魅力的,或许可以举戴震与汪中为例。长于叙述,本来就是史家的看家本领;经学家而长于文,方才显得难能可贵。戴震与姚鼐同样主张合义理、考核、文章为一事,姚以"文章"为根基,而戴以"义

---

① 平步青《鲒埼亭文集跋尾》云:"尝言今之古文,以全谢山为第一。"梁启超《中国近三百年学术史》第八章称:"若问我对于古今人文集最爱读某家,我必举《鲒埼亭》为第一部了。"

图 5-5 戴震

理"为大本。乾嘉以下，戴东原"考核"与"义理"之大名如雷贯耳，反而其文章不大为人提及。戴氏曾批评阎若璩"能考核而不能做文章"，可以想象其对自家文章的抱负；弟子段玉裁称戴氏从小揣摩太史公笔法，撰经说时也得益于此，故其文章"精义上驾乎康成、程、朱，修辞俯视乎韩、欧"①。其所撰《原善》《句股割圜记》等稽核说理之文，皆厚积薄发，穷幽极眇，更难得的是其文字之淳朴高古。后世喜欢说经文字者，常以戴氏之高古鄙视只知模拟八大家的桐城之浅薄。蒋湘南嘲笑过桐城文章之奴、蛮、丐、吏、魔、醉、梦、喘，接着就表彰戴东原："其文简而奥，醇而腴，雅而奇，遒而穆。"②

同样学问渊博识见超群，汪中的文学成就更为后人所肯定。汪氏《述学》博考三代学制，表彰周秦诸子，其眼界之开阔与思想之深邃，远非只学韩柳、程朱者可比。发为文章，则陶熔汉魏，自铸伟词。其《哀盐船文》《广陵对》等，皆辞旨凄婉，寄托遥深。至其平生为文，托体甚高，力主骈散合一，更是出于对空疏不学的桐城文章的不满。除了强调对偶声色、清辞丽藻的美感价值，更因写作骈文依赖博学与才情，方显汪氏既擅辞章又长说经的特长。

驰骋才情毕竟非经学家当行，乾嘉之学极盛时，绝大部分学者醉心考据而忽略辞章。既不满汉学家的琐碎，也不满桐城派的肤浅，袁枚、章学诚分别崛起于清中叶文坛。章氏晚年极力诋毁袁氏，可正如钱穆指出的，"两人论学，颇有相似"③。这不只体现在

---

① 均见段玉裁《戴东原先生年谱》所附关于戴氏学行的追忆。
② 蒋湘南：《七经楼文钞》卷四《与田叔子论古文书》《与田叔子论古文第三书》。
③ 钱穆：《中国近三百年学术史》，中华书局1986年版，第428页。

对考据潮流的攻击，也体现在对桐城古文的蔑视。袁枚自居文人，不屑于介入其时热火朝天的汉宋之争，其对考据家的批评，与章学诚的讥其檃括补苴无益于道不同。《与程蕺园书》将南宋理学、前明时文与本朝考据同列古文三弊，其中又以考据之弊最大：

> 近见海内所推博雅大儒，作为文章，非序事噂沓，即用笔平衍，于剪裁、提挈、烹炼、顿挫诸法，大都懵然。

袁氏以能剪裁夸耀于"博雅大儒"，又以合奇偶卑视桐城"义法"。其论文兼取六朝骈俪，讲求奇偶相间，对时人学八家文从平易的欧、曾入而不从奇峭的韩、柳入甚不以为然。① 所有这些，都切中桐城末流庸弱不振之弊。即便对方苞，袁枚也讥其才力薄，上不得"万言书"，叙不得"真豪杰"——袁氏自诩吃得住"大题目"，文章"饶奇气"，"喜于论议"，长于"金石序事"。② 袁氏之论议确有陆、贾之风，其碑传也多名臣大吏；可限于学识性情，写得潇洒自如的还是那些奇人逸士。另外，袁氏乃性情中人，其伤逝悼往的祭文（如《祭妹文》《韩甥哀词》），善以琐事寄怀，笔墨简洁而韵味无穷，最见其文章特色。

不同于袁枚的自居文人，章学诚基本上是个学者。但单是"文史通义"这四个字，已足见其抱负，起码不想让方苞辈独擅文名。其《文学叙例》针对其时文章之弊，要求弟子"屏去世俗所选秦汉唐宋仅论词致不求理实之文，而易以讨论经史、辨正典章、讲求

---

① 参阅袁枚《答友人论文第二书》《书茅氏八家文选》。
② 参阅袁枚《答孙俌之》《答程鱼门书》。

学术之文",这实际上是实践其文道合一的主张,以"学者之文"取代"文人之文"。具体论述时,章氏以桐城文章为假想敌。① 至于自家文章,章学诚似乎对传写人物记事述言最感兴趣。批评戴震"记传文字,非其所长",强调"文章以叙事为最难",可见其努力方向。② 只是章氏最为精彩的文章,其实并非"记传文字",而是辨章学术、考镜源流的《文史通义》。晚年撰《丙辰劄记》,其中有一段妙语:

> 《文史通义》多警策动人,清言隽辨,间涉诙谐嘲笑。江湖游客藉为谈锋,科举之士用资策料,斯亦已尔。乃有时流,自命著述,往往阴剿其言。至于引伸触类,往往失其指也。

这"抱怨"中,大有得意之色。第一句"自报家门",大致说出此书的文章风格,似乎没必要再多费口舌。

清代学术史上,除了汉宋之争,还有今古之辨。经古文学家注重典章制度,其学讲实事求是,其文则朴直古拙;经今文学家强调微言大义,其学多引申发挥,其文则瑰丽幽秘。学派不同,文学趣味迥异,故章太炎、刘师培对魏源、龚自珍殊无好感;可即便如此,也不否认其文章之纵横恣肆极富感染力。刘氏甚至追根溯源,描述这一学派的文章风格:

> 常州人士,喜治今文家言,杂采谶纬之书,用以解经,即

---

① 参阅章学诚《文理》《古文十弊》《清漳书院留别条训》。
② 参阅章学诚《答沈枫墀论学》《论课蒙学文法》。

用之入文,故新奇诡异之词,足以悦目。且江南之地,词曲尤工,哀怨清道,近古乐府,故常州之文,亦辞藻秀出,多哀艳之音,则以由词曲入手之故也。①

此前蒋湘南《与田叔子论古文第三书》已极为推崇"精西汉今文之家法"的刘逢禄、龚自珍和魏源,认定其"自能以真古文示天下",非桐城诸君所能比拟;刘师培接着表彰庄存与文辞"深美闳约"、宋翔凤"其音则哀而多思,其词则丽而能则",甚至断言:"近人谓治《公羊》者必工文,理或然欤!"

以杂谶纬故多诡异、工词曲故多哀艳来概括刘逢禄辈尚可,用来描述其弟子龚自珍或者后学康有为,可就显得勉为其难了。龚氏的负才使气,以及文章之怪诞妩媚,远在其师之上。同样师事刘逢禄的魏源,极为赞赏龚氏之文,并称其学:

> 于经通《公羊春秋》,于史长西北舆地。其书以六书小学为入门,以周秦诸子吉金乐石为崖郭,以朝章国故、世情民隐为质干。晚尤好西方之书,自谓造深微云。②

注重边事、好论世情,根柢于其通经致用的学术取向;而上法诸子、晚耽佛学,很大程度是为谋求思想的解放。这两者决定了其以狂放不羁的思考、恢诡奥博之文辞,出而讥切时政者最见光彩。龚氏读书博杂,才气横溢,时人多惊叹其辞采丰伟;但更难得的是

---

① 刘师培:《论近世文学之变迁》,《国粹学报》第二十六期。
② 魏源:《古微堂外集》卷三《定庵文录序》。

《尊隐》《论私》《病梅馆记》等议论之精微深切，一扫桐城古文"不宜说理"的感叹。①

谭嗣同《论艺绝句六篇》咏及文章，有"千年暗室任喧豗，汪魏龚王始是才"句，自注除称颂汪中、魏源、龚自珍、王闿运之独往独来放笔驰骋外，更指斥"骈散分途"以及归、方以来只知模仿八家之"古文"。四家中龚自珍影响最为深远，所谓光绪间新学家，"大率人人皆经过崇拜龚氏之一时期"②，最合适的例子便是康有为师徒。康氏自负经世才略，治今文，习古礼，杂王霸，好引周秦诸子及佛典，唯一不同于龚氏的，是文章中更添声光化电。龚、康同属今文学派，论学宗旨相同不足为怪；即便文章，龚、康也是血脉相通。康氏论文取气势，重周秦而不重唐宋，赞赏龚文之"从子书出"，主张"先学骈文后学散文"③，再加上思路诡诞、用语驳杂，在在都与桐城戒律相左。七次上书清帝，除显其学问胆识外，更见其磅礴之气与豪逸之笔。袁枚所向往而又力所不及的"大题目"，在康有为手里显得游刃有余。这种文章境界，自非讲"义法"的桐城诸家所能想象；可也容易流于大言欺世、自矜立异，经不起再三的阅读品味。

桐城以外文章，或高古，或绮丽，或博雅，或恣肆，除袁枚外都以学识深厚为根基，故其突破程朱理学、韩柳古文的藩篱，主要

---

① 曾国藩《与南屏书》称："古文之道，无施不可，但不宜说理耳。"此乃桐城文章通病，而非古文之先天痼疾。

② 梁启超：《清代学术概论》第二十二节，《梁启超论清学史二种》，复旦大学出版社1985年版。

③ 康有为：《万木草堂口说》之"文章源流""论文""骈文"节，《长兴学记　桂学答问　万木草堂口说》，中华书局1988年版。

是体现其文、学合一的追求，而不是独树新帜。这里其实潜藏着一种危机：桐城文章日趋庸弱，派外好手又不屑全力以赴苦心经营，"古文"自我更新的机缘越来越少；以至胡适等人登高一呼，延续千年的"古文"，竟随着"桐城谬种，选学妖孽"的口号而迅速隐退。

第六章　从白话到美文

> 报章与白话
> 译文与美文
> 杂感与小品
> 孤独与生机

20世纪中国散文，其基本面貌与唐宋古文、晚明小品、桐城文章大不一样，最明显的特征莫过于使用白话而不是文言。借"文白之争"来理解这个世纪文章风格的嬗变，无疑是最直接也最简便的一路。从晚清到"五四"的白话文运动，大大拓展了散文驰骋的天地。可"白话"的成功，不等于"美文"的胜利，这中间虽不无联系，却仍关山重重。借助于历史进化的文学观，胡适等打倒了"古文学"并重建中国文学史上的"正统"。[①] 可"死文学""活文学"的分类方法，只适应于对文言文的批判；在实际创作中，如何调适文白始终是个很有诱惑力的课题。

---

① 胡适：《〈中国新文学大系·建设理论集〉导言》，《中国新文学大系·建设理论集》，上海良友图书公司1935年版。

周作人从背面落笔,将文学革命解释为"对于八股文化的一个反动"①,倒也别出心裁。无论如何,1905 年的废科举,在中国文化史上具有划时代意义,这点谁也不会否认。流行五六百年的八股文体随着科举的崩溃而逐渐消亡,至此,中国文人才"真与时文永诀"。周氏抓住"八股"做文章,对并非铁板一块的"古文学"的理解,比只讲文白对峙的胡适高明。而且,这种分析注重中国文章自身变革的动力,与清代学者对八股文的批判接上了轨,也与"五四"时期"桐城谬种,选学妖孽"的口号遥相呼应。

直接承继清人对桐城文章的批评的,是章太炎和刘师培;周氏兄弟以及钱玄同等虽受其影响,但另有思想资源。周作人再三强调

图 6-1　章太炎

---

① 周作人:《论八股文》,《看云集》。

"就散文说",新文学家与公安三袁"相差不远"。可所谓减去新文学家"所受到的西洋的影响,科学、哲学、文学以及思想各方面的"①,此说本身已经凸现了"五四"与晚明两代作家的绝大差异。正因为如此,朱自清虽承认明朝名士派文章与现代散文相近,仍然强调"现代散文所受的直接的影响,还是外国的影响"②。不同时期不同作家所受的"外国的影响"当然大不一样,只是相对于此前或追踪秦汉,或临摹唐宋,毕竟开辟了一个全新的天地。

谈论20世纪中国文学,大概都无法回避"古今东西"之争。相对于诗歌、话剧或者小说,散文的"历史脐带"更加明显。"魏晋文章"以及"晚明小品"某种程度的复活,可能是最令人迷惑也最令人感兴趣的话题——因其与周氏兄弟这两位散文大家的文学命运密切相关。而且,这种有意无意的"寻根",很可能是散文在20世纪的文学变革中步伐最为稳健的根本原因。

一 报章与白话

"自报章兴,吾国之文体,为之一变。"③ 此说立于20世纪第二年,乃报人的自我陈述,不免略带夸张与炫耀。此前此后风云变幻,足证此说并非无稽之谈。或许,借报章的崛起讨论文体的嬗变,比起从"文白之争"入手更能探本。后者因系"五四"文学

---

① 周作人:《〈杂拌儿〉跋》,《永日集》,北新书局1929年版;《中国新文学的源流》第二讲。
② 朱自清:《〈背影〉序》,《背影》,开明书店1928年版。
③ 《中国各报存佚表》,《清议报》第一百册,1901年。

革命的导火索,历来为世人所关注。

胡适论及白话文运动的成功,也曾提及王韬的"报馆文章"以及梁启超的"新文体"①;但仍将其混同于一般的著述,不大考虑"报馆文章"的生产方式与读者对象对已有文体的改造。胡适平生论文、治学、议政,大大得益于近世崛起的报刊;可讨论白话文运动溯源诸多社会历史文化因素时,唯独对报章与文体的微妙关系很不敏感。倒是新闻史家戈公振 1920 年代就注意到这一点:

> 清代文字,受桐城派与八股之影响,重法度而轻意义。自魏源、梁启超等出,绍介新知,滋为恣肆开阖之致。留东学子所编书报,尤力求浅近,且喜用新名词,文体为之大变。②

为了介绍新知而选择"报馆文章",而"报馆文章"必须适应一般读者而不是文坛领袖或主考官的要求,因而,必然冲破桐城义法与八股藩篱,日趋"恣肆"与"浅近"。这一点对晚清以至"五四"的文学革命影响极大。

可以这么说,没有报馆这个"传播文明新利器",中国文章不可能在短短几十年间发生如此巨大的变革。强调报馆改造文体的重要性,最简单的例证是,20 世纪中国的散文,绝大部分首先作为报刊文章而流通,而后才结集出版。这种生产方式,不能不影响其文章的体式与风格。时评、杂感、通讯、游记等不用说,就连空灵潇

---

① 参阅胡适《五十年来中国之文学》(《胡适文存》二集卷二,亚东图书馆 1924 年版)、《〈中国新文学大系·建设理论集〉导言》。
② 戈公振:《中国报学史》,中国新闻出版社 1985 年版,第 109—110 页。

洒的小品也不例外。20 年代末梁遇春指出"小品文同定期出版物几乎可说是相依为命的"①，30 年代初林语堂等制造小品热，靠的也是《论语》《人间世》等刊物。

最早自觉用"报馆文章"来改造已有文体的，当属 1874 年起创办并主编《循环日报》的王韬。王氏的《弢园文录外编》乃中国历史上第一部报刊文集，其《自序》称"于古文辞之门径，则茫然未有所知"，并非故作谦虚，而是认定报刊文章另有"法度"：

> 知文章所贵，在乎纪事述情，自抒胸臆，俾人人知其命意之所在，而一如我怀之所欲吐，斯即佳文。

报刊文章之纪事述情自抒胸臆，以及文字力求浅近，除了考虑读者的接受能力，还因追求时效，故无法仔细琢磨。"匆迫草率"本是为文大忌，可梁启超回答关于其《时务报》文章率尔操觚的批评时，竟无多少悔意；就因为在他看来，"报章"与"著述"体例不同②。

戊戌前后，不少仁人志士希望以报馆言论变易天下，文体的改造于是更迫在眉睫。其时影响最大的是梁启超的"时务文体"。至于严复、章太炎简洁古雅的文字，虽仍有知音，但与报刊整体风格不大协调，借用黄遵宪的评价："此文集之文，非报馆之文。"③ 由追求传世的"文集之文"，转为着眼觉世的"报馆之文"，晚清文

---

① 梁遇春：《〈小品文选〉序》，《小品文选》，北新书局 1930 年版。
② 梁启超：《与严幼陵先生书》，《饮冰室合集·文集》卷一，中华书局 1936 年版。
③ 黄遵宪：《致汪康年书》，《汪康年师友书札》，上海古籍出版社 1987 年版，第 2351 页。

章风格之争，涉及的远不只是文白与雅俗。围绕《原富》译述的争论，甚至逼出了"文界革命"的口号。先是梁启超批评严复"文章太务渊雅，刻意摹仿先秦文体，非多读古书之人，一繙殆难索解"，并将其归结为追求"藏山不朽之名誉"的"文人结习"；严复则嘲笑"粗犷之词"与"鄙倍之气"，反对"徒为近俗之辞，以取便市井乡僻之不学"，因而也就等于拒绝了"言庞意纤"且"蜉蝣旦暮"的报馆文章。① 严氏"中国文之美"的提法曲高和寡，而梁氏的"文界革命"口号则响彻云天，很大原因在于后者符合当时正方兴未艾的报刊事业以及文体变革的发展趋向。

从郑观应明确提出"盖新闻者，浅近之文也"，到黄远庸自觉摒弃"典重深厚"的笔墨而选择"通俗文"，清末民初文章风格日趋通俗浅近。② 与此同时，出现了《演义白话报》《无锡白话报》等一大批以开通民智、传播新知为目的的白话报刊。浅近文言与粗俗白话颇有差别，但其审美趣味对桐城文章的"雅驯"都构成了极大的挑战。裘廷梁只是认定白话乃"维新之本"，不考虑其审美价值；梁启超意识到"俗语之文学"乃文学进化之关键，但仍以文言写作。③ 所有这些，使得晚清白话文章艺术水平不高。可白话报刊的出现，培养了新一代读者的文体感，对"五四"文学革命影响甚大。考察陈独秀、胡适之从《安徽俗话报》《竞业旬报》走到《新

---

① 《绍介新著·〈原富〉》，《新民丛报》第一期，1902年2月；严复：《与〈新民丛报〉论所译〈原富〉书》，《新民丛报》第七期，1902年5月。

② 参阅郑观应《盛世危言·日报上》（《郑观应集》上册，上海人民出版社1982年版）、林志钧《〈黄远生遗著〉序》（《远生遗著》，商务印书馆1920年版）。

③ 参阅裘廷梁《论白话为维新之本》（《中国官音白话报》第十九、二十期，1898年8月）、《小说丛话》中饮冰语（《新小说》第七号，1903年9月）。

图 6-2 《新青年》杂志创刊号封面

青年》的历程，不难明白这一点。

《新青年》作为一个杂志，在近代中国发挥了巨大的作用，尤其在思想启蒙与文体革新方面，是一面无可替代的旗帜。白话文运动提倡于晚清，成功于"五四"，与《新青年》诸君的努力密不可分。胡适的《文学改良刍议》以及陈独秀的《文学革命论》，断言"白话文学之为中国文学之正宗，又为将来文学必用之利器"，并以欧洲文化为武器，公开对桐城派及骈体文宣战。晚清与"五四"的文白之争大不相同，前者是为白话争生存，后者则是为文言留余地——林纾及《学衡》诸君无疑更欣赏文言，可发言时主要针对白话的粗俗不雅，希望用文言来改造白话。胡适等人断然拒绝了文白调和的主张，一是坚信"已死的文言只能产生出没有价值没有生命的文学"，二是害怕白话文学立足未稳根基尚浅，因而不得不持强硬态度。所谓"国语的文学，文学的国语"①，已经蕴涵着改造白话以使之更具表现力的意味。只是此事不劳古文家操心，白话文的提倡者希望选择适当时机再做自我调整。事实上自1920年代起，鲁迅等人的文章已经明显汲取文言养分。像胡适那样终生排斥文言的，毕竟是极少数。

胡适提倡白话功勋卓著，只是分"文白"、说"死活"时略嫌粗糙简单，再加上放不下"首揭义旗"的架子，作文时真的如其所倡"有什么话，说什么话；话怎么说，就怎么说"②。如此作文，自是清通有余而隽永不足。"适之体"在"五四"前后也曾流行一时，但很快因其过于平直缺乏美感而被世人所遗忘。平心而论，文

---

① 胡适：《建设的文学革命论》，《新青年》第四卷第四号，1918年4月。
② 同上。

学创作非适之所长，胡氏的功绩在于大刀阔斧地为后人开路。

报馆文章不只浅白，而且兼容并包，这无疑有利于不同文体之间的交流与对话。谭嗣同就曾用晚清常见的夸张语调，赞美报章"总宇宙之文"：

> 信乎经国之大业，不朽之盛事，人文之渊薮，词林之苑囿，典章之穹海，著作之广庭，名实之舟楫，象数之修途。总群书，奏《七略》，谢其淹洽；甄七流，综百家，惭其懿铄。①

谭氏将天下文章别为三类十体，而唯有报章能够无所不包；俗士谓"报章繁芜阘茸见乖往例"，不知此正是文体更新的契机。谭氏论文，本就鄙薄桐城，力主骈散合一，报章为其冲决"词章之网罗"提供了绝好的机会。只可惜"出师未捷身先死"，这种借报馆文章颠覆桐城义法的愿望，只能由其好友梁启超来完成。

谭、梁都曾经历从日治帖括，刻意规摹桐城；到上溯秦汉下循六朝，好沉博绝丽之文；再到冲决凝固的"文例"，纵笔所至不检束三阶段。② 以调谐骈散破桐城义法，汪中、龚自珍等已开先例；谭、梁的文体解放，不同于前辈处，在于"报馆文章"这一前所未有的新因素。谭氏只是意识到文体变革的可能性，梁氏则以其"新文体"开创了一代文风。时人称之为"从古至今，文字之力之大，无过于此者矣"，史家也认定"二十年来的读书人差不多没有不受他的文章

---

① 谭嗣同：《报章文体说》，《时务报》第二十九、三十册，1897年6月。
② 参阅谭嗣同《三十自纪》和《论艺绝句六篇》（《谭嗣同全集》，中华书局1981年版）、梁启超《三十自述》（《饮冰室合集·文集》第四册）和《清代学术概论》（《饮冰室合集·专集》第九册）第二十五章。

的影响的"①,可见其确实"别有一种魔力"。在《清代学术概论》中,梁启超描述"新文体"特征,强调其形成于《新民丛报》时期:

> 启超夙不喜桐城派古文,幼年为文,学晚汉魏晋,颇尚矜炼,至是自解放,务为平易畅达,时杂以俚语、韵语及外国语法,纵笔所至不检束,学者竞效之,号新文体。老辈则痛恨,诋为野狐。然其文条理明晰,笔锋常带情感,对于读者,别有一种魔力焉。

梁氏处"过渡时代",读书博杂,再加上主报馆笔政,为文的最大特征在于不守规矩,打破已有的文体界限。古文与时文、骈文与散文、史传与语录、辞赋与佛典,乃至日文语法与西学词汇,都在梁启超文中竞相出场。前人论文讲体式,家法不同者戒律自然不同,但都认定有所"不可";梁氏则百无禁忌。讨论"俚语"与"韵语"何以杂处,或者"情感"与"条理"如何协调,都不是关键所在;梁氏文章的奥秘在于"纵笔所至不检束"所带来的文体之"解放"。梁文之纵横捭阖、汪洋恣肆,与其"横溢"之"才气"有关,但更得益于"报馆文章"的纵容与恣意。

梁启超的政论影响大,优点、缺陷都很明显,后人评论"新文体",大都以之为例。其实,梁氏的史传(如《谭嗣同传》《罗兰夫人传》)和杂感(如《饮冰室自由书》)更有文学意味。局限于政论的"新文体",很容易被误解为"应用的古文"或"纯为报章

---

① 参阅黄遵宪《致饮冰主人书》(光绪二十八年四月)和胡适《五十年来中国之文学》第五节。

文字，几不可语夫文学"①。引进"史传"与"杂感"，梁氏的文学追求，方才真正呈现出来。借报章改造古文，虽有效地打破了文体界限，开启了变革的无限可能性，但囿于志向及趣味、才情，梁氏文章终未大成。随着"五四"以后"美文"的兴起，"新文体"作为"过渡时代的英雄"，也就完成其使命，隐入历史深处。

二 译文与美文

"新文体"受到的最直接批评，是其"新名词"以及"外国语法"。西学东渐，新名词的输入不可避免。用什么文体译介新学，是个棘手的问题。像严复那样"一名之立，旬月踟蹰"，尽量选择"汉以前字法句法"，固然比"以其时文、公牍、说部之词译而传之"高雅②，可重新组合的古语其实不易达意，更不易推广。借用日语译词或直译西学术语，虽较为切实可行，又不免破坏文章的韵味。

叶德辉的嘲笑代表了守旧者的偏见，可也凸现了文体革新的艰难：

> 论其语，则翻译而成词；按其文，则拼音而得字。非文非质，不中不西。东施效颦，得毋为邻女窃笑耶？③

---

① 参阅胡适《五十年来中国之文学》和胡先骕《评胡适〈五十年来中国之文学〉》(《学衡》第十八期，1923 年 6 月)。
② 参阅严复《〈天演论〉译例言》和吴汝纶《〈天演论〉序》，均见《严复集》第五册，中华书局 1986 年版。
③ 叶德辉:《郋园书札·答人书》，又见《翼教丛编》卷六，1898 年刊。

就连早年倡言广译"泰西、日本各学精要之书"的康有为,后来也对译书必然带来的"不雅之名词"非常不满,叹为"真吾国文学之大厄也"①。晚清确有不少矜奇夸博、借新名词文其浅陋的,可这不足以成为禁绝新名词的理由。还是王国维说得实在些:"好奇者滥用之,泥古者唾弃之,二者皆非也。"②

随着时势推移,新名词逐渐为国人所熟悉,并渗透到日常口语中,即使反对者也无法完全避开。就对中国文章体式的改造而言,显赫的"新名词"其实不如隐晦的"外国语法"更带根本性。前者扩大了文章的表现范围,后者则涉及中国人的思维方式与审美趣味。梁启超对"仿效日本文体"极有兴趣,自称"好以日本语句入文"③。这不只是指其借用日人创造的新名词、采取文俗并用的策略,也包括喜用长句及倒装句,以求文气的畅达与说理的缜密。梁氏并不精通日文,其仿效自然也不到家。1920 年代,鲁迅屡次比较中文与日文,强调中国文法不精密导致中国人思路粗疏;中文太急促,不如日文之优婉。④ 这自然只是一家之言。不过,借"外国语法"来改造中国文章,这在清末民初是一种普遍趋向。严复、章士钊之注重名学与文法,使其文章条理清晰,逻辑谨严,一改古文不善说理与浮泛之气,对"五四"以后政论文的发展影响极大。

---

① 参阅康有为《请开局译日本书折》《中国颠危误在于全法欧美而尽弃国粹说》,《康有为政论集》。
② 王国维:《论新学语之输入》,《静庵文集》,1905 年版。
③ 参阅梁启超的《论中国人种之将来》(《清议报》第十九册)、《夏威夷游记》(《清议报》第三十五至三十八册)。
④ 参阅鲁迅《〈池边〉译者附记》《〈桃色的云〉序》《将译〈桃色的云〉以前的几句话》《关于翻译的通信》和《硬译与文学的阶级性》,《鲁迅全集》。

"五四"白话文运动的成功,并非只是禅宗语录或章回小说的得势;新名词以及外国语法的引进,对建设新的"国语"至关重要。同样道理,"国语的文学"也不可能外在于世界文学潮流,即便传统渊源最为深厚的散文,也无法独自完成其蜕变。英国随笔的介入,是现代中国散文形成与发展中重要的一环。

1922年,胡适撰《五十年来中国之文学》,结尾处提及"五四"新文学各体裁的成就,对散文的发展极有信心:

> 这几年来,散文方面最可注意的发展乃是周作人等提倡的"小品散文"。这一类的小品,用平淡的谈话,包藏着深刻的意味;有时很像笨拙,其实却是滑稽。这一类的作品的成功,就可彻底打破那"美文不能用白话"的迷信了。

这与其说是历史总结,不如说表达了"五四"那代作家的愿望。因胡适的"盖棺论定",距离周作人的提倡"美文",尚不到一年时间,根本不可能如此迅速获得成功。不过,胡适等人的期待没有落空,"小品散文"的提倡确实是"白话"走向"美文"的关键。

周作人的文学趣味受日本的俳文与随笔影响甚深,可《美文》介绍的却是英美的小品作家;此后虽有人泛谈各类散文,但大部分作家接受周对美文的定位。① 周氏只是开了个好头,进一步的论述留给胡梦华与梁遇春——后者的三部英国小品文选,更是其理论的绝好例证。将 essay 译成"絮语"或"小品",其实不大尽如人意。

---

① 参阅周作人《美文》(《晨报副刊》1921年6月8日)、王统照《散文的分类》(《晨报副刊·文学旬刊》第二十六、二十七号,1924年2、3月)。

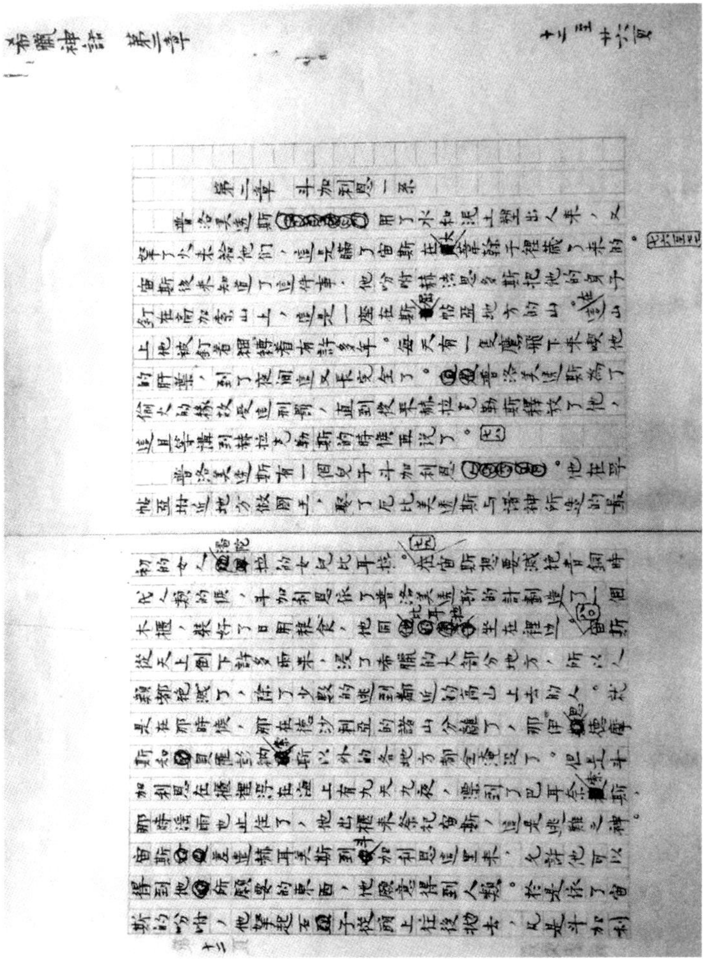

图 6－3　周作人译《希腊神话》手稿

不过，胡、梁二位都抓住此类文章的基本特征：如家常絮语，用轻松的文笔随随便便谈人生；挣脱世俗偏见，从一个崭新的观察点去领略人生乐趣；其特质是个人、非正式与诙谐；其风格则是洒脱、含蓄与冲淡闲逸。① 进入 1930 年代，小品文因林语堂等人的鼓吹而盛极一时，可也因其模仿者从"宇宙"走向"苍蝇"、从"幽默"走向"油滑"而受到左翼作家的激烈抨击。即便如此，在 20 世纪中国作家所接受的外国散文中，英国随笔的影响仍最为深入而且持久。郁达夫曾就此做过解释：一是"中国所最发达也最有成绩的笔记之类，在性质和趣味上，与英国的 Essay 很有气脉相通的地方"；一是中国人接受西洋文化，"大抵是借用英文的力量的"。②

将文学作为作家自叙传的郁达夫，其小说之散文化，一如其散文的小说化。其早期散文《还乡记》《南行杂记》中的孤独感、性意识以及过分的宣泄，与其小说如出一辙。进入 1930 年代，其文渐归平淡隽逸，方才显出其文章之美。《屐痕处处》和《闲书》两本集子，分别代表郁氏纪游与随感两种笔墨情趣。在《清新的小品文字》中，郁达夫埋怨西洋随笔过于讲理，"没有东方人的小品那么的清丽"。在郁氏看来，小品文字的可爱之处，"就在它的细、清、真的三点"；而公安、竟陵以及日本的记行文、写生文，恰好都具备这些优点。"讲理"不是郁文的长处，而"清丽"则源于古老的东方。对于郁达夫来说，英国随笔只是一种必要的文化修养，并没有渗入其文章的血脉。

---

① 参阅胡梦华《絮语散文》（《小说月报》第十七卷第三号）以及梁遇春为《英国小品文选》（开明书店 1929 年版）和《小品文选》写的序。

② 郁达夫：《〈中国新文学大系·散文二集〉导言》，《中国新文学大系·散文二集》，上海良友图书公司 1935 年版。

梁遇春则大不一样，他被郁达夫称为"中国的爱利亚"，不难想象其与英国随笔的因缘。在《英国小品文选》的译者序中，梁氏强调中国文学里很少"带有 Essay 色彩的东西"，只是为了循俗，不得已译成"小品"。梁遇春译、撰小品，虽受周作人启示，却与其提倡的晚明小品了无关系，其知识背景与审美趣味全系于英国随笔。梁氏薄命，生前只出版过《春醪集》《泪与笑》两个集子，其才华之未能充分展现可想而知。正如梁氏所说："凡是做小品文章的人，多数都装说自己是个单身汉而且是饱经世故的老人，因为单身汉同老头子对于一切事情常有种特别的观察点，说起话来也饶风趣。"① 这种文章不只需要一个好的观察点，还需要洒脱的心态、奇思妙想，以及广闻博识——后者因作者的过早去世而落空。难得的是，梁氏谈"流浪汉"，谈"救火夫"，谈"人死观"，都能兼及理趣与风情，用年轻人特有的敏感以及他所崇拜的查理斯·兰姆（Charles Lamb）的"宽大通达的眼光"和"广大无边的同情心"②，来弥补学识与阅历的不足。

梁遇春的短处，正是梁实秋优势所在。二梁都受英国文学影响，都写"艺术的散文"，若梁实秋所讲究的"简单""恰当""感情的渗入与文调的雅洁"等③，想来梁遇春也都会赞同。只是如此强调"节制"与"割爱"，却非少年文章本色。悬此高的后近二十年，梁实秋方才正式开笔写散文，其学识以及控制文字的能力已臻成熟，难怪《雅舍小品》一出手便博得满堂彩。此书开篇自述"长日无俚，写作自遣，随想随写，不拘篇章"，以及第二篇的引述

---

① 参阅梁遇春为《英国小品文选》中《毕克司达夫先生访友记》和《黑衣人》所撰的译者注。
② 梁遇春：《查理斯·兰姆评传》，《春醪集》，北新书局1930年版。
③ 梁实秋：《论散文》，《新月》第一卷第八号，1928 年 10 月。

兰姆的《伊利亚随笔》,无意中交代了其文章渊源及写作风格。有学人的博识,又不乏文人的雅趣,梁实秋的散文越写越好,晚年的怀人、怀乡之作尤为动人。

梁实秋论文宗美国新人文主义者欧文·白璧德(Irving Babbitt),林语堂对此很不以为然。《论文上》以金圣叹的"性灵"代答白氏及其中国信徒。术语来自公安三袁,理论眼光则得益于克罗齐(B. Croce)。表面上林氏1930年代因办《论语》、倡闲适而名满天下,可其文章骨子里近英国随笔而远晚明小品。林语堂之说闲适、辨性灵,由袁中郎上溯苏轼与庄周,发掘并表彰中国人悠远的"生活的艺术",除了周作人的启迪,再就是将"幽默"中国化的努力。林氏首译humour为"幽默",并将其作为滋润人心、改良文学的妙方良药,希望以其"清淡自然"来取代嘲讽的"尖刻冷酷"与滑稽的"炫奇斗胜":

> 欲求幽默,必先有深远之心境,而带一点我佛慈悲之念头,然后文章火气不太盛,读者得淡然之味。幽默只是一位冷静超远的旁观者,常于笑中带泪,泪中带笑。①

这种关于幽默的界说,与英国随笔的趣味非常接近。实际上林语堂的《大荒集》《我的话》等,也与二梁的风格相似。所谓袁中郎与苏东坡,只是为传播"小品文笔调"而找到的东方例证,林氏对此有充分的自觉:"须寻出中国祖宗来,此文体才会生根。"②

---

① 林语堂:《论幽默》(中),《论语》第三十三期,1934年1月。
② 林语堂:《小品文之遗绪》,《人间世》第二十二期,1935年。

"两脚踏东西文化"的林语堂，因着力于嫁接英国随笔与晚明小品，其"幽默"不时为"闲适"所冲淡。张爱玲、钱锺书的散文，或许更得英国式幽默之精髓；只是认定幽默只能"别有会心"而不能提倡，对世人之"借笑来掩饰他们的没有幽默"① 大不以为然。张、钱都主要以小说名家，可薄薄一本《流言》与《写在人生边上》，足以显示其机智与洒脱。还是英国随笔里常见的充满好奇心的"旁观者"，谈"女人"，说"更衣"，还有"公寓生活记趣"；或者用一种"业余消遣者的随便和从容"，在人生边上写下关于"吃饭""快乐"以及"教训"等等的随想：其兴趣的广泛与观察的敏锐，都令人叹为观止，只是对自家学识与才情未免过于自信，不时有炫耀的欲望。

三四十年代作家对域外文章的借鉴，由"新名词"而"外国语法"，而"随笔"，而"幽默"，兼及修辞、风格与文体，取法西方以改造中国文章的工作，至此基本完成。至于此前此后大显身手的"报告文学"，虽也是舶来品，因更多从属于新闻事业，这里不拟涉及。

三　杂感与小品

1935 年，周作人、郁达夫分别为《中国新文学大系》编散文集并作序，周氏称"新散文的发达成功有两重的因缘，一是外援，一是内应"；郁氏则称"中国现代散文的成绩，以鲁迅周作人两人的为最丰富最伟大"。世纪末回眸，周、郁二君的见解基本上可以

---

① 　钱锺书：《说笑》，《写在人生边上》，开明书店 1941 年版。

接受,只是必须略作调整。周氏所说的"内应",指言志派文学的复兴,直接的影响来自公安三袁;假如承认鲁迅杂感代表"中国现代散文的成绩",这种说法的片面性便不言而喻。

周作人提倡"美文",着意嫁接"公安派与英国的小品文";鲁迅译介厨川白村的《出了象牙之塔》,对任心闲话而且"带一点幽默和雍容"的英国随笔也颇多好感。① 欣赏 essay 并有所借鉴,这点周氏兄弟没有多大差别。鲁迅、周作人之所以成为现代中国散文最主要的两种体式"杂感"与"小品"的代表,除了政治理想与思维方式的差异外,还与其寻找的"内应"不同有关。周氏兄弟的或追踪魏晋,或心仪晚明,与林语堂为引进英国随笔而立志"寻出中国祖宗来"大不一样;就因为这是"中国文章"自己提出来的问题,虽经"五四"话语的转化,仍能与明清之文及其论争接上轨。

鲁迅受魏晋文影响,而接受的契机在于从太炎问学,这点已成学界共识。② 章氏之追踪魏晋,则是清代文章之变逼出来的。晚清文坛,取法唐宋的桐城一派仍有很大势力;挑战者以步武六朝、分辨文笔相号召,也已渐成气候。章氏起步,直接面对的便是此主古文的"桐城"与主骈文的"选学"。论学论文均高自标榜的章太炎,对时人多有刻薄语,但仍推许汪中的文质相扶与姚鼐的能守法度。在《太炎先生自定年谱》与《自述学术次第》中,章氏都提到其读魏晋玄文而文章大变。先学韩愈之奥衍不驯,后转汪中之浮华靡丽,此乃晚清文人的常态,章氏也是这么走过来的。35 岁那年

---

① 参阅周作人《〈燕知草〉跋》(《永日集》,北新书局 1929 年版)和鲁迅《小品文的危机》(《南腔北调集》,同文书店 1934 年版)。
② 参阅王瑶《论鲁迅作品与中国古典文学的历史联系》第二、第三节,《文艺报》1956 年第十九、二十号。

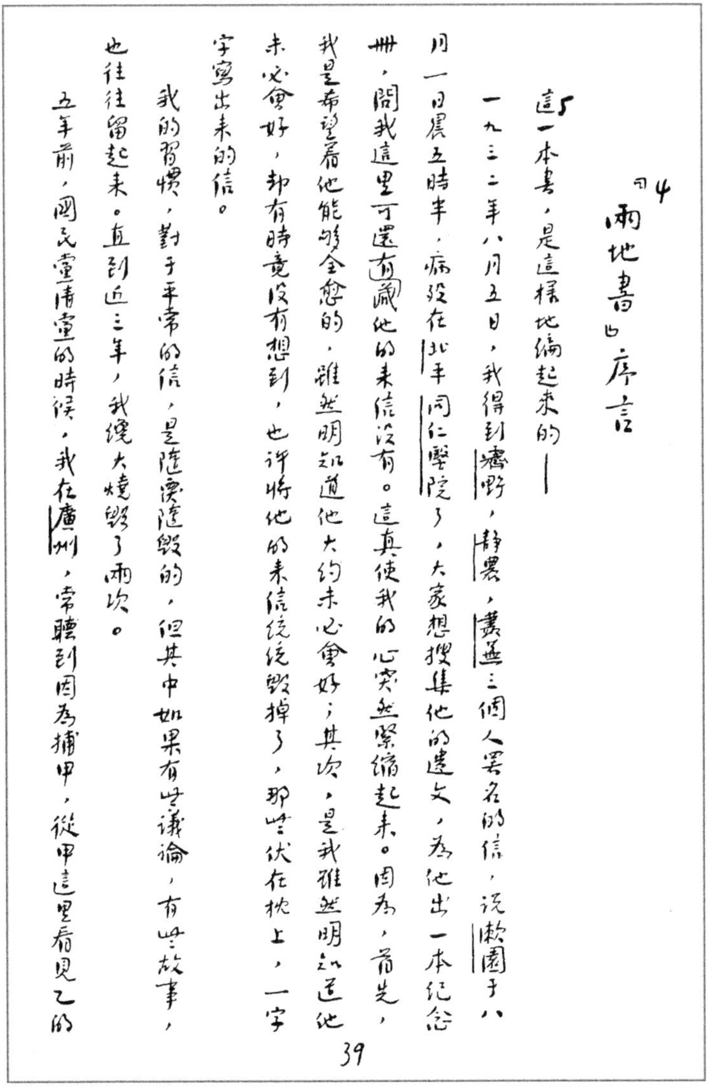

「4 《兩地書》·序言

這5一本書,是這樣地編起來的——

一九三二年八月五日,我得到魏猛克,靜農,叢蕪三個人署名的信,說漱園于八月一日晨五時半,病歿在北平同仁醫院了,大家想搜集他的遺文,為他出一本紀念冊,問我這裡可還有藏他的未信沒有。這真使我的心突兀緊縮起來。因為,首先,我是希望着他能够全愈的,雖無明知道他大約未必會好;其次,是我雖然明知道他未必會好,却有時竟沒有想到,也許將他的來信統統毀掉了,那些伏在枕上,一字字寫出來的信。

我的習慣,對于平常的信,是隨復隨毀的,但其中如果有些議論,有些故事,也往往留起來。直到近三年,我總大燒毀了兩次。

五年前,國民黨清黨的時候,我在廣州,常聽到因為捕甲,從甲這裡看見乙的

39」

图 6-4　鲁迅《〈两地书〉序言》手稿

(1902),"读三国两晋文辞,以为至美,由是体裁初变"。此后论文,开始摆脱"忽略名实"的桐城与"浮华未翦"的"选学",而独倡足以"说典礼""穷远致"的魏晋之文。①

正如章氏所称,其时"法六代者,下视唐宋;慕唐宋者,亦以六代为靡"②。促使章太炎跳出这种门户之争而毅然选择魏晋的,一半是文章,一半是学术。章氏关于魏晋文章的赞赏,最著名的是《国故论衡·论式》中的一段话:

> 魏晋之文,大体皆埤于汉,独持论仿佛晚周,气体虽异,要其守己有度,伐人有序,和理在中,孚尹旁达,可以为百世师矣。

这里强调的是"持论",而不是泛指一切文章。所谓汉人之短在"雅而不核近于诵数",唐宋之过在"清而不根近于草野",而魏晋之文则"有其利无其病",也只有放逐"纪事"与"言志",此说才能成立。曾国藩慨叹古文不宜说理,章太炎也称"名理之言,近世最短"。在章氏看来,世人之所以只能"出入风议臧否人群",而不能"甄辨性道极论空有",就因为忘了魏晋玄文。批评唐文的"局促"、宋文的"汗漫",或者褒扬魏晋的"卷舒",其实都不是关键所在,章氏最具创见的是指出名学对魏晋文章的影响。

取法唐宋或六朝者,往往"能作常文,至议礼论政则踬焉";

---

① 章太炎:《与邓实书》,《章太炎全集》第四卷。
② 章太炎:《国故论衡·论式》,《章氏丛书》,浙江图书馆1919年刊本。

除了礼政乃专门之学外，还有"立论欲其本名家，不欲其本纵横"①。学欧、苏而作论，容易好为大言，徒以气势欺人，也就是章氏所鄙视的闻见博杂、喜自恣肆的"纵横家言"。值得注意的是，《自述学术次第》称"余既宗师法相，亦兼事魏晋玄文"；《答铁铮》解释其为何独尊法相，理由是符合"汉学诸公分条析理"以及"科学萌芽而用心益复缜密"的学术趋势。以古文经学家而推崇玄学佛理，除了章氏的反叛意识、哲学兴趣以及个性主义追求，还有就是对名学的嗜好。刘师培也提到"考据之文亦出名家"，"故近代之文，多名家言"。但刘君对沉思翰藻更感兴趣，且认定"骈文之一体，实为文类之正宗"，故对魏晋文之"析理绵密"没做进一步的探讨。② 而章太炎推许魏晋文章"综核名理"，"诚有秦汉所未逮者"，这与他认准"科学兴而界说严"，不满"中国文辞素无论理"大有关系。③

清末民初介绍西洋逻辑学并以之改造中国文章的，以严复和章士钊最为著名；其时以"输入科学"为"提倡新文学"的前提，以"合于文法及名学"为"近世文体"主要特征者④，已渐成风气。只是魏晋文章除了名学，还有"玄理"与"清谈"。如果再考虑到鲁迅之追踪魏晋，还有刘师培的影响，则其杂感不只是"析理绵密"也就不难理解了。

---

① 参阅章太炎《自述学术次第》（《太炎先生自定年谱》，香港，龙门书店1965年版）、《国故论衡·论式》。

② 参阅刘师培《论文杂记》（十二）和《中国中古文学史》第四课、《文说·耀采篇》（见《中国近代文论选》）。

③ 参阅章太炎《自述学术次第》、《论承用"维新"二字之荒谬》（《国民日日报》1903年8月9日）。

④ 黄远庸：《晚周汉魏文钞序》，《远生遗著》。

鲁迅主张区分文学与学说，不同意章太炎将有句读的和无句读的都归入文学，这种思路使得其同情"文笔之辨"，谈论魏晋文章时也多受刘师培启发。① 同样取法魏晋文章的"综核名理"，鲁迅异于其师处，就在于前者还兼收其"清峻，通脱，华丽，壮大"。

　　另外，章氏注重"玄理"，而鲁迅则突出"战斗"。鲁迅欣赏嵇康、阮籍的特立独行，师心使气，以及"思想新颖""长于说理"，富有战斗精神；这一点跟他将"战斗的文章"作为章太炎一生最大的功绩，以及称杂文"是匕首，是投枪，能和读者一同杀出一条生存的血路的东西"，二者无疑是相通的。② 出于对林语堂等人只讲"闲适""性灵"的反感，鲁迅强调明末小品"并非全是吟风弄月，其中有不平，有讽刺，有攻击，有破坏"，这自是在理；可试图理出一条从魏晋到晚唐到明末再到"五四"的"挣扎和战斗"的小品文传统，总是有点勉强。③ 以 1918 年《新青年》开辟"随感录"专栏为标志的"杂感"的兴起，以及郁达夫所称辛辣简练得能以寸铁杀人的鲁迅文体④，都远不只是魏晋文章的复活。

　　相对来说，周作人对晚明小品的溯源，比鲁迅之追踪魏晋更为自觉，声名也更为显赫。周氏也曾问学太炎，其攻击桐城自有师承；而其表彰晚明，则决非章氏所能苟同。章氏不满方苞之才驽，

---

① 参阅许寿裳《亡友鲁迅印象记》（人民文学出版社 1977 年版）、鲁迅《汉文学史纲要》（《鲁迅全集》第九卷）和《魏晋风度及文章与药及酒之关系》（《鲁迅全集》第三卷）。

② 参阅鲁迅的《魏晋风度及文章与药及酒之关系》《关于太炎先生二三事》和《小品文的危机》。

③ 参阅鲁迅的《小品文的危机》和《杂谈小品文》（《且介亭杂文二集》，三闲书屋 1937 年版）。

④ 郁达夫：《〈中国新文学大系·散文二集〉导言》。

但赞赏其廓清"明末猥杂佻脱之文",有感于"明末之风复作"使得文学衰落,甚至转而为桐城义法辩解。① 这其实代表了清代学者的普遍意见——连讲义法的桐城都因"不学"遭非议,"独抒性灵"的公安自然更无立锥之地。有清一代,公安、竟陵以及"山人习气""明季小品",一直被士大夫视为为人为文的大忌。不说乾隆年间的禁毁三袁,单是博闻强记的汉学家与卫道颂圣的宋学家两头夹攻,就注定中郎辈没有抬头之日。不过,既然桐城义法是作为公安性灵的批判者登台;反过来,否定桐城义法,也就可能导致公安性灵的复活。"五四"时期的诅咒"桐城谬种,选学妖孽",已经为公安文学的平反做好铺垫,只待周作人的登高一呼。

从1926年起,周作人借重刊《陶庵梦忆》以及为俞平伯的散文集《燕知草》《杂拌儿》作跋,再三强调公安文学的历史价值以及其与"五四"新文学的血脉相关。比如称公安文学无视古文正统,注重"真实的个性的表现",其"对于礼法的反动"很有现代气息,其隐遁"根本却是反抗的",而其"抒情的散文","与现代文的情趣几乎一致"。所有这些,落实到最后,就是为现代散文溯源:

> 现代的散文好像是一条湮没在沙土下的河水,多少年后又在下流被掘了出来;这是一条古河,却又是新的。②

---

① 参阅章太炎的《菿汉微言》(《章氏丛书》)和《自述学术次第》。
② 参阅周作人《〈陶庵梦忆〉序》(《泽泻集》)、《〈杂拌儿〉跋》和《〈燕知草〉跋》(《永日集》)。

这一溯源，到 1932 年在辅仁大学作系列演讲并由北平人文书局刊行《中国新文学的源流》一书而达到顶点。在这本与胡适的《白话文学史》并肩的名著中，周作人是这样评价公安文学的：

> 那一次的文学运动，和民国以来的这次文学革命运动，很有些相像的地方。两次的主张和趋势，几乎都很相同。更奇怪的是，有许多作品也都很相似。

周、胡二君之谈论公安、竟陵或禅门语录，都不是严格意义上的历史研究，而是为白话文学或现代散文"张目"。将这种溯源解释为"立异恐怖"未必恰当①，因其时白话文运动已经获得成功，而周氏的小品也被充分肯定。将其理解为文学革命的提倡者所作的自我调整，或许更为贴切。

"五四"时期与周作人关系极为密切的重要刊物《新潮》，其英文名称是 The Renaissance。将"文学革命"与"文艺复兴"连在一起，这是周氏的一贯思路。最能体现这一思路的，当然不是西化色彩很浓的新诗或话剧，而是散文：

> 我常这样想，现代的散文在新文学中受外国的影响最少，这与其说是文学革命的还不如说是文艺复兴的产物，虽然在文学发达的程途上复兴与革命是同一样的进展。②

---

① 中书君：《评周作人的〈新文学的源流〉》，《新月》第四卷第四期，1932 年 11 月。
② 周作人：《〈陶庵梦忆〉序》，《泽泻集》。

强调"复兴与革命是同一样的进展",并非周氏的别出心裁,"五四"先驱者大多有此设想,只不过安在"散文"头上显得格外合适。就在"五四"文学革命摧枯拉朽的1919年,胡适连续发表《新思潮的意义》《论国故学》《清代学者的治学方法》等文,正式亮出"整理国故"的旗帜。出于对国人根深蒂固的复古思想的警惕,新文化人有嬉笑怒骂"所谓国学"的,但大都承认提倡新文学必须与整理国故相结合。郑振铎用"重新估定或发现中国文学的价值,把金石从瓦砾堆中搜找出来"① 来表达这代人的追求,是再合适不过的了。散文因其传统资源最为丰富,其搜找金石的工作也就最见成效。

既然是寻求"革命"与"复兴"的统一,或者说借"复兴"来弥补"革命"的矫枉过正,立论时自然注重大的研究思路,而不太在乎具体的历史考据。《白话文学史》和《中国新文学的源流》都是别具慧眼的妙书,介乎鲜明的文学宣言与严谨的学术著述之间。这两本书都有著者个人趣味的烙印,但主要目的是为整个文学革命寻找出路。比如,周作人大谈晚明小品与"五四"文学的渊源,可其本人文章,却与公安三袁关系不大。

在《我的杂学》(四)中,周作人称王充、李贽、俞正燮为"中国思想界之三盏灯火",似乎可以与同样崇拜李贽的公安三袁挂上钩;可周氏欣赏的是"通达人情物理"以及"爱真理的态度",这与中郎等人之接受"童心说"而提倡"独抒性灵"有不小的距离。在《笠翁与随园》里,周作人提到可续公安香火的李渔与袁

---

① 郑振铎:《新文学的建设与国故之新研究》,《小说月报》第十四卷第一号,1923年。

枚,可说及他很看重的兼及美与善的"趣味",又明显与三袁异路:

> 这所谓趣味里包含着好些东西,如雅,拙,朴,涩,重厚,清朗,通达,中庸,有别择等,反是者都是没趣味。

若按周氏这九项指标衡量,既不"涩"也不"拙",更谈不上"重厚"的袁中郎等,恐怕只能归入"没趣味"的行列。周作人文章最为人称道的平淡、博识以及优游雍容,也全与公安文学背道而驰。除了"寄沉痛于悠闲"有点相像外,倘就文章风格论,周、袁相差实在太远。

周作人的批评桐城古文而表彰晚明小品,除了以人情物理以及反抗意识断高低外,还蕴涵着改造文学语言的意图。桐城古文追求清真雅驯,语言禁忌甚多;晚明小品则希望出奇制胜,善于引俗语、俚语以及佛家语入文。当初诅咒文言的新文化人,在白话文运动取得成功以后,都在考虑以某种方式吸纳文言乃至古文技法。周作人对这一进程最为自觉,《苦竹杂记·后记》提出"混和散文的朴实与骈文的华美"的文章理想,《药堂杂文·序》则称古文并非全要不得的东西,就像前清衣冠,经过一番挑拣、洗刷、改裁与搭配,仍然大有用处。这些说法都只是表示意向,不若《〈燕知草〉跋》评论俞文的"涩味与简单味"那么直探文心:

> 以口语为基本,再加上欧化语,古文,方言等分子,杂糅调和,适宜地或吝啬地安排起来,有知识与趣味的两重的统制,才可以造出有雅致的俗语文来。我说雅,这只是说自然、大方的风度,并不要禁忌什么字句,或者装出乡绅的架子。平

伯的文章便多有这些雅致，这又就是他近于明朝人的地方。

胡适称周作人等提倡的"小品散文"打破了"美文不能用白话"的迷信，只注意到其对古文壁垒的冲击，而忽略了其对白话的改造。在20世纪中国散文诸多体式及流派中，周氏兄弟所开创的"杂感"与"小品"，最为注重，也最为成功地从传统汲取养分；"借文言改造白话"，只是其中比较显豁而且比较容易描述的层面，以至模仿"鲁迅风"或者追随周作人，最容易入手处便是其略带涩味且雅致的文体。

周氏兄弟文章面目多样，渊源复杂，这里只是为其"杂感"或"小品"寻根，不涉及鲁迅的《野草》和《朝花夕拾》，也不谈论周作人与日本随笔和俳文的关系，显然意不在展现"全人"或"全文"，而只是借此勾勒现代中国散文成长的一个重要侧面。

四　孤独与生机

"五四"文学革命以提倡白话反对文言发难，照理说得益最大的该是诗文；可革命的直接效果，却是"诗"的脱胎换骨，以及"文"的撤离中心。从梁启超提倡小说为文学之最上乘，到胡适、鲁迅以小说为学术课题，都是借助西方文学观念来改变中国原有的文类等级。伴随着小说的迅速崛起，散文明显失去了昔日的辉煌。

1920年代初胡适撰《五十年来中国之文学》，依次评论古文、诗歌、小说；十年后朱自清在清华大学讲授"中国新文学研究"课程,论述的次序改为诗、小说、戏剧、散文。史著中文类排列次序的变化,隐含着其地位的升降。这里固然有晚清与"五四"文学发展趋向的差异,但更重要的是学术范式的转移。长期傲居文坛中心的"文章",如今突然被抛到边缘,其感觉凄凉与寂寞可想而知,更何况还必须忍受西方"散文"概念的宰制与改造。

周氏兄弟对依"西洋的'文学概论'"来划定文类等级大不以为然,或称杂文"恐怕要侵入高尚的文学楼台去的",且乐观其日见斑斓;或谓小品"集合叙事说理抒情的分子",乃"个人的文学之尖端"。其他作家则没有那么自信,就连以散文名家的朱自清,也都以为在各文类中散文矮人一截:"它不能算作纯艺术品,与诗、小说、戏剧,有高下之别。"① 朱氏并非故作谦虚,而是衡之于其时炙手可热的"文学概论",散文确实只能叨陪末座。

散文的退居边缘,不一定是坏事,起码可以使得作家卸下替圣贤立言的面具,由"载道"转为"言志"。周作人根据"文以载道""诗以言志"来区分两派文学家,略嫌牵强,因"载道"的文人吟起诗来,照样可能"抒写性灵"。② 这其实与传统中国不同文类功能的界定有关——处于中心位置的"文章",属于"经国之大业",因而无权过分关注一己之悲欢。退居边缘,作家不必"搭足空架子"写"讲义体的文字"③,小品自然也就应运而生。架子的倒塌与戒律的瓦解,使得原本正襟危坐目不斜视的"文章",一转

---

① 参阅鲁迅《徐懋庸作〈打杂集〉序》(《且介亭杂文二集》)、周作人《〈冰雪小品选〉序》(《看云集》)和朱自清《〈背影〉序》。
② 参阅周作人《中国新文学的源流》、中书君《评周作人的〈新文学的源流〉》。
③ 叶圣陶:《关于小品文》,《小品文和漫画》,生活书店1935年版。

而变得最自由、最活跃，因而也最为充满生机。

周作人从"王纲解纽的时代"，郁达夫从"个人的发现"来论证现代中国散文的发达，都很有见识；可"一粒沙里见世界，半瓣花上说人情"这一现代散文的基本特征，却有赖于其退居边缘因而卸下"载道"重任。①

1930年代关于小品文的论争，可以看作"散文"的重新自我定位。一主"闲适"与"性灵"，一讲"挣扎和战斗"，表面上水火不相容，可论争的结果，双方互有妥协：所谓"寄沉痛于悠闲"，所谓战斗之前的"愉快和休息"。② 就对"宇宙"与"苍蝇"的把握方式而言，杂感与小品始终无法协调；但强调自我，张扬"个人的笔调"，鄙视"赋得"的文章（包括"赋得性灵"），以及文体上"不为格套所拘，不为章法所役"，又都是对于正统文章"载道"功能的消解。③ 很不一样而又可以互相补充，这其实正是现代散文发达的奥秘。承认"文学以个人自己为本位"，着力于耕耘"自己的园地"④，必然导致风格的多元化。

模仿鲁迅的聂绀弩、追随周作人的俞平伯，其杂感与小品并没有完全被师长们所掩盖，仍能显出自家面目，这很不容易。战斗的杂感与闲适的小品，乃现代散文的两大主潮，但李广田却认定朱自清

---

① 参阅周作人《〈冰雪小品选〉序》、郁达夫《〈中国新文学大系·散文二集〉导言》。
② 参阅林语堂的《〈人间世〉发刊词》和《周作人诗读法》（《我的话》下册，时代图书公司1934年版）、鲁迅的《小品文的危机》。
③ 参阅鲁迅的《杂谈小品文》和林语堂的《论文下》（《我的话》下册）。
④ 参阅周作人的《文艺的统一》和《自己的园地》，《自己的园地》，北京晨报社1923年版。

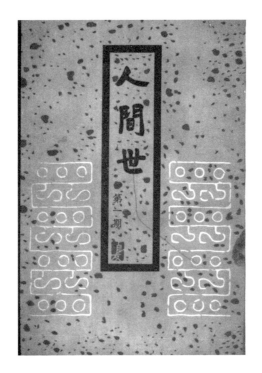

图 6-5 《人间世》杂志创刊号封面

的自然与淳厚方为散文的"正宗"①。散文能不能立"正宗"姑且不论,朱氏文章之广为流传并易于模仿,却是不争的事实。

至于冰心童心之清纯与徐志摩"浓得化不开"的艳丽,也都跳出周氏兄弟的天地,以灵性及才气见长。许地山、丰子恺与佛教因缘极深,其文真如"空山灵雨",以禅味取胜;冯至之于"平凡的原野上"领悟生命以及体会"永恒的美"②,除了中国文化精神的滋养,还得益于存在主义哲学的启迪。

何其芳不追求哲理,而致力于"以很少的文字制造出一种情调"。虽说拒绝将散文写成"一段未完篇的小说"或者"一首短诗的放大",何氏"独立的创作"仍然不能不借重于诗。③ 这也是李广田将《画梦录》称为"诗人的散文"的原因。与此形成鲜明对照的,便是沈从文等"小说家的散文"④。喜欢"独语"者借鉴诗歌,而善于纪实者则不妨取法小说。朱自清的《背影》中已经夹杂小说笔调,沈从文的《湘行散记》更有意糅合游记、散文和小说。⑤

文体的互相渗透,在现代中国散文中表现极为突出,除了文类的开放性,更因个人笔调的强调。个人与社会、宗教与主义、山水与哲理、实录与抒情……任何一点生发开去,都可能获得独特的感觉与表现。

---

① 李广田:《谈散文》,《文艺书简》,开明书店1949年版。
② 冯至:《〈山水〉后记》,《山水》,文化生活出版社1947年版。
③ 何其芳:《〈还乡杂记〉代序》,《还乡杂记》,上海良友图书公司1939年版。
④ 李广田:《谈散文》。
⑤ 参阅朱自清《〈背影〉序》、沈从文《新废邮存底(二十三)》(《益世报》1947年9月20日)。

脱离象征权力和责任的"中心",走向寂寞淡泊的"边缘",20世纪中国散文不但没有消沉,反更因其重个性、讲韵味、洒脱自然而突破明清之文的窠臼。30年代中期,鲁迅在《小品文的危机》中曾提及,"五四运动"后"散文小品的成功,几乎在小说戏曲和诗歌之上"。类似的说法,胡适、曾朴、朱自清、周作人等也都曾经表述过。① 考虑到此后小说艺术发展神速,而散文又在好长一段时间内失落了作为主心骨的"个人笔调",鲁迅等人的判断稍嫌过于乐观。但如果说现代中国散文在东西方文化碰撞中较好地完成了"蜕变"与"转型",并重新获得无限生机,则并非过誉。

---

① 参阅胡适《五十年来中国之文学》、曾朴《复胡适的信》(《真美善》第一卷第十二号)、朱自清《〈背影〉序》以及周作人《〈中国新文学大系·散文一集〉导言》。

主要参考书目

说明:本书目的编制,除为研究者提供线索外,也希望借此表达对先行者的谢意,故只开列与本书的写作有直接关联者;限于篇幅,不列单篇论文,也不列工具书以及作为研究对象的散文、小说和相关文论;在文学史著的意义上,收录部分研究对象的文集。

《藏书》,李贽著,中华书局1974年版。
《长兴学记　桂学答问　万木草堂口说》,康有为著,中华书局1988年版。
《池北偶谈》,王士禛著,中华书局1982年版。
《辞赋通论》,叶幼明著,湖南教育出版社1991年版。
《雕菰集》,焦循著,道光四年(1824)仪征阮亨刻本。
《古书通例》,余嘉锡撰,上海古籍出版社1985年版。
《管锥编》,钱锺书著,中华书局1979年版。
《国故论衡》,章太炎著,上海大共和日报馆1912年版。
《韩柳文研究法》,林纾著,香港,龙门书店1969年版。
《韩愈资料汇编》,吴文治编,中华书局1983年版。
《汉代散文史稿》,韩兆琦、吕伯涛著,山西人民出版社1986年版。
《汉赋通义》,姜书阁著,齐鲁书社1989年版。
《汉魏六朝百三家集题辞注》,张溥著,殷孟伦注,人民文学出版社1981年版。

《滹南遗老集》,王若虚著,《四部丛刊》影涵芬楼钞本。
《胡适古典文学研究论集》,胡适著,上海古籍出版社 1988 年版。
《胡小石论文集续编》,上海古籍出版社 1991 年版。
《黄梨洲文集》,陈乃乾编,中华书局 1959 年版。
《金明馆丛稿初编》,陈寅恪著,上海古籍出版社 1980 年版。
《金明馆丛稿二编》,陈寅恪著,上海古籍出版社 1980 年版。
《经典常谈》,朱自清著,生活·读书·新知三联书店 1980 年版。
《经学历史》,皮锡瑞著,中华书局 1959 年版。
《历代笔记概述》,刘叶秋著,中华书局 1980 年版。
《梁启超清学史二种》,朱维铮校注,复旦大学出版社 1985 年版。
《列朝诗集小传》,钱谦益撰,上海古籍出版社 1983 年版。
《柳诒徵史学论文续编》,上海古籍出版社 1991 年版。
《鲁迅全集》,人民文学出版社 1981 年版。
《鲁迅作品论集》,王瑶著,人民文学出版社 1984 年版。
《论衡集解》,王充撰,刘盼遂集解,古籍出版社 1957 年版。
《论文偶记　初月楼古文绪论　春觉斋论文》,刘大櫆、吴德旋、林纾著,人民文学出版社 1959 年版。
《美学与意境》,宗白华著,人民出版社 1987 年版。
《梦苕庵清代文学论集》,钱仲联著,齐鲁书社 1983 年版。
《明代文论选》,蔡景康编选,人民文学出版社 1993 年版。
《明清笔记谈丛》,谢国桢著,上海古籍出版社 1981 年版。
《明清人情小说研究》,方正耀著,华东师范大学出版社 1986 年版。
《廿二史札记》,赵翼著,世界书局 1939 年版。
《骈文史论》,姜书阁著,人民文学出版社 1986 年版。
《骈文学》,张仁青著,文史哲出版社 1984 年版。
《浦江清文录》,人民文学出版社 1989 年版。

《潜研堂集》,钱大昕著,上海古籍出版社1989年版。
《清代科举考试述录》,商衍鎏著,生活·读书·新知三联书店1983年版。
《清代科举制度研究》,王德昭著,中华书局1984年版。
《清人笔记条辨》,张舜徽著,中华书局1986年版。
《清人文集别录》,张舜徽著,中华书局1963年版。
《全唐文纪事》,陈鸿墀纂,上海古籍出版社1987年版。
《日知录集释》,顾炎武著,黄汝成集释,世界书局1936年版。
《三松堂学术文集》,冯友兰著,北京大学出版社1984年版。
《少室山房笔丛》,胡应麟著,上海古籍出版社1993年版。
《十四朝文学要略》,刘永济著,黑龙江人民出版社1984年版。
《石遗室论文》,陈衍著,无锡国学专修学校1936年版。
《史通通释》,刘知幾撰,浦起龙释,上海古籍出版社1978年版。
《史学三书平议》,张舜徽著,中华书局1983年版。
《世说新语笺疏》,刘义庆撰,余嘉锡笺疏,中华书局1983年版。
《书林清话》,叶德辉著,中华书局1987年版。
《宋稗类钞》,潘永因编,书目文献出版社1985年版。
《宋金元文论选》,陶秋英编选,人民文学出版社1984年版。
《谈艺录》,钱锺书著,中华书局1984年版。
《汤用彤学术论文集》,汤用彤著,中华书局1983年版。
《唐代长安与西域文明》,向达著,生活·读书·新知三联书店1957年版。
《唐代古文运动通论》,孙昌武著,百花文艺出版社1984年版。
《唐宋文举要》,高步瀛编,上海古籍出版社1982年版。
《通志略》,郑樵著,上海古籍出版社1990年版。
《桐城文派述论》,吴孟复著,安徽教育出版社1992年版。

《桐城文学源流考》，刘声木著，黄山书社1989年版。
《晚明小品论析》，陈少棠著，香港，波文书局1981年版。
《晚明小品与明季文人生活》，陈万益著，台北，大安出版社1992年版。
《魏晋南北朝文学史》，胡国瑞著，上海文艺出版社1980年版。
《文镜秘府论》，遍照金刚著，人民文学出版社1975年版。
《文史通义》，章学诚著，上海书店1988年版。
《文心雕龙注》，范文澜注，人民文学出版社1978年版。
《文心雕龙注释》，周振甫注，人民文学出版社1981年版。
《文学研究法》，姚永朴撰，黄山书社1989年版。
《文则　文章精义》，陈骙、李涂著，人民文学出版社1960年版。
《文章辨体序说　文体明辨序说》，吴讷、徐师曾著，人民文学出版社1962年版。
《习学记言序目》，叶适著，中华书局1977年版。
《先秦散文纲要》，谭家健、郑君华著，山西人民出版社1987年版。
《先秦学术概论》，吕思勉著，中国大百科全书出版社1985年版。
《闲堂文薮》，程千帆著，齐鲁书社1984年版。
《现代中国文学史》，钱基博著，岳麓书社1986年版。
《揅经室集》，阮元著，中华书局1993年版。
《颜氏家训集解》，颜之推撰，王利器集解，上海古籍出版社1980年版。
《艺概》，刘熙载撰，上海古籍出版社1978年版。
《艺苑卮言》，王世贞著，上海古籍出版社1978年版。
《艺舟双楫》，包世臣著，世界书局1936年版。
《饮冰室合集》，梁启超著，中华书局1932年版。
《余嘉锡论学杂著》，中华书局1977年版。
《语石　语石异同评》，叶昌炽撰，柯昌泗评，中华书局1994年版。
《元白诗笺证稿》，陈寅恪著，古典文学出版社1958年版。

《章太炎全集》(三至六卷),章太炎著,上海人民出版社编,上海人民出版社1984—1986年版。

《章学诚遗书》,章学诚著,文物出版社1985年版。

《照隅室古典文学论集》,郭绍虞著,上海古籍出版社1983年版。

《郑振铎古典文学论文集》,郑振铎著,上海古籍出版社1984年版。

《中古文学史论》,王瑶著,北京大学出版社1986年版。

《中古文学史论文集》,曹道衡著,中华书局1986年版。

《中国报学史》,戈公振著,中国新闻出版社1985年版。

《中国古代文体概论》,褚斌杰著,北京大学出版社1984年版。

《中国古代文学论稿》,胡念贻著,上海古籍出版社1987年版。

《中国近代报刊史》,方汉奇著,山西人民出版社1981年版。

《中国近代文论选》,舒芜等编选,人民文学出版社1981年版。

《中国近代文学之变迁》,陈子展著,中华书局1929年版。

《中国近三百年学术史》,钱穆著,中华书局1986年版。

《中国散文史》,陈柱著,商务印书馆1937年版。

《中国散文史》(上、中),郭预衡著,上海古籍出版社1986、1993年版。

《中国绅士》,张仲礼著,李荣昌译,上海社会科学院出版社1991年版。

《中国文学八论》,刘麟生等著,世界书局1936年版。

《中国文学批评史》,郭绍虞著,上海古籍出版社1979年版。

《中国文学批评史》,罗根泽著,上海古籍出版社1984年版。

《中国文学研究》,郑振铎著,作家出版社1957年版。

《中国新文学大系导论集》,蔡元培等著,良友复兴图书印刷公司1940年版。

《中国新文学的源流》,周作人著,人文书店1932年版。

《中国学术思想史随笔》,曹聚仁著,生活·读书·新知三联书店1986年版。

《中国印刷史》,张秀民著,上海人民出版社1989年版。
《中国哲学史新编》,冯友兰著,人民出版社1985年版。
《中国中古文学史　论文杂记》,刘师培著,人民文学出版社1984年版。
《中華文人の生活》,荒井健编,东京,平凡社1994年版。
《周作人的是非功过》,舒芜著,人民文学出版社1993年版。
《周作人回忆录》,湖南人民出版社1982年版。
《朱子语类》,黎靖德编,中华书局1986年版。

书名及人名索引条目

A

《哀江南赋》/081,097,100
《哀盐船文》/244
《哀郢》/106
《爱莲说》/146
《安徽俗话报》/255
艾南英/024,187,188

B

《白话文学史》/274,275
《白云先生传》/200
《报任安书》/041,042
《北山移文》/106
《北史·文苑传》/098,102
《北行日录》/168
《背影》/004,252,281
《别赋》/081,097
《兵部员外郎马君墓志铭》/161
《丙辰劄记》/246
《病梅馆记》/248
白璧德,Irving Babbitt/266
白居易/131,164

班彪/106
班固/002,010,023,027,041,042,045-047,058,074,075,078,219
包世臣/093,115,222
鲍照/081,098,110
冰心/281

C

《草堂记》/164
《谗书》/132
《昌言》/063,083
《潮州韩文公庙碑》/067,118
《陈公九锡文》/101
《陈书·徐陵传》/098
《陈驭虚墓志铭》/235
《赤壁赋》/146
《崇古文诀》/071,221
《出了象牙之塔》/268
《出师表》/085
《初月楼古文绪论》/013,045,226
《楚辞》/071
《处规》/125

《传奇》/019
《春醪集》/265
《春秋》/024,027,036-042,061,234
《刺世疾邪赋》/080
蔡邕/154,157
曹操/083-085,089
曹丕/084,085
曹植/080,085,106
晁补之/167
晁错/057,059,60,070,122
陈独秀/255,257
陈继儒(陈眉公)/196,201,207,208,210
陈亮/136,148
陈善/115
陈师道/019,146
陈衍/029,061,062,085,109,142,166
陈寅恪/019,095,100,129,137,153
陈子昂/118,119,121,122
程廷祚/081
程颐/148
厨川白村/268
储欣/228
崔寔/063

D
《达庄论》/088
《答蔡观察元履》/196
《答李生第一书》/131
《答李翊书》/024,067,128,129

《答刘正夫书》/067,128
《答铁铮》/271
《答韦中立论师道书》/024,029,129
《答吴殿麟书》/236
《答谢民师书》/144,145
《大荒集》/266
《大人赋》/073
《大人先生传》/088
《大唐中兴颂》/124,155
《大铁椎传》/015,241
《大学章句序》/146
《登大雷岸与妹书》/110
《登楼赋》(《登楼》)/080,081,082
《登台赋》/106
《登西台恸哭记》/167
《帝京景物略》/200,211
《典论·自叙》/084
《殿中少监马君墓志铭》/161
《吊古战场文》/124
《东京梦华录》/170
《东坡志林》/167
《东行寻牡丹舟中作》/210
《读开元杂报》/132
《读李翱文》/141
《读孟尝君传》/144
戴名世/223,226-228
戴震/214,230,239,242,246
邓牧/149
董狐/038

董仲舒/058,059,61,079,146

独孤及/119,123,124,150

杜笃/106

杜甫/100

杜牧/132

杜预/038,086

段玉裁/244

E

《二京赋》(《二京》《两京》)/078

F

《法显传》/113,164

《法言》/045,058,073

《凡将篇》/078

《泛爱寺重修记》/164

《方山子传》/019

《汾二子传》/210

《焚书》/189,190,203

《丰乐亭记》/167

《风赋》/077

《封禅仪记》/108

《封建论》/129

《祓禊赋》/106

《鵩鸟赋》/079

《甫里先生传》/133

《妇人之仁》/133

《复性书》/131

樊宗师/131

范成大/168

范宁/038,040,086

范晔/095

范缜/093

范仲淹/139-141,148,155,156,159,161,167

方苞(方望溪)/013-015,023,114,130,215,217,219,223,226-231,234-236,239,245,272

方东树/214,215,225,230,232,234

方宗诚/223,225

丰子恺/281

冯衍/079

冯至/281

傅山/175,176,178,210

傅玄/084

富嘉谟/122

G

《丐论》/125

《甘泉赋》(《甘泉》)/077,082

《感节赋》/106

《感士不遇赋》/091

《与子俨等疏》/091

《给事中孔公墓志铭》/161

《给事中清河张君墓志铭》/161

《公安县志》/204

《公羊春秋》(《公羊》)/037-038,247

《古文辞类纂》/047,071,149,154,215,

219,237

《古文关键》/163,221

《古文小品冰雪携》/196

《古文约选序例》/023,114,228,235

《钴鉧潭西小丘记》/165

《穀梁》/037,038

《穀梁传序》/038,040

《穀梁注》/086

《广陵对》/244

《归去来兮辞》(《归去来》)/091,102

《归田赋》(《归田》)/079,082,098,104

《归田录》/135,137,138

《郭泰碑》/157

《国故论衡》/034,068,077,078,083,270

《国语》(《国》)/024,027,030,031

《过秦论》/059

告子/053

戈公振/253

公孙弘/057

公孙龙/053

龚自珍/239,246-248,258

顾况/164

顾炎武/045,157,175,176,178,179,206,214,241

管同/226,232,237

归有光/176,215-219,221,222,227,230,235,238,241

郭璞/104

郭绍虞/095,096,185

郭象/087

H

《海赋》/104

《海愚诗钞序》/237

《寒花葬记》/216

《寒亭记》/164

《韩非子》/052,054,057

《韩甥哀词》/245

《韩文公行状》/130

《韩愈论》/127

《汉官仪》/109

《汉书》/010,023,027,031,034,041,045-047,050,059,071,073-077,080

《汉魏六朝百三家集题辞》/098,100

《河间传》(《河间》)/014,129

《鹤林玉露》/005,137,138,143

《恨赋》/081,097

《洪范》/029

《濠南遗老集·文辨》/002,134,138

《胡先生墓表》/161

《湖心亭看雪》/211

《画梦录》/281

《淮南子》/063,064

《还乡记》/264

《皇朝文鉴》/115

《皇明十六家小品》/196

《黄梦升墓志铭》/161

《黄州快哉亭记》/167

《论国故学》/275

《论衡》/063,064,083

《论课蒙学文法》/016,179,246

《论诗文》/134

《论私》/248

《论文管见》/128,217,241

《论文偶记》/135,143,236

《论文杂记》/070,271

《论艺绝句六篇》/248,258

《论语》/034,035,055,073,254,266

《论语集解》/088

《罗兰夫人传》/259

《洛神赋》/080

《洛阳伽蓝记》/102,111

兰姆,Charles Lamb/265,266

老子(老聃)/035,049,079,150

黎庶昌/233

李翱/118,119,130,131,168,218

李白/150

李东阳/181

李谔/119,120

李观/131

李广田/279,281

李华/122,124

李陵/042,100

李梦阳/081,180,181,183,185,186

李攀龙/180,183,186

李商隐/124,157

李涂/142,160,163

李渔/275

李兆洛/094,115

李肇/130,131

李贽(李卓吾)/020,060,187-191,195,196,203,205,206,275

郦道元/110,111,198,210

梁启超/002,040,041,180,242,248,253-255,258,259,261,277

梁实秋/265,266

梁肃/118,123

梁遇春/254,262,264,265

林传甲/004

林纾/040,045,150,151,163,198,232,257

林语堂/254,264,266-268,272,279

刘安/063

刘大櫆/135,143,215,223,233,234,236,239

刘逢禄/247

刘基/181

刘筠/139

刘克庄/137,146

刘师培/026,047,068,070,076,078,082,086-089,173,239,240,246,247,251,271,272

刘蜕/132

刘熙载/005,039,042,052,056,058,064,067,130,143,148,164,172,178,203

刘向/032,058,060,062,063,144

刘勰/025,029,037,041,045,049,052,

063,071,075,076,079,086,087,093,
094,096,098,110,149
刘歆/062
刘禹锡/118,130,132,157
刘知幾/027,029,031,037,038,040,120
柳开/139,140
柳冕/123,124
柳宗元(子厚)/014,015,024,029,037,
110,119,125,126,129,130,133,151,
164,165,198,200,230,235
楼昉/045,221
卢藏用/121
鲁迅/004,005,021,025,029,035,042,
074,082,083,088,089,219,257,261,
267,268,271,272,277－279,282
陆龟蒙/132,153
陆机/076,095,096,098,100
陆贾/058,059
陆游/139,168,195
陆云龙/196,202
陆贽/122
吕璜/013,045,226
吕温/130
吕夷简/159
吕祖谦/163,221
罗大经/005,137,138,143
罗惇曧/006
罗隐/132,133

M

《马伶传》/015,241
《马湘灵诗集序》/236
《麦秀》/081
《毛颖传》/129,153
《梅圣俞墓志铭》/019,162
《美文》/262
《扪虱新话》/115
《孟子》/035,036,051－055,217
《梦粱录》/212
《梦溪笔谈》/155
《明会典·科举·科举通例》/177
《明史》/175,183,204
《明文案序》/176,181,185,242
《墨池记》/144
《墨子》/035,051,053
《墓铭辨例》/154,155
马第伯/108
毛宗岗/020
茅坤/044,157,158,218,219,221,222,228
枚乘/097,104
梅尧臣/136
梅曾亮/232
孟轲(孟子)/032,047,049,050,055,056,
057,128,143
孟元老/170
祢衡/085
墨翟(墨子)/032,049,053,058
木华/104

N

《南齐书》/097,098

《南山集》/223

《南行杂记》/264

《南阳樊绍述墓志铭》/128,131

倪云林/201

聂绀弩/279

O

欧阳修/019,115,116,119,120,124,135-145,151,152,156,159-162,167,215,216

欧阳詹/131

P

《平准书》/042

《坡仙集》/195,205

潘昂霄/154,155

潘尼/150

潘岳/096

皮日休/132

平步青/242

蒲松龄/204

Q

《七发》/097,104

《七经》/082

《七略》/062,258

《祁止祥癖》/201

《乞巧文》/129

《乞毋割地与金人疏》/148

《千唐志斋藏石》/131

《潜夫论》/063

《樵髯传》/237

《钦定四书文》/228

《清代学术概论》/248,258,259

《清代学者的治学方法》/275

《清新的小品文字》/264

《清议报》/252,261

《请韩文公配飨太学书》/133

《秋声赋》/142

《曲水诗序》/150

《曲洧旧闻》/138

《权书》/145

《劝学》/057

祁彪佳/198,211

祁豸佳/210

钱大昕/041,176,225,229

钱基博/180

钱谦益/141,181,185,191,193,210,215

钱玄同/251

钱锺书/017,040,075,087,093,097,103,104,109,110,111,120,157,173,267

秦观/127,146,167

裘廷梁/255

屈原/042,045,071,076,079,097,106,123

全祖望/239,242

权德舆/122

R

《人间世》/254,266

《人物志》/083

《日喻》/146

《日知录》/045,157,175,176,178,179,206

《容斋随笔》/109,118,137

《儒林外史》/020,206

《入蜀记》/168

任昉/096,098

任华/150

阮籍/083,087-089,096,272

阮元/040,093,094,173

S

《三藏法师传》/164

《三都赋》(《三都》)/075,078

《三科程墨》/222

《三叔碑》/133

《三月三日曲水诗序》/150

《山海经》/166

《山居赋》/108

《山书》/132

《山中与秀才裴迪书》/164

《伤心赋》/100

《伤仲永》/144

《商书·盘庚上》/027

《上林》/077

《上欧阳内翰书》/142

《上仁宗皇帝言事书》/144

《上隋高帝革文华书》/120

《上田枢密书》/145

《尚书》(《书》)/024,026-030,036,037,040,057,127,217

《少室山房笔丛·九流绪论》/009

《涉江》/106

《呻吟语》/168

《神灭论》/093

《声无哀乐论》/088

《师说》/125,127

《诗归》/194

《诗经》(《诗》)/024,057,071,076,127

《诗品》/097,098

《十渐不克终疏》/120

《石鼎联句诗序》/129

《石钟山记》/168

《时化》/125

《时务报》/254,258

《史记》(《史》)/012,016,017,024,031,035,041-043,045-047,057,073,188,215,217,218,221,222,231,234,237,238,241

《史记评点》/215,219

《史通》/029,031,037,038,040,120

《始得西山宴游记》/165

《世化》/125

《世说新语》/087-090,102,105,107

《试大理评事王君墓志铭》/014,161

《黍离》/081

《述行赋》/106

《述学》/244

《泷冈阡表》/142

《水浒传》(《水浒》)/009,016,020,189,203

《水经注》/102,103,110,111,113,166

《舜典》/029

《说天鸡》/133

《说文解字》/026

《四库全书总目》/182,205,207,222,228

《四六丛话》/076,097

《四书文选》/227,231

《宋清传》/129

《宋史》/139,140

《宋书》/086,095,101,102,107

《送董邵南游河北序》/152

《送方伯载归三山序》/153

《送高闲上人序》/152

《送李白之曹南序》/150

《送李愿归盘谷序》/151,153

《送廖道士序》/152

《送石昌言为北使引》/152

《送田画秀才宁亲万州序》/143

《送温处士赴河阳军序》/152

《送小鸡山樵人序》/153

《送徐无党南归序》/143,152

《送薛存义之任序》/151

《送杨少尹序》/153

《送杨寘序》/152

《送宗判官归滑台序》/150

《苏长公外纪》/195

《苏氏文集序》/119,142

《涑水记闻》/155

《岁寒堂诗话》/115

《孙征君传》/235

商衍鎏/175

邵长蘅/227

沈从文/281

沈亚之/019,131

沈约/086,094,095,101

石介/141,142

叔孙通/057

司马光/148

司马迁(太史公)/033,037,041-046,
　058,150,215,216,217,231,234,244

司马相如(相如)/045,058,061,067,068,
　070,073,075,077,078,084,097

宋濂/181

宋祁/119,141

宋翔凤/247

宋应星/171

宋玉/076,077

苏秦/031,033,044,047

苏轼(苏东坡、东坡)/019,034,067,118,
　134,139,141,144-146,151,159,167,
　168,191,195,196,266

苏洵/034,142-145,151,152

苏辙/143,145,167

孙绰/107,150

孙矿/040

孙梅/076,097

孙樵/132

T

《〈唐人试帖〉序》/173

《太平清话》/207

《太炎先生自定年谱》/268,270

《太玄》/058

《谭嗣同传》/259

《唐国史补》/130,131

《唐宋八大家文钞》/071,158,219,222,228

《弢园文录外编》/254

《桃花源记》/164

《陶庵梦忆》/210,212,273

《题李卓吾先生小像赞》/202

《田间先生墓表》/235

《通书》/146

《通易论》/088

《桐城文录》/223

《童心说》/189,190,203

谭嗣同/248,258

谭元春/194,211

汤显祖/188

汤用彤/088

唐顺之/187,218,219,222,227,228,241

陶渊明(靖节居士)/091,102,105,164,191,200

屠隆/024,134,197

W

《晚香堂小品》/196

《文编序》/124

《文饭小品》/196

《文赋》/076,095,098

《文论》/024

《文史通义》/031,034,037,046,063,066,073,128,149,214,218,221,222,246

《文体明辨》/154

《文心雕龙》/009,025,029,037,046,049,052,053,058,062,063,071,073,075,076,086,087,094,096,098,110,149,157

《文选》/025,096,097,238

《文学改良刍议》/257

《文学革命论》/257

《文学叙例》/245

《文与可画筼筜谷偃竹记》/146

《文章辨体》/154

《文章辨体序说》/134,149,150,157,160,163,168

《文章轨范》/071,221

《文章精义》/142,160,163

《文章流别论》(《文章流别志论》)/008,073

《文章正宗》/016,146

《问孔》/064

《我的话》/266,279

《我的杂学》/275

《卧碑》/177,181

《圬者王承福传》/129,153

《无锡白话报》/255

《吴船录》/168

《吴季子札论》/124

《芜城赋》/081

《五代史·伶官传序》/141

《五柳先生传》/091

《五十年来中国之文学》/253,259,260,262,277,282

《武林旧事》/170,212

《戊午上高宗封事》/148

汪廷珍/229

汪琬/014,015,241

汪中/056,239,242,244,248,258,268

王安石/139,142,144,158,161,168,175

王弼/083,086,088

王粲/080,081,085,086,100

王充/058,064,068,083,093,275

王夫之/221,226,241

王符/058,064,083

王国维/068,261

王绩/164

王季重/210,211

王闿运/248

王融/096,150

王若虚/002,134,138

王慎中/218,219

王十朋/115,134

王士禛/116,140,180,239

王世贞/116,180,181,183,185－187,195,215

王思任/196,202

王韬/253,254

王通/119,120,132

王维/164

王羲之(王逸少)/090,150

王先谦/176

王应麟/125

王禹偁/140

魏禧/015,226,241

魏源/246－248,253

文天祥/149

吴德旋/013,045,226

吴敬梓/204,206

吴均/110,164

吴敏树/057,218,232,234

吴讷/134,149,150,154,157,160,163,168

吴汝纶/233,234,238,260

吴少微/122

吴自牧/212

X

《西湖梦寻》/210

《西湖七月半》/211

《西京杂记》/077
《西铭》/146
《西山五记》/200
《西厢记》/189
《喜雨亭记》/167
《仙游记》/164
《先妣事略》/216
《闲情赋》/091
《闲书》/264
《显学》/053
《显志赋》/079
《湘行散记》/281
《项脊轩记》/216
《小品文的危机》/268,272,279,282
《小园赋》/081,100
《写在人生边上》/267
《谢杜相公论房杜二相书》/123
《新潮》/274
《新城游北山记》/167
《新论》/063
《新民丛报》/255,259
《新青年》/257,272
《新思潮的意义》/275
《新唐书》/119,122,130,141
《新小说》/255
《新语》/059
《刑赏忠厚之至论》/145
《叙小修诗》/191,202
《学衡》/257,260

《雪赋》/104
《寻花日记》/210
《荀子》/050,052,054,055,057
《循环日报》/254
《训纂篇》/078
向秀/081,087
萧颖士/121-124
谢翱/167
谢枋得/153,221
谢无量/004
辛弃疾/136,148
徐陵/094,101
徐师曾/009,098,154,163,168
徐渭(徐文长)/188,201,211,215
许地山/281
许慎/225
薛福成/233,238
荀子(荀卿)/032,049,050,053,054,056,
　　057,071,128

Y
《雅舍小品》/265
《言兵事疏》/059
《岩栖幽事》/207
《颜氏家训》/086,087,102
《演义白话报》/255
《燕喜亭记》/168
《燕知草》/273
《养生论》/088

《尧典》/029
《姚元素黄山记引》/198
《药堂杂文·序》/276
《野草》/277
《夜航船序》/211
《伊利亚随笔》/266
《宜黄县学记》/144
《移让太常博士书》/062
《艺概》/005,039,042,052,056,058,064,067,130,143,148,164,172,178,203
《易经》(《易》《周易》《易传》)/024,027,042,086,094,231,234
《弈律》/203
《因话录》/130
《尹师鲁河南集序》/140
《尹师鲁墓志铭》/136,141,156
《饮冰室自由书》/259
《应责》/140
《英国小品文选》/264,265
《永州八记》/200
《涌幢小品》/196
《游褒禅山记》/144,168
《游观赋》/106
《游韩平原故园》/167
《游名山志》/108
《游石门诗序》/109
《游西山十记》/200
《又书〈货殖传〉后》/234
《右溪记》/164,165

《余石民哀辞》/235
《娱宾赋》/106
《愚溪诗序》/165
《与曹公论盛孝章书》/085
《与程蔪园书》/245
《与杜诉论祁公墓志书》/159
《与浮屠文畅师序》/152
《与高司谏书》/143
《与滑州卢大夫论文书》/124
《与李宏甫书》/189
《与梅圣俞书》/145
《与山巨源绝交书》/088
《与宋元思书》/110
《与孙以宁书》/235
《与田叔子论古文第三书》/244,247
《与王霖秀才书》/132
《与吴质书》/085
《与友人书》/225
《与张幼于》/052,186,193
《羽猎赋》/077
《禹贡》/029
《语石》/154
《玉台新咏序》/101
《狱中杂记》/235
《寓山注》/198,200
《御选唐宋文醇》/228
《原道》/127,128
《原富》/255
《原毁》/127

《原善》/244

《岳阳楼记》/019,167

《乐志论》/104

《筼溪翁传》/216

严复/177,180,254,255,260,261,271

阎若璩/244

颜延之/096,102,150,154

颜元/175,230

颜真卿/164

颜之推/086

扬雄(扬子云、子云)/045,058,067,068,070,073,075,077,078,084,097,144

杨衒之/111

杨亿/136,139,140

姚鼐/047,149,154,157,158,163,166,214,215,219,223,227,233,234,237,238,242,268

姚铉/119

姚莹/232

姚永朴/013,237

叶昌炽/154,156

叶德辉/205,260

叶圣陶/278

叶适/136,140,145,146,148

尹师鲁/019,136,155,159

尹洙/141

余嘉锡/034,058,059

俞平伯/273,279

俞正燮/275

庾信/081,094,097,100,102,157

郁达夫/264,265,267,272,279

元结(元次山)/119,123,124,125,132,155,164,165

元稹/131

袁宏道(中郎)/052,177,180,186,188-191,193,197,198,200-205,208,210,211,213,266,273,275,276

袁枚/006,078,079,138,213,214,226,240,244,245,248,275

袁中道(小修)/178,188,189,190,193,195-197,200,201,204

袁宗道(伯修)/186,188,190,200

恽敬/239

Z

《杂拌儿》/273

《杂说》/126,190

《杂帖》/090

《在北齐与杨仆射书》/101

《赠二李郎诗序》/150

《赠黎安二生序》/152

《赠李序》/186

《赠王序》/186

《赠韦司业书》/123,124

《战国策》/032,033,043,044,054,077,145

《战国策目录序》/144

《张复斋传》/237

《张茂才时艺小引》/204

《张子野墓志铭》/161

《章大家行略》/237

《朝花夕拾》/277

《昭明文选》(《文选》)/009,025,096,097,238

《滴龙说》/015

《贞曜先生墓志铭》/161

《政论》/063

《至小丘西小石潭记》/165

《至言》/059

《治安策》/059

《中国文学史略》/025

《中国新文学大系》/250,264,267

《中国新文学的源流》/179,252,274,275,278

《中国中古文学史》/047,068,070,076,082,086–089,173,271

《种树郭橐驼传》/129

《周官》/037

《周礼·考工记》/024

《周易注》/086,088

《朱子语类》/127,138,141,143,146,148

《庄子》(《庄》)/010,023,035,050,053–056,058,064,086,087,090,145

《拙效传》/200

《子虚赋》(《子虚》)/077,082

《自订时文全集序》/227

《自明本志令》/084

《自述学术次第》/268,271,273

《醉乡记》/164

《尊隐》/248

《左传》(《左》)/016,017,024,030,031,037–041,043,096,188,222,231,234

《左传注》/086

《左忠毅公逸事》/015,235

曾巩/139,142,144,145,151,152,158,218

曾国藩/014,219,222,223,225,233,238,248,270

曾朴/282

张爱玲/267

张大复/201

张岱/198,201,202,210,211

张衡/075,078,079,097,104

张惠言/239

张戒/115

张耒/146

张溥/098,100

张说/119,122

张仪/031,033,044,047,053

张裕钊/233

张载/146

章士钊/261,271

章太炎/026,034,045,049,050,068,077,078,083,093,233,239,246,251,254,268,270–273

章学诚/015,031,032,034,037,040,043,046,063,066,071,073,076,128,149,

154,155,178,179,214,217,218,221,
222,229,239,240,244–246
赵璘/130
赵壹/080
赵翼/043,047,060,135,136
真德秀/016,146
郑观应/255
郑樵/009,043
郑思肖/149
郑玄/225
郑振铎/275
挚虞/073
钟惺/194,196,200,211
仲长统/058,063,083,103,104
周必大/005,115,134,139
周敦颐/146
周密/170,212

周颙/095
周永年/223
周作人/004,005,172,173,179,212,230,
232,251,252,262,265–268,272–
279,282
朱弁/138
朱国祯/196
朱熹/127,138,139,146,148
朱彝尊/144,182,239
朱自清/004,026,172,252,277–279,
281,282
诸葛亮/085
庄子（庄周、漆园）/023,036,045,047,
049,054–056,086,200,266
宗泽/148
左丘明/037
左思/075,078

《中国散文小说史》新版序

写大书难，写高度浓缩的小书也不容易。用三十多万字的篇幅，描述两千年来"散文""小说"两大文类在中国的演进，实在是冒险之举。撰写此书，不仅促成了我学术视野、趣味及笔调的转化，更让我深刻体会到生命中必须承受的"重"。

此书初刊本，乃上海人民出版社1998年推出的《中华文化通志·散文小说志》，因从属于大型丛书，不能自作序跋。为弥补这一缺憾，2004年收入上海人民出版社"专题史系列丛书"时，我抓住机会，撰写了"新版后记"。如今作为"陈平原著作系列"的一种，改由北京大学出版社刊行，免不了多说两句"闲话"。

八年前，因上海人民出版社退回原稿，我得以仔细比勘，发现出版作业中的若干问题，因而撰文，提及"对于编辑的改动，我既感激，又抱怨——感激其消灭了原稿上的若干错漏，抱怨其下笔时不够谨慎"（参见《编辑的"积极"与"消极"——读〈散文小说志〉原稿有感》，原刊2001年8月4日《文汇读书周报》，《新华文摘》2001年第11期转载）。文章有理有据，且与人为善，总结出来的若干颇具操作性的"定理"，据说在业界颇受重视。

这回重刊，一开始用的是2004年"专题史系列丛书"版，没想到，发现的错漏一点不比初版少。只好改用原稿作底本，请责任编辑重校一遍。这回彻底信了古人说的，"校书如扫落叶，旋扫旋生"。

不敢将书中所有过失全都推给出版社,但尽可能减少排校中的讹夺,我相信是每个作者的最大心愿。为学术著作添加"索引",既便于读者查检,也容易发现失误。这也是我对北大版比较有信心的缘故。

从1996年4月此书定稿,到今天,已经过去了十三年。关于"中国散文"与"中国小说"的研究,我反省多而实践少,没能拿出更丰硕的成果,实在很遗憾。好在将此书与本书系其他著述相对照,还是能约略看出我的学术追求。

2009年12月14日于香港中文大学客舍

生命中必须承受的"重"
——《中国散文小说史》新版后记

这是一本"老书",可对于许多读者来说,并非"第二次握手"。

说"老书",那是因为,此书的原型乃上海人民出版社1998年推出的《中华文化通志·散文小说志》,此次重刊,只是改正了若干错别字。曾荣获第四届国家图书奖荣誉奖的《中华文化通志》,是一套印刷精美的大书,共一百零一卷,售价人民币六千元。这样的大型丛书,自有其特定用途,比如作为外交场合的礼品,或入藏国内外各大图书馆;至于一般读者,我相信一开始就不在出版社考虑之列。可读书人都明白,同样是书,陈列在图书馆与搁在自家书房,命运大不相同。这就难怪,到目前为止,对于我的这册"老书",知者、读者、评者全都寥寥。

这回的"老书新刊",除了感谢气魄宏大的"中华文化通志"编委会,如果不是他们的热情邀请与严厉督促,就不会有此书的诞生;还得感谢上海人民出版社,没有他们的慧眼相识,此书也只能酣睡于图书馆的十里书香中。

对悠久而瑰丽的中国文学略有了解者,大概都明白,用三十多万字的篇幅,描述两千年来"散文""小说"两大文类在中国的演进,不是一件容易的事情。当初不自量力,迎接此等"挑战",以致好几回梦中惊醒,担心无法完成任务。幸亏夏君不断晓以大义,方才挺了过来。因此,旁人评说的是作品的优劣,我则更看重写作的过程——此书的撰写,不仅促成我学术视野、趣味及笔调的转化,更让我深刻体会生命中必须承受的"重"。

按照丛书编委会的统一规定,各卷不设前言、后记。可我的习惯是,每写完一部书稿,总喜欢信笔涂鸦。"对于我来说,这最后的闲笔,并非无关紧要。感觉上就像吃饺子,非'原汤化原食'不可。"于是自作主张,略为变通,撰短文《不是后记》,刊1996年4月12日《南方周末》上。其中有这么一段:"本以为全书完稿那一刻,会有戏剧性的场面,比如说大哭或者狂笑。三年辛苦,毕竟不寻常。可实际上,什么'故事'也没有发生。如此平淡的结局,连我自己都大失所望。只记得当时伸了一下懒腰,小心翼翼地将文件复制到软盘上,然后便散步去了。"

当初的压力与惶惑是真的,结尾的闲散与平淡也是真的,不是吹嘘"举重若轻",而是久而久之,感觉也都麻木了。或许,这就是人生。

写大书难,写高度浓缩的小书也不容易——即使不说更难。记得韩愈《进学解》有这么两句:"记事者必提其要,纂言者必钩其玄。"对于史家来说,提要钩玄,既需史料丰富,更得见识卓越。而这,不只牵涉学问功底,还有学术表达的能力。比起一眼就能看穿的"贯通古今"以及"穿越文类"的努力,我更愿意谈谈本书的述学文体。

对于讲究文章书写的人来说,"辞达而已""要言不烦",那可是很高的境界。太松则累赘,太紧则枯涩,其中的分寸感,不是很好掌握。更何况我的论述对象,包括"古典"与"现代"(丛书编委会原本规定,所论截止于辛亥革命,我则要求延伸到1940年代末,目的是让古今之间"血脉贯通"),这就更得直面文言与白话之间的巨大张力。在一部学术著作中,既有明白如话的自家论述,又有佶屈聱牙的古人文章,还有作为参照系的曲里拐弯的欧化语,三者之间如何协调?在日后撰写的《现代中国的述学文体——以"引经据典"为中心》(《文学评论》2001年第4期)中,我曾提道:"胡适《中国哲学史大纲》所标举的先引原文,后加白话解说的方法,虽被后世大多数学者所接纳,但不知不觉中,解说文字不再'明白如话',而是略带'混和散文的朴实与骈文的华美'的文言腔。原因是,倘若正文(白话)的质朴清新与引语(文言)之靡丽奇崛之间落差过大,作者与读者都会感觉不舒服。也许是耳濡目染,古书读多了,落笔为文必定趋于'雅健';但也不排除作者意识到此中隔阂,借调整文体来填平鸿沟。"这段话,既是历史描述,也是夫子自道。而我之意识到此中缝隙,以及有意识地调整述学文体,正是基于撰写本书的经验。

在我看来,学术著作并非只是"观点"加"材料",同样必须讲求"修辞"。正因为对述学文体略有考虑,我不太喜欢对旧作修修补补。不妥的段落可以删去,错漏之处应该更正,但如果伤及筋骨,则只能暂时搁置。因为,在我看来,任何文章(著作)的完成,都与学术机遇以及撰述时的心境密切相关。过了这个村,就没那个店。除非你花很多时间"沉潜把玩",否则,回不到原先那个思路,很难接得天衣无缝。与其新旧混杂,不如另裁新衣,或干脆打个显眼的补丁,让读者自己去鉴别。这也是我同意出版社的建议,只改错别字的缘故。

不改不等于自我陶醉,这些年,我在小说研究方面确实工作不力，但谈论散文，则颇有创获。比如，2000年百花文艺出版社出版的《中国散文选》，以及即将由三联书店推出的《从文人之文到学者之文——明清散文研究》，便体现了我这方面的努力。

真希望有一天，我能有精力与勇气，将此书重写一遍。若如是，则乐莫大焉。

2004年2月9日于京西圆明园新居